一方丛书

郝建国 主编

城垛上的花魂

绿窗 著

花山文艺出版社
河北出版传媒集团
河北·石家庄

图书在版编目（CIP）数据

城垛上的花魂 / 绿窗著. -- 石家庄：花山文艺出版社，2022.10
（一方丛书 / 郝建国主编）
ISBN 978-7-5511-6308-8

Ⅰ. ①城… Ⅱ. ①绿… Ⅲ. ①散文集－中国－当代 Ⅳ. ①I267

中国版本图书馆CIP数据核字(2022)第187776号

丛 书 名：一方丛书
主　 编：郝建国
书　 名：*城垛上的花魂*
　　　　　Chengduo Shang De Huahun
著　 者：绿　窗
责任编辑：于怀新
责任校对：李　伟
美术编辑：王爱芹
出版发行：花山文艺出版社（邮政编码：050061）
　　　　　（河北省石家庄市友谊北大街330号）
销售热线：0311-88643221 / 34 / 48
印　 刷：石家庄燕赵创新印刷有限公司
经　 销：新华书店
开　 本：880mm×1230mm　1 / 32
印　 张：9.875
字　 数：208千字
版　 次：2022年10月第1版
　　　　　2022年10月第1次印刷
书　 号：ISBN 978-7-5511-6308-8
定　 价：36.00元

（版权所有　翻印必究·印装有误　负责调换）

总　　序

郝建国

一方有一方水土，一方水土养一方人。

在蜿蜒几千公里境界豁然开朗的古黄河北岸，有孕育古老华夏文明的一片沃土。这片沃土，人杰地灵，上演过无数惊天地泣鬼神的现实大片，也涌现过无数壮怀激烈的仁人志士。

时至21世纪20年代，经历过改革开放四十多年、乘历史的列车快速驶入新时代的中国，每天都呈现着崭新的面貌，取得突飞猛进的发展。记录时代的变迁，反映当下普通大众的喜怒哀乐，给历史留下弥足珍贵的信史，是每一名文学工作者的使命和义不容辞的责任。为此，我们组织策划了这套"一方丛书"。

人民是历史的创造者，也是时代的创造者。在人民的壮阔奋斗中，随处跃动着创造历史的火热篇章，汇聚起来就是一部人民的史诗。"一方丛书"，选择一方沃土，用心书写一方烟火中的精彩故事，描画平民百姓的生存状态和酸甜苦辣，是我们贯彻落实"以人民为中心"创作导向的具体行动，具有积极的现实意义，更具有深远的历史意义。

"铁肩担道义，妙手著文章。"丛书的五位作者，出生于20世纪六七十年代，均是活跃于中国文坛的河北知名作家。他们或笔力遒劲，或灵光闪耀，把对现实持久洞彻的观察，行诸笔端，冷静铺陈，隐深情于字里行间，传激越于千里之外，抒发了对中国大地，特别是对燕赵热土上芸芸众生的满怀深情。为了避免雷同，也为了覆盖河北全境，我们将五位作者的写作范围做了大致的区域性划分：刘江滨为冀南，关涉整个河北；杨立元为冀东；绿窗为冀北；虽然、孟昭旺为冀中。五位作家作为各自区域的代言人，更能穷形尽相地写出生于斯长于斯的故乡的精气神，也便于读者们从一个个感人的故事中抽绎出各个区域的人文精神和独特气质，进而对河北以及河北人有个总体认知，找到足以涵盖河北的关键词。作家们的写作，选择了特定的场景和人物，故事均来自日常观察和积累，故事的主人公就生活在他们身边，有名有姓，虽文中以化名出现，然本着"不虚美"的原则，尽力写出生活的真实和情感的真实，可以说是小说化的、散文化的客观现实。

宣传河北文化的书籍，过去出过许许多多，彩色的、黑白的，文字的、图画的，开本大的、开本小的，单位组织的、个人著述的，不一而足。许多以河北为背景的小说、散文、戏剧经典，客观上也起到了宣传推介河北的作用。但是，这样系统地以文学的方式通过记述普通百姓来宣传河北，应该还是第一次。宋代孟元老的《东京梦华录》，记录了都城开封的风土人情和各色人等的日常生活，至今仍是研究北宋都市社会生活、经济文化的珍贵资料，具有恒久的价值。"一方丛书"，以此为目标，希望为后人存留记录当下民间最具代表性生活的鲜活资料。

河北乃京畿重地，对时代风云的激荡感受最为敏感，记录河北这一方的时代脉动，其实就是记录中国的发展节律，记录中国发展的时代足音。实现中华民族伟大复兴中国梦的号角已然吹响，日新月异的中国将会提供更多的素材和故事，而我们的记录只是刚刚开始，一切还都在路上。

从我们这"一方"眺望中国的一方又一方，每一方都代表着今日中国的气象和中国的模样，都是历史回望时珍贵的典藏。

目录

第一辑 蒹葭深处

出燕山记 …………………………………………… 3

逼上燕山 …………………………………………… 14

最后的慰藉 ………………………………………… 24

销魂的旷野 ………………………………………… 34

石头的教堂 ………………………………………… 45

秘境 ………………………………………………… 63

蒹葭深处 …………………………………………… 74

城垛上的花魂 ……………………………………… 85

青纱帐哀歌 ………………………………………… 95

一春浪荡不归家 …………………………………… 105

第二辑　不醉不休

当归，当归 …………………………………… 119

不醉不休 …………………………………… 145

民间五月的风 ……………………………… 153

蜀葵女巫 …………………………………… 174

次第春风到草庐 …………………………… 182

八升命 ……………………………………… 198

戏文时 ……………………………………… 209

马车夫往事 ………………………………… 226

草药香里眠冬至 …………………………… 237

姑奶子的风流图卷 ………………………… 248

锦灯笼闲话 ………………………………… 258

黄昏诸神至 ………………………………… 268

桃花马上 …………………………………… 289

◎ 第一辑

蒹葭深处

出燕山记

一

冬葱，旧历白露到秋分间种下。选松软土壤、发酵好的细羊粪，席一二池子，也即散播，葱苗很快细绒一样铺满了，夜有霜冻覆以棉帘或玉米秸；跨个冬天根系发达养精蓄锐，春雪化了，小葱返青，小而壮实，五月吃不至瘦得没魂。起葱栽葱，一夏天吃出截垄，就是吃一垄留一垄，垄间距加宽后给葱深培土，如同修了高坝，灌足水，憋长葱白。这期间劈嫩葱叶吃，留芯，深秋将葱叶全部割下腌制咸葱叶，可加红辣椒、嫩豆角和经霜的小茄子，碧绿、通红、藕紫皆鲜香。屋里栽葱一二瓦盆，春节正好蘸酱下饭，深白翠管又养眼，与春联窗花烘托节日氛围。

大葱在地里又经一冬韬光养晦，春三月支出俩杈来，叫羊角葱，葱白愈加粗壮，味道深厚浓郁，祛风发表，开胃强身。吃到五六月开花打籽。

大葱养人。说一个后妈偏心,对前一窝孩子狠,只给辣的大葱吃,自己的孩子则吃嫩黄瓜,结果吃大葱的壮壮实实,吃黄瓜的面黄肌瘦。这是我妈唯一会讲的老故事。

山驴驹子嗅到葱味,忙不迭从后山冲下来扎进葱地,吃高兴了撅着屁股一膀压一膀地叫春,沉稳,兴奋,颇有沙场点兵的范儿,它一出声别的虫都哑了,就听它们一对对在葱地里打情骂俏。也叫铁蝈蝈,我小时不怕它,专抓尾端带剑的大肚母蝈蝈,拎着尖——它的产卵器,甩到前坡后坡,要么埋进土里只留下尖,死活不管。后来母亲叹道,好几年不见山驴驹子下山了,忽悠悠的葱叶一芽都不缺,别看祸害点儿葱我骂几句,真听不见山驴驹子叫,园子太静,还不习惯了,一春天三遍农药,虫子都没命了。说着挑出葱白深长的码成一捆,我带走。

我也深栽一盆置阳台,在花间招摇装相,没菜,一根大葱就能下个馎饦。宋黄庭坚写道:"燕堂淡薄无歌舞,鲑菜清贫只韭葱。"粗俗大葱都能吃出个古意来。本来就古,春秋《管子·戒》记载:"北伐山戎,出冬葱与戎菽,布之天下。"冬葱就是大葱,山戎先祖比著名的东胡人还早兴起,我家所处大野就是山戎人的聚居地,鸳鸯山敞着三千亩石板棺材墓,羊倌与樵夫常捡到青铜器皿或石杵、石铲子,修房盖屋也挖出过罐罐来。山戎人种植大葱,是否受到山驴驹子吃野葱而叫春的启发?

一晃三千年前的事了,若有人挑衅你是哪根葱?随意抽出一根那都是老祖母,不能轻易说了。

二

戎菽就是大豆,《钦定热河志》载:"戎菽又名胡豆,种出山戎,北土甚多,百谷之中最为先熟。"大豆即黄豆或黑豆,喜厚土高坡,秋十月要勤看成熟时候,早些上不了十成,晚点儿炸地上了。父亲看地回来说,明早起五更割豆子,早点儿睡。凌晨三点梦中被叫起,空气像海水那么凉,天空也像海水,星辰涌得疲惫,山峦黑魆魆,村庄瓦屋则是深灰色。搭石过溪,周围静寂如寺院。径路崎岖,草木蔚秀,露珠大如豆,撞开如雨斜扑,裤腿齐腰湿透了,沾上泥土沉甸甸,上梁下坡再上坡,到达豆地东山才略泛一点儿白。割上两个来回,山峦渐有刚烈的粉意,仿佛偌大的子宫阵痛了,收到一半地,一阵紧似一阵,通红的太阳才娩出来,彼时豆荚与草尖珠玉四溅,我们也披金撒银。才觉饿了,母亲早带着饽饽咸菜上来,一家人坐地边大吃,身上也有了霓虹之光,饭渣给蚂蚁抢食了。

这是燕山深处一户农家的早晨。总以为燕山太远,不知自己就在燕山上打滚劳动,收获不菲,太阳都是我们拿镰刀从深渊里钩出来的。

为何凌晨即起,有露水豆荚不炸开,损失少,露水干了豆荚就是箭刺,肉身哪里受得,到九点豆棵全部放倒捆扎,趁着还湿软我们肩扛一捆,父兄用扦杆子,杆子像缝衣针,一头尖,另一头带眼穿绳索,插上几捆,以绳勒紧背一大背,十分沉重。仍扎得慌，汗水一流煞疼。可是透蓝的天，焦黄的土坎上，野酸枣有橡子那么大，必停下摘，还唱"小酸枣，滴溜溜地圆，红彤彤地挂满悬崖边"。那是劳动的奖赏。到家后将豆荚置于干净地上暴晒敲开，金黄饱满的豆粒儿咕噜噜滚。单食玉米饽饽面态发死，且缺一种色氨酸易得癞皮病，加了大豆玉米就活了。

山戎人那么彪悍尚武，四处出击，先赖于兵强马壮，人吃大豆，马一点儿不少吃。山戎人渐渐火起来，铁骑纵横，骚扰燕、秦，连齐国也敢蹚过去，那气势。梁·简文帝《上之回》云："桃林方灼灼，柳路日曈曈。笳声骇胡骑，清磬詟山戎。"所掠之处风声鹤唳。到春秋末期齐桓公大国担当，千里北伐山戎救燕，来得有点儿猛，灭了山戎，顺带衰弱了离枝、孤竹。但孤军深入茫茫北野，遇到"鬼打墙"了，管仲放任几匹老马自由行，老马真识途。

这都是小事，齐桓公跨越燕山打没了一个民族，把冬葱大豆传播天下，天下不只是中原，公元3000年前"戎菽"传入日本，后逐渐远至大洋那端了。

这是种子的完美跨越，虽然带着腥膻味，种子的腿比马腿长，只有音乐与思想可以比拟。

三

《逸周书·王会篇》记载了周成王的"成周之会"，六十多个诸侯王齐来成周（今洛阳一带），要敬献本国拿手土特产。诸王多呈上飞禽走兽，如我满族祖先"稷慎大麈"，麈即驯鹿属，头似鹿脚似牛，尾似驴颈背似骆驼，称驼鹿或麋鹿，动物里也算不凡。"东胡黄罴，山戎戎菽。"东胡献上棕熊，而山戎人出奇了，贡献了戎菽，滚圆的金豆子咄咄放光，这以后方有五谷之说，麻（稻）、黍、稷、麦、菽，菽就是大豆，山戎人早有成熟的大豆种植方法，西周广为种植。

关键山戎人顺着大豆之礼躞出跨越燕山的长路，到达中原，与东西南北多民族深入交融，皆为好兄弟，没有华夷之分，没有鄙视傲慢，农牧渔猎并存，山前五谷，山后肉糜，浩浩落落，全无芥蒂，西周真是了不起的时代。

那条出燕山的路后来非常有名，就是潮河切出的古北口，高山峡谷源远流长，忽必烈从元大都去往上都就沿着潮河逆行到坝上的。而潮河源头是山戎人发祥地。据《史记·匈奴列传》记载："唐虞以上有山戎、猃狁、荤粥，居于北蛮，随畜牧而转移。"上古尧舜时代山戎人就活跃在北方了，称北蛮，且以巨手为图腾。

丰宁潮河源上有个大窝窝头山，发现多处巨大手形岩雕，五指清晰向上，骨节分明，最大图腾手高两米、宽一米多，下有大石台应为祭祀之用，与书上记载吻合了。周围随处发现石板棺材墓，出土青铜器物，如完美的蛙身，腰部左右伸出二蛇尾端交媾，蛙又同娲，女娲亦人首蛇身，山戎人想象力出奇。潮河每到春天会出现黑黑的蝌蚪线，绵延一里半里，而后十里蛙声，自然奉为蛙神。离手雕不远处，有几例庞大的女阴石刻，沟谷齐整，草花繁茂，雷雨交加时仿若女娲神在创造生命，那阴翳地早汩汩成汤了。如此，窝窝头山实际是蓬勃的奶头山，乳汁喷射，是女性强烈的孕育愿望。

山戎人的崇拜是多重的。这里还出土了唯一有穿戴的小玉人，长袍上布列太阳和火焰图案，戴羊角帽，是否受到冬葱启示？冬葱也叫羊角葱。山戎人未留下文字，但无声的手形粗粝劲道，大手小手聚在一起，是一种力量宣告：我们在这里，已得太阳神、蛙神、蛇神护佑。

山戎先民没有冲出燕山，抢占中原大地，但大豆冬葱表达了一切。最早捧出珍品的人拂衣而去，功名深藏，沉寂三千多年了，才突然莞尔一笑，向世间挥了挥"大手"。

四

却说苏辙出使辽国，上燕山手搭凉棚，见峰峰环接迤逦而去，遂念"燕山如长蛇，千里限夷汉"，气宇轩昂构架出漫长独绝的华夷分界线来，巨蟒出击，那阵势也算波澜壮阔。但细阅地图发现，"大公鸡头"上雄踞高傲的大兴安岭、肥硕的蒙古高原、昆仑山、喜马拉雅山脉羽翎丰满气冲霄汉，迫近的阴山、太行山脉也披着威武的大氅，燕山真是形迹渺小，原是卧在东北接壤华北平原的一条小蛇，有时名字都没了。山外有山。但我的乡间说，老鼠没毛长在辈上，燕山虽不辽夐，站位香,正在"大公鸡脖子"上,微微一扣,何敢漠视?

燕山更像一张粗犷动荡的脸,有高傲的鼻梁骨,眼小聚光,跃跃欲试。一面是野性好动的北方游牧部落,一面是温煦深厚的中原大地,手心手背都是肉,母亲并不为难,血缘管着,兄弟们分分合合打打撞撞,无非马勺碰着锅沿,床头追着炕尾,终将揉碎在一种叫血脉的春风里。

山戎、离枝、孤竹、奚族、东胡、契丹、女真,美而闪光,从荒烟蔓草打捞出来,都是我北方的先祖。而长城脚下的奚人多么聪慧,以刳桐木为体,置二弦,以木杆系马尾擦弦以奏,成奚琴,洞彻茹毛饮血的悲凉与欢愉,传到中原成二胡,到蒙古扬起了马头琴,传入朝鲜依然叫奚琴。欧阳修《试院闻奚琴作》写过:"奚琴本出奚人乐,奚虏弹之双泪落。抱琴置酒试一弹,曲罢依然不能作。"弦声一出,抓心挠肝,溯洄从之,老祖母宛在燕山上。

那是一次音乐的胜利翻越,苍然辽远,深嵌骨髓,动天动地。跨越燕山穹庐的不只是马蹄和刀剑,是美的呼唤。

五

有隔绝就有痛楚。纵苏辙无心鄙视北夷,他受到最高礼遇,民间也拿他当导师,"逢见胡人问大苏"开心满足,然界线仍是冰冷的。燕山上又插了长城篱笆墙,挡我、屏蔽我、晾着我,那种独属于燕山的愤怒与叛逆性膨胀了。叛逆不是坏事,是对界线的勇敢怀疑,随时准备突破、推翻、踏碎它。中原那丰魅的文明香气终被一次次蛮横地撞开,美是世界的,美要输出,长城也挡不住它外溢的腿脚,何况玄鸟排翅凌空,落地为枝。

1790年,朝鲜学士柳得恭参加乾隆帝八旬万寿节,从沈阳过平泉州到热河,以为塞外蛮夷粗陋,恹恹难提精神,忽见一女,"容貌丰艳,碧衫红裙,结束为急装,扇遮斜日,策驴而过,驴疾如飞"。他莫名追随良久,见惯了烟视媚行之闺秀态,眼前娇憨率性的女子更为泼辣隽永回味深长。我读之亦心动,遥想三千年前山戎女人"凶蛮傲娇"的样子。

塞上风景自是不恶,石峰清秀奇绝,尽脱大漠粗壮之气,天陟其顶,诸关阨皆可见。柳得恭心悦诚服:"青峰乱插古幽州,荡尽关河万里愁。此处堪呼天下脑,徘徊红石岭头秋。"青峰乱插,概如蛇头昂首奋力奔腾状,而山川郁郁处就藏着热河避暑山庄,撑住大公鸡的喉咙眼,呼吸通畅,天下和合。

这就是首次种植冬葱与大豆的山戎人原生地,创造奚琴、奚车的奚人老家——燕山。

1793年,燕山有一次世界亮相,英国马戛尔尼勋爵率庞大使团造访热河,他娓娓谈到农历九月的燕山:"蜿蜒起伏随时异趣。此种连亘不断之山脉倘在春夏二季,在繁茂之树木蔽之,景色必大可娱意。今则木叶尽脱,满山多作棕黄之色。"耳饮秋水,目饱斑斓,他定然踌躇满志了,近热河时又感慨:"山光水色略如欧洲之阿尔卑斯山。"阿尔卑斯山名头太响,罗马帝国军团翻越此山征服半个欧洲,日耳曼人翻越此山灭了西罗马帝国,历史给予翻越群山者辉煌的机会。欧洲人也带了众多先进的发明以及能工巧匠,期待和清廷来一次烂漫的"会饮记",灿烂之光必享誉天下。很可惜在"十全老人"团队一叶障目下,清朝未能翻越群山大洋,失去了与世界丛林灿烂交汇的机缘。等他们再来时就杀气腾腾了,当然那次造访也心怀鬼胎,抓取我山河人文信息,磨刀霍霍。

山海阻隔不了野心与霸权,腐朽却都是从内部杀出去的。文明的气息正如冬葱与大豆的传播,都曾刀光剑影,带着野蛮的腥味。

六

其实燕山一直在被一次次地翻越,有北上的,更多是南下,却寂寂。

最早最辉煌的南下当属古燕山孕育的炎黄始祖一支。燕山之名在《山海经》已记载:"北百二十里,曰燕山,多婴石。燕水出焉,东流注于河。"古燕山曾叫炎山,炎帝神农氏带领西戎羌族在此生活,"天命玄鸟,降而生商"。玄鸟是燕子,古燕山也称玄山。黄帝的曾孙帝喾有个北戎妃子简狄,在野外沐浴时吞玄鸟蛋而孕,生下契,契留在北夷,创造了商族,冬葱大豆和野味养壮了商的幼年,待胳膊腿粗壮了,他们赶着牛车马车出燕山,逐鹿中原。

一代代彪悍的马群翻越燕山，尝试入中原。山戎人并未消失，隐在北方族群里，机会来了就战，那么多族群都有一个根性，"儿童能走马，妇女亦腰弓"，永远地精神，不好惹。

盛唐重视燕山屏障，错待了安禄山。五代十国马蹄乱踏，一个叫石敬瑭的手缝恁地宽大，把燕云十六州及整个燕山山脉都给契丹，此后中原无墙无衣了。岂曰无衣，与子同袍。前提咱得认可是兄弟。大宋整个袒胸露乳，辽风一吹就打喷嚏，重伤寒，澶渊之盟就是横亘燕山的长衣了，是时山河温润，牧歌田园。苏颂使辽赞曰："青山如壁地如盘，千里耕桑一望宽""田畴高下如棋布，牛马纵横似谷量"。民风交错，你穿汉服我来短打，你教我骑马仗剑三千里，我教你"也傍桑阴学种瓜"，山前山后联个姻缘亲家，骑驴看唱本走着走着，就瞧见和美的复兴了。

"中原北望气如山"。燕山终究是个梗，撼燕山难，把中原大旗插上燕山是个信念。大宋到底觉得是斯文的辱没，选择联金抗辽，不承想唇亡齿寒，辽没了，北宋也完了。南宋接着犯迷糊，"联蒙抗金"，蒙元崛起突破了燕山，将金与宋都灭了，元大都就建在燕山脚下，燕云纵横都下榻自家的州山了。待明朝朱棣定都北京，大修长城，造千里荒芜又是另一番光景，不想走的洞里藏身，官兵就放食物在洞外，有人饿不起出来吃，剿之，几次后没有人了，洞中累累白骨，称白云古（骨）洞。燕山风雪隔城看，明长城一度固若金汤，但长期封闭的燕山不再眷顾，就会留下一个拜占庭式的小角门，骁勇的白山黑水骑士扒开长城豁口，一次次翻越燕山，清朝立起来了，康熙赋予燕山大野一个心灵，至此和合格局已成。

那么多年刀削斧凿，剪不断理还乱，新世界的一卷河山如春夜喜雨，旮旮旯旯都青翠了。循着冬葱大豆布之天下的道路与格局，天上大鸟地上长龙，出燕山腾于四海乃至天外，都分分钟的事了。

深及骨髓的跨越冲动百草千花，犹在燕山上，犹是我们的生活。

逼上燕山

当然，燕山大出风头，源于一千二百年前一个诗人的燕山之行，他说出了独绝千古的名句：燕山雪花大如席。

一

公元751年，李白五十一岁了，许夫人离世十年后，他在梁苑与宗氏完婚。深秋时节他辞别妻子，独往幽州去。

就是评书《杨家将》七郎八虎喋血的幽州，古九州之一，今北京、河北北部等地。何以为幽？《春秋纬元命苞》："言北方太阴，故以幽冥为号。"这一注释令人头皮发麻背后凉飕飕的。西周到春秋，周天子封帝尧后代于蓟，封召公于北燕，燕在燕山而得名，北燕不安分，吞并了蓟与诸小国，在蓟建都，称幽蓟、燕蓟、幽燕。毛泽东曾作词"大雨落幽燕，白浪滔天"。待辽国占领幽州，又称燕京。

隋朝重视燕山天险，开凿大运河引黄河水通至幽州，运输粮草与士兵守卫，有魄力。唐太宗征高丽时在幽州誓师，愈有洞见,"幽州以北,辽水二千余里,无州县,军行资粮无所取给",发动密云、延庆、怀来这些燕山山脉的龙头供给粮草。后人平叛幽州之乱就简单了,"据居庸关,绝其粮道,幽州自困矣"。幽州在大唐已属多民族共生之城,"城北有市,百物山偫",侠士比比,文化灿烂,既有战场厮杀建功立业之荒冷,也有对酒当歌纸醉金迷之繁华,大唐诗人自不会缺席,陈子昂、孟浩然、高适、王维、李白、杜甫、岑参等都到过幽燕之地,燕山何敢苍凉,血脉都焐热了。

李白去往燕山是漫游北国,还是另有目的?看来是踌躇满志,一扫那些年沉闷的坎坷之态,甚至有意气风发之象。

二

开元十八年(730年),李白三十岁,第一次入长安,颇谦卑,四处投诗求推荐,欲实现布衣青云之志。然长安权贵们认诗不认人,李白反收获一堆谤毁,只得隐于安陆白兆山下舔舐伤口。不甘,遂又托道友元丹丘搭桥,上终南山欲结交玄宗胞妹玉真公主,王维就是这样红的。李白才貌惊人,"眸子炯然,哆如饿虎",一双深眼窝钻着二枚星辰,十分帅,有些底气。然寓居别馆半载,面也未得见,甚愧,慨叹"南徙莫从,北游失路"。欲走,大贵人来了。

说八十三岁贺知章上终南山找玉真公主探讨道家学问,没见着,却遇小生李白,谈诗论道入了心,又读《蜀道难》,惊呼其为"谪仙人",不惜"金龟换酒"去。喝好了,德高望重的人也认可,这一趟长安没白来。

到天宝元年(742年),李白四十二岁,前途无着,急,又托道友元丹丘向玉真公主相荐,这回乖了,呈上特制诗《玉真仙人词》,"何时入少室,王母应相逢"。公主受用,喜向皇帝哥哥力荐,又有贺知章推波助澜,还有一说道友吴筠奉召入京相引,总之水到渠成。秋,李白自南陵奉诏入京,待诏翰林,玄宗降辇步迎,"以七宝床赐食,御手调羹"。冬,侍从温泉宫,献词"云想衣裳花想容"。以为实现大志时候,逸言再次涌来毁了他,一半因其狷狂之性,惹了高力士,贵妃不待见了,你让人脱靴子,人家让你脱官帽子;一半酒大话多失了分寸,玄宗甩脸子,言"此人固穷相","非廊庙器"。

这正是"安能摧眉折腰事权贵"的李白气象,玄宗迷乱色道岂能解之。贺知章仙逝,李白遂请归隐,玄宗乐得"赐金还山"。失意的李白相逢杜甫、高适漫游河南山东,诞生了李白唯一流传世间的墨迹:"山高水长,物象千万,非有老笔,清壮何穷。"《上阳台帖》获宋徽宗、清乾隆二帝青睐,无数跟帖虹贯古今,李白竟得不到大唐重用,匪夷所思。

天宝六载(747年)李白游会稽,忆及恩师涕泣良久,"长安一相见,呼我谪仙人"。知音不在,效国之心仍存,文翰途径不通了,尚有幕府之会可以尝试,高适、岑参都走这条线升了。当时两大军事重地,哥舒翰与他有些嫌隙,那只有安禄山的幽州了,好在他与安禄山打过照面,一个给贵妃写过赞美诗，一个给贵妃耍过胡旋舞，都够拉风。考察上了日程。

是逼上燕山了。"心随长风去，吹散万里云。"燕山能否带给李白幸运？反正，一场传世的皑皑大雪已在路上。

二

北上途中，且行且停。公元752年春，李白到达燕赵大地，有其诗《春日游罗敷潭》为证。罗敷潭为邯郸丛台区名胜，罗敷是《陌上桑》美艳的采桑女。一旦沐浴慷慨悲歌之风，他的侠客心复苏了。"十步杀一人，千里不留行。事了拂衣去，深藏身与名。"痛快淋漓，古今第一。李白懂剑术，是大唐三绝剑术第一裴昱弟子。他既有江湖心，又被功名累，隐士固然好，不是大丈夫。

在广平郡邯郸，李白得亲友挽留陪同周游，一待半年，八月置酒洪波台，观士兵操练。此为赵武灵王大会群臣观兵操练之台，李白酒气豪气顿生。"我把两赤羽，来游燕赵间。天狼正可射，感激无时闲。观兵洪波台，倚剑望玉关。"他简直等不及，渴望献上谋略，挥剑出关。

九月，李白到达蓟城，一座贞观初年修建的寺庙恰好落成，请他题匾额"观音之阁"，太白欣然允诺。梁思成给否了，他发现了这座千年古寺庙，判定匾额字体"颇似唐人笔法，阁字之下署'太白'二字，其为后代所加无疑"。说安禄山叛唐时在此誓师，因其"思独乐而不与民同乐"改名"独乐寺"。李白自喻神鸟大鹏，幻想扶摇直上，而燕山是天降玄鸟圣地，暗契心志，或喻腾飞之象，过"观音之阁"祈祷一番甚或留字也未可知。

十月，燕山草黄，万木萧索，李白从南门通济渠进入幽州城了。他闻到不安的气息，街巷并不和煦，商贸寥落，百姓面容忧戚，而士兵严于操练，似乎准备着一场战役。那年三月，安禄山私率二十万大军联合奚人攻打契丹，全军覆没，却报大捷，他拿契丹练兵图谋，还是欲建奇功？唯唐皇信之。

李白去幽州前给朋友诗中表露心迹："且探虎穴向沙漠，鸣鞭走马凌黄河。"为何把幽州称为虎穴？幽州边城，与胡人杂居，安禄山土皇上，跋扈，有生杀权，之前多有勇士向长安密报安反之意，却被皇帝铁锁囚车送给安禄山，甚至活剥处死。故李白写"耻作易水别，临歧泪滂沱"，把幽州之行说成荆轲刺秦之举，意味深长。

李白参观营地，习骑射，解民情，等待着机会。后在《赠宣城宇文太守兼呈崔侍御》诗中诉说燕山之行："怀恩欲报主，投佩向北燕。弯弓绿弦开，满月不惮坚。闲骑骏马猎，一射两虎穿。回旋若流光，转背落双鸢。"他懂兵书也有真功夫，燕山打猎欲展示才华求得信任，却遭将士嫉妒，继而贬低他。但他却是真心夸赞胡骑的，"胡马秋肥宜白草，骑来蹑影何矜骄"。长期面对胡骑骚扰，幽州将士确实英武血性，彪悍豪横。将戾戾一窝，将横敢造反。安禄山灌输理念也是天王老子第一有福同享之类，四方投者众，小小节度使已敢拥兵挟持盛唐，何况占据险要燕山。天要灭谁，就让谁眼睛蒙蔽，离心离德。此时的唐王朝虽兵临城下了，但城内还是莺歌燕舞，从皇上到士兵到百姓，没人想着练兵打仗守护家园，一切交给上天。

李白燕山之行确是心有所期，欲报效朝廷，故而观察细致，泄露种种担忧，如《幽州胡马客歌》："笑拂两只箭，万人不可干。弯弓若转月，白雁落云端。双双掉鞭行，游猎向楼兰。出门不顾后，报国死何难？"威武壮士忠诚守边，当然是坚强壁垒，一旦反了绝难对付。

三

至隆冬，李白同友人踏白草游历燕北山水，访仙踪古迹。一日，经桑干河到涿鹿桥山，拜谒轩辕黄帝陵，天气骤变，阴云惨日，狂风怒号，一场千古奇雪扑将下来，李白执酒的手颤抖了，乐府古诗《北风行》挥毫而出：

> 烛龙栖寒门，光曜犹旦开。日月照之何不及此？惟有北风号怒天上来。燕山雪花大如席，片片吹落轩辕台。幽州思妇十二月，停歌罢笑双蛾摧。倚门望行人，念君长城苦寒良可哀。别时提剑救边去，遗此虎文金鞞靫。中有一双白羽箭，蜘蛛结网生尘埃。箭空在，人今战死不复回。不忍见此物，焚之已成灰。黄

河捧土尚可塞,北风雨雪恨难裁。

我宁信李白在城中见过这女子,如见蛛网如闻灰气,才能解"焚之成灰"这种锥心之痛。不到燕山怎知风雪肆虐,不是极寒之地怎能孕育瑞雪奇花。李白借神话写燕北奇寒昏暗,烛龙在天,"视为昼,瞑为夜,吹为冬,呼为夏"。龙是华夏精神图腾,李白玩遍天下,深知燕山山脉孕育着古老文明,实龙兴之地。

接着"燕山雪花大如席"君临天下了。一"席"激起千层浪,燕山之名盛传天下。小民只觉有趣,学者爱交流。梁实秋说"这话靠不住,诗人夸张,犹'白发三千丈'之类"。鲁迅给予理解:"燕山究竟有雪花,就含着一点诚实在里面,使我们立刻知道燕山原来有这么冷。"有学者考证:李白诗中的席子是古人席地而坐的"坐席",一尺有余。还有说是碗的另一种说法。

要我说,李白就是从民间获得的灵感。我乡间的老婆婆就说过,这雪花,一笸箩一笸箩地下。我生在燕山北麓,临近坝上高原,西伯利亚的寒流说来就来,零下三四十摄氏度也是有的,大雪如十万天兵天将寒光凛凛扑向大地,朔风怒卷,成片成堆,像被紧赶慢赶惊慌失措的羊群,也可以说抖开了一个又一个席子。谁说"燕山雪花大如席"就是指一朵的?一朵也无妨,塞北苦寒地,民间本来爱夸张说事儿取乐,那雹子下的,小碗子似的,脑瓜子都给戳个窟窿;蚂蚁拉车行千里,蛐蚰吹牛吞条龙。一千二百多年前，燕山雪花之大或许是超出想象。

而我理解的席不只言雪花大，是言白之辽阔、白之浓厚，也或暗示一种奇冤。李白最喜白色——"床前明月光，疑是地上霜。"月与霜皆皎白，是故乡的风俗，李白生于碎叶城，白色为重，字亦称太白，其诗很少用黑，如"还需黑头取方伯，莫谩白首为儒生""空吟白石烂，泪满黑貂裘"，不得已用了黑必用白平衡，把黑疾速抹去。

别处的雪花再比不过燕山雪了，李白自己也得另辟蹊径，如"瑶台雪花数千点，片片吹落春风香"，往香上靠了。后人只有致敬李白，如宋王安石："燕山雪花大如席，与儿洗面作光泽。"燕山雪花还那么大，表达磅礴之气已经穷词；元赵孟𬣞"季秋惊见燕山雪，远客淹留愁病身"；明刘崧"北来十月燕山下，却忆梅花似雪花"，一比即知，唯李白之雪含着大地之悲，山河梦影。

世人皆重雪花，岂知那是李白虚晃一招，真正的矛头意在"片片飘落轩辕台"。他其实揭示了一个事实，燕山孕育了华夏早期文明。轩辕，黄帝之号，因生于轩辕之丘，轩辕台成为黄帝居所。《山海经》也提到"射者不敢西向射，畏轩辕之台"。陈子昂更早说过："北登蓟丘望，求古轩辕台。应龙已不见，牧马空黄埃。"轩辕台遗址在河北涿鹿县西南桥山下黄帝大冢旁，四四方方矗立山顶，明代以前一直是黄帝祭祀之地。

李白预感到安禄山谋乱，民之将惨，他是在向轩辕黄帝告白，替百姓申冤。黄河捧土尚可塞，兵来将挡水来土掩，而"北风雨雪恨难裁"，是无奈，空悲切。这悲哀之雪只有黄河之水方能比对，黄河是母亲河，燕山是父亲山。

四

不知李白在幽州与安禄山幕府发生了什么，也许二牛人都不服彼此，没谈拢。哈金《李白传》说安禄山恰好去了长安，要明年春才回，二人并未相见。也许李白嗅到幽州觊觎之味，入幕府势必更危险，早抽身为好。公元753年春，李白离幽州南下，心绪寂寥。

李白在幽州一年，不可能不去易水河畔，访燕昭王、荆轲旧地。黄金台是燕昭王为招纳天下贤士而建，郭隗、乐毅等大才之人牵手燕国，一口气收七十城，燕成为七雄之一，绵延八百年。黄金台成为才子的精神高地，李白诗中多次出现，"侍笔黄金台，传觞青玉案"，尤其"揽涕黄金台，呼天哭昭王。……草木摇杀气，星辰无光彩。白骨成丘山，苍生竟何罪"。

呐喊声撼天动地，泪洒江河，与陈子昂《登幽州台歌》前后映照："前不见古人，后不见来者。念天地之悠悠，独怆然而涕下！"苍天不遇，是悲凉。高适诗云"天下谁人不识君"。李白错投永王入狱，好友高适握有重权却未出手，恰因李白名声太响，天下皆知其错，不敢救，不敢用，任其搁置，任其腐朽,"千金散尽还复来"是真,"天生我材必有用"成了嘲讽。杜甫哀叹:"冠盖满京华,斯人独憔悴。"

南下路上他写了《远别离》:"日惨惨兮云冥冥,猩猩啼烟兮鬼啸雨。我纵言之将何补?皇穹窃恐不照余之忠诚,雷凭凭兮欲吼怒。"此诗诡异,春天万物生光,何来日惨云冥,鬼哭雨啸,当暗示长安之危,报国难酬。

"一朝复一朝,发白心不改。"安史之乱初期,他仍往长安去,一路游说却无人信服。未到长安,他就不得不换上胡服逃亡,还恍惚"洛川为易水,嵩岳是燕山"。但哪有轩辕黄帝坐镇,哪有易水枭雄,他歌咏过的骑士已在蹂躏长安,王朝已经堕入衰期了。可怜李白"仍留一只箭,未射鲁连书"。劫后重生,那支报效大唐的长箭折死腹中。

万般皆是命,半点不由人。最后的求仕之路未果,燕山叹惋,大唐劫难。李白死不瞑目:"悲来不吟还不笑,天下无人知我心。"千年后奥地利作曲家马勒读懂了那份焦心,在致敬唐诗的一组声乐套曲《大地之歌》中,以《悲歌行》为第一乐章蓝本,遥与太白对饮,听去是生命的激扬清悦与大欢喜境界。燕山还是给了李白更重要的东西。

"悲来乎,悲来乎。"轩辕台上雪,簌簌说太白。

最后的慰藉

一

"北人适吴楚，所忧地少寒。江南有游子，风雪上燕山。"意悲而远，惊心动魄，读到此句，热泪满眶。燕山云霭深处踉跄着一个桀骜不驯的影子。

公元1279年农历十月初一，文天祥一路北上被押解到燕京元大都了。他于1278年在广东五坡岭被俘，立即吞食龙脑自杀，受尽腹痛折磨还活着，诞生千古名诗《过零丁洋》。次年三月，元军押解他在船上目睹崖山战况，君臣十万悲壮入海，国没了。不降，绝食，八天了还活着，被强行灌食。许是上天要他逃生，重整旗鼓再杀他几个回合？北上，处处故国山水，刀刀嗜血，因抱有微茫的希望，他的诗文仍有气吞山河之势，"青原万丈光赫赫，大江东去日夜白"。但渐渐气势弱了，家园逝去，再不得见，燕山横亘，尽是北国了。且有同乡王炎午《生祭文丞相文》一路逐击，知与不知皆彻骨之寒。

宋徽宗赵佶被掳北上燕山，是春天，穿过一片杏树林子，他有了《燕山亭·北行见杏花》词，"裁剪冰绡，轻叠数重，冷淡燕脂匀注。"工笔手法剔透可爱，但转而涕泪道："天遥地远，万水千山，知安故宫何处？"有故国情怀，想的却是自己。

文天祥初冬才上燕山，冷风硬雪欺人，万念俱作了灰。燕山道上，可是那美玉一般的男子，是那二十岁时在朝堂之上光芒四射，以"其言万余，不为稿，一挥而就"，剧烈抨击时弊的治国大论征服皇帝，被钦点为状元的传奇才俊吗？他在《宋史》里活得那般体面，"体貌丰伟，美皙如玉，秀眉而长目，顾盼烨然"。才四十出头，他早已饱经挫折伶仃不成个了。"野阔人声小，游子意茫茫"，"一山还一水，无国又无家"。他不再是"匡扶汉室"的丞相，不再是孝子、丈夫、孩子的爹爹，自认一介游子、楚囚、天涯孤客。

但在故国南宋，还有元人眼里，他都是闪闪发光的玉石，汉文化的道德殿堂期望他不为瓦全，而忽必烈指望着他将养朝廷，岂能一锤子砸碎。元大都一轮轮做起滑稽虚浮的劝降文章来，南宋降帝及诸大臣七七八八你下我上，奈何文丞相油盐不进，或拍案而起，或激烈对答，或泪流无语，或鄙夷唾骂，"臣心一片磁针石，不指南方不肯休"！

且罢，大枷扛上，置于兵马司污秽地牢。忽必烈要销毁他的信念，上天还欲锻造他的意志，燕山峰峰如锤，如莲开放，文丞相被捶打亦被安慰。近四年旷日持久的劝降，不损他一厘一毫，他的最高情感在燕山经了三昧真火，旧的世界在腐烂，新芽业已抽枝。

1823年1月9日，文丞相倒在了燕山前怀，冰雪之地砸出一个伟岸的人形，一个文人的铁马秋风画上悲怆的句号。"我花开后百花杀"。燕山庆幸，得陪英雄最后一程，并助他完成精神的升华；燕山沉默，珍重接纳他最后一腔热血，大地不忍也只得再添一阕悲歌。

他从散财勤王开始，注定失败连着失败，悲怆的前面还是悲怆，而灵魂踩着这愤懑的阶梯高挂苍穹了。燕山上，他独自进行着自我回顾与认知，浩浩寰宇也将只有他一人完成故国的重负，疼痛的燕山与不屈不挠的心灵合而为一了，冰天雪地那一场天下注目的死亡仪式，成了为英雄加冕的隆重典礼。

"千年成败俱尘土，消得人间说丈夫。"燕山下，三年两个月，赴死的步履过于沉重，一日一煎，心灵焦灼万倍，他最后的慰藉是什么？

二

他是燕山的囚徒，也是燕山的婴儿。

燕山托着长城，漫长高昂的坝缘线聚集的都是精华，没有浩荡的马群，没有自由奔放的大丈夫气，何敢穿越千里旷野？燕山好大的熔炉，天生成一腔冷峻浩然之气，滋养那颗敏感的诗心。

在惶然之地诞生了一本《吟啸集》，后人才知晓他的囚徒生活，他的勇气源头与心灵支撑。孟子"吾善养吾浩然之气"是最初的信念，也是最后的慰藉。以此孕育的诗歌是他唯一的武器，他的大光明，那光尽在恢宏刚劲的《正气歌》中。

"余囚北庭，坐一土室。室广八尺，深可四寻。单扉低小，白间短窄，污下而幽暗。当此夏日，诸气萃然。"雨潦为水气，涂泥为土气，暴热为日气，檐阴薪爨为火气，仓腐为米气，腥臊汗垢为人气，毁尸或腐鼠则为秽气。气气欺人，然静从秽生，明从晦出，文天祥胸藏一气，即坦荡凛然之浩气，则诸污秽颓丧之气皆不能近身。

这一通"以一气对七气"论充满孟子的雄辩力量，奠定他的思想根基，气更胜文，峻切深远。"天地有正气，杂然赋流形。下则为河岳，上则为日星。于人曰浩然，沛乎塞苍冥。"气象升腾，存乎天地，不涩不滞。他造出自己的光，在幽暗中升起繁星和太阳，环境愈暗愈脏，心底愈明愈净。

曾经，他也生在大康之家，有一妻二妾二儿六女，不乏红袖添香的事。奈何官场肮脏，青云落魄，他回乡造了一处山庄，溪山泉石，四妙毕具，指望诗酒终老，"但愿山人一百年，一年三百余番醉"。然山河破碎，纵有一壶好酒也喝不消停，"桑弧未了男子事，何能局促甘囚山"。名士谢枋得寄来家藏岳飞的故物端砚，二人皆慕精忠报国之心，以此共勉，运笔磨墨，壮怀激烈。谢枋得后来也被押解元大都，绝食二十天死，忠烈千秋。

文天祥临危受命右丞相后，誓死卫国了。军队打没了再召集，被抓了想法逃出去接着干，再被抓就以死殉国，死不了继续投枪上阵，正如他后来的《沁园》诗："人生翕欻云亡。好烈烈轰轰做一场。"这个频繁往来生死场上的男人，活成了让宋朝、元朝都不省心的大主，对付钢，铁就是泥。然而他在前方轰轰烈烈组队作战，皇帝与群臣早投降了。

"千古燕山恨，西风卷怒潮。"文天祥发出愤怒的悲情，燕山也被震得肝胆欲裂。一踏进燕赵大地，心中的南国与仇恨的北国开始较量了，他与传说中的英雄，如牧羊的苏武等一一握手，铿锵打气。过宋辽边界古战场白沟河时，他拍拍胸脯："文武道不坠，我辈终堂堂。"内心明亮，光照汗青。

谁一开始就站在应许之地，都有命运的推手。

三

钱锺书极挑剔，《宋词选注》却选了文天祥四首诗，"他从元兵的监禁里逃出来，跋涉奔波，尽心竭力，要替宋朝保住一角山河，一寸土地，失败了不肯屈服，拘囚两年被杀。他在这一个时期里的各种遭遇和情绪都在《指南录》《吟啸集》里，大多是直抒胸臆，不讲究修辞，然而有极沉痛的好作品"。钱大师珍重文天祥一腔胸怀。

第一首《扬子江》，1276年文天祥初次被俘，押往元大都路过镇江趁夜逃脱，在长江口船上写出"磁针石"名句。第二首《南安军》，他二次被俘过大庾岭所作，"出岭同谁出，归乡如此归！山河千古在，城郭一时非"。之后学伯夷、叔齐绝食，以明志向。第三首北上过南京作《金陵驿》："满地芦花和我老，旧家燕子傍谁飞？从今别却江南路，化作啼鹃带血归。"这首诗融合杜甫、刘禹锡诗魂印迹，无国无家悲凉之痛。第四首《除夜》，至元十八年（1281年）除夕，燕京狱里，"无复屠苏梦，挑灯夜未央"。除夕夜，文天祥预知命将亡去，梦也没了，酒也没了，风雪里独挑着一豆灯，缝那破碎的衣衫。

饱受雨雪孤独之凌，文天祥心里的燕山是无情的。"燕山积雨泥塞道，大屋欹倾小成倒。""太行南北燕山外，多少游魂逐马蹄。"整个大宋一直想夺回燕山，夺回长城使用权，都想病了，最终还是为元朝打残，但你看蒙古人西侵一路狂风骤雨，他们最坚韧的阻力仍是东方弱宋，就剩一角河山也要拼个惊天动地，剩一个人也拿住鬼神守得云开，耗它几十年。弱里挺着筋骨，绵里藏着长针，就是顾炎武所说，天下兴亡，匹夫有责。

身处燕山，文天祥不会对这片大地视若无睹，两宋与辽、金是以燕山为界友好交流的，长城内外战争一次次毁灭了和平，百姓不能没有怨气。元朝虽生硬血腥，总是开创了和平局面，也一改委婉彷徨的宋词筋骨，至元曲率性狂荡，刚柔相济，夹缝中怒蹿出来那种生鲜猛烈，野性中有内敛，含蓄中喷薄着昂扬，是全新的文化。中原纵有长城，如何挡得住秋高马肥，铁骑冲锋。他该重新认识燕山的气魄与生发力量，马蹄、弓箭与战车不代表落后，它蓄积着力量，长大长高，草原盛不下了，必然漫过燕山，搅动中原沉滞的沼泽。

这陌生的大地元气淋漓，充满了想象，因而能产生大气魄、大能量的人，耶律阿保机、完颜阿骨打、忽必烈都是，尝试把两股力量拧起来，在人，亦在山水。

四

忽必烈是怎么爱才的？看文天祥的囚徒细节就知，是消磨、虐待、残酷。

《七月二日大雨歌》领略燕山的雨狂风暴："燕山五六月，气候苦不常。……滂沱至夜半，天地为低昂。……初疑倒巫峡，又似翻潇湘。"这阵势要吓倒了，屋漏进水，浮动八尺大床，他拖着手铐脚镣撑在东厢一角，"张目以待旦，沈沈漏何长"。

在第二年《五月十七夜大雨歌》中再次遭遇水淹："叫呼人不应，宛转水中央。壁下有水穴，群鼠走踉跄。"雨后暴晒，腐臭瘟疫上来，他叹息命运"乾坤莽空阔，何为此凉凉"。然看到万物枯焦，转而忧民："但愿天下人，家家足稻粱。我命浑小事，我死庸何伤。"那个高瘦影子蓦地让人心疼，这个人却看不见自己。

淹死也就死了，感染鼠疫虫害也就死了，令人想起曹操对关羽是真的激赏爱戴，不杀，厚赐，放走，曹公有道。忽必烈在文状元面前缺乏自信，当然忙着治国理农桑济救万众，尚有仁心，也算费心了。

像雨水浮起床，他浮于诗歌之上，忘了自己。文天祥幸有杜诗一部，钻研学诗，《集杜诗·自序》写道："余坐幽燕狱中，无所为，诵杜诗，稍习，诸所感兴，因其五言，集为绝句，久之，得二百首。"他的诗里不乏杜甫的忧戚之容，"国破山河在，城春草木深"。

明月浩澈，不薄南北，天井虽小，足是安慰，《元夕》诗写得明白："燕山今夕月，清影伴孤臣。"大月软了心性，方寸之间，亦达宇宙。"南国张灯火，燕山沸管弦。"心上似乎平衡了，不再愤愤然怒潮烂卷，不再与博大宽容的燕山剑拔弩张。

星辰冷漠，却狙击了黑夜。他身上凛然有光，是不得已蜕变了亲情，成无情冷漠之人。失散的欧阳夫人、女儿柳娘也写信了，尽管是为奴的屈辱，是哀戚恳求劝降之目的，总是亲人笔迹，有慰藉，亦有猎豹蚀血之痛。"人谁无骨肉，恨与海俱深。"在《二女第一百四十四》写道："漠漠世间黑，性命由他人。欲了男儿事，几无妻子情。"他忆及母亲大祥，"今年飘泊在何处，燕山狱里菊花时"。哀哀黄花是想象还是真见，不得而知，他的痛是忠孝不能两全。故在兄弟为新朝官，守家侍母延续烟火，他认可并感慨："弟兄一囚一乘马，同父同母不同天。"至此心也轻了。

要经受自己的痛，痛有多深，光有多亮。

他真有无数个台阶可下，随时可推开刀子，但他就是一头决绝的狼，死不是痛，"生前已见夜叉面，死去只因菩萨心"。他已度了自己。"出门天宇阔，一笑暮云横"，心无所忌，到"是处江山生酒兴，满天风雪得梅心"，他已出离家国、个人、肉身之外，旷达天下，兼济宇宙了。

五

刀刃划开血肉，真痛的是忽必烈。

说忽必烈较量败了，不如说他理解了文天祥，成全那股子浩然之气。

最后的对垒。忽必烈召见文天祥，文天祥长揖不拜，左右强之，坚立不为动，"一死之外，无可为者"。忽必烈气得没魂，再上五尺大枷，重二十五斤，待戮。文天祥心落肚子了，面南一拜，写绝笔："天荒地老英雄散，国破家亡事业休。惟有一灵忠烈气，碧空长共暮云愁。"凝聚燕山的气魄与灵息。忽必烈仍不舍，又下达不死令。"俄有使使止之，至则死矣，见闻者无不流涕。"忽必烈长叹。

文状元大才大勇，即使不为元用，善待之，不愁子孙不效劳朝廷，日后多少燕山佳话。所以忽必烈没成了康熙大帝，元朝霸业海陆长空，并没折腾出一个盛世来。

欧阳夫人发现衣里有诗，称《衣带赞》："孔曰成仁，孟曰取义。惟其义尽，所以仁至。读圣贤书，所学何事？而今而后，庶几无愧。"他不能截住历史的洪流，但他立住了，在一个时代的末尾。

一生至少要有一两件事立住了，就是功。庐陵张千载，一个有学问的农民变卖家产，一路跟随文天祥到燕山脚下，土牢附近租房住下来，一日三餐侍奉文丞相家乡饭菜，直到最后一刻。土牢在北京东城区府学胡同两进小院，现叫文天祥祠，庭前一株南倾老枣树，说不定是他送饭之机带来的种子或树苗，文丞相亲手栽种。而后"自燕山持丞相发与齿归"。肝胆相照。王炎午再写祭文："名相烈士，合为一传，三千年间，人不两见。"

燕山辽阔，长风贯日。文天祥无法得见明媚生香的河流、野花、山尖的石头云海。燕山更是一个精神符号。想我乘车登上燕山主峰雾灵山，歪桃峰上大呼小叫，现在深觉羞愧。荣光是大山的，倒在燕山下的沉默者才是光风霁月大丈夫，该在松风光影里悉心凭吊。"风檐展书读，古道照颜色。"那伟岸的人早端坐燕山上了。

销魂的旷野

一

纳兰容若有一首词《一络索》:

过尽遥山如画,短衣匹马。萧萧落木不胜秋,莫回首、斜阳下。

别是柔肠萦挂,待归才罢。却愁拥髻向灯前,说不尽、离人话。

这么销魂的秋日旷野是哪里?我家,承德坝下锡拉塔喇河川,蒙古语"黄草川",《水经注》称"大要水",民间叫牤牛河,岸上有辽代土城子,今称凤山古镇,诗人郭小川老家。

翩翩绝世公子多次扈从康熙跨越燕山,竟还巡视到我家偏僻的村镇,留下华美词章,一时兴奋,我疏漏了什么?对纳兰后知后觉,原是以为他矫情,抱玉握珠之人,日日花间樽前深杯酒满，却腻歪歪惆怅客，李后主是失了国才"问君能有几多愁"，贵公子悲从何来愁打哪生？老话叫"烧包"，不惜福。实是我粗陋妄言，并没细切他的富贵病，他的悲戚多半源自爱妻难产离世，常人丧偶也如失了半壁江山，况敏感深情的纳兰，还不能如李白"三杯弄宝刀，杀人如剪草"一拍屁股走之。故好友曹寅道"纳兰心事几曾知"。纳兰是多重的，我这才从书架深处寻出张草纫导读的《纳兰词集》，稍作揣摩。

那些年古北口外山峦叠嶂，河流凶悍，人烟极稀。康熙十五年（1676年）玄烨二十三岁，意气风发，有时率性，过于拘谨就没承德事了。农历九月初七康熙到京郊密云打猎，兴致忽来，初八即从墙子路出塞，过兴隆太师屯、滦平大屯、波罗诺镇，一路往塞北疾行。《清实录》记载"戊子初九日，上驻跸锡拉塔喇"。重阳节，黄草川葳蕤生光。

这是玄烨第一次北巡口外，三日后返。伴驾的该有三十二岁高士奇，"不分村野与溪桥，乱写横枝一两条"。洒脱之人。还有二十二岁新科进士纳兰容若，叶赫部后，亲姑奶奶是康熙曾祖母、皇太极之母、努尔哈赤皇后，根正苗红。曹寅美其品行"忆昔宿卫明光宫，楞伽山人貌姣好"，也有说"飘如游云，矫若惊龙"王羲之范儿。玄烨亦赏其文武全才，授乾清门侍卫，开始扈从生涯。年轻男孩们热爱探险，看我塞北大地长烟落日何如？走。北巡大业开始了。郑亚芳在《纳兰性德边塞词编年考证》提到，《一络索》是康熙十五年秋之作，秋出塞唯此一次。

若只在京郊，不能写"过尽遥山"，也不至太离别惆怅，九月京郊也断不会萧萧落木。"短衣匹马"带着兴奋爽利劲儿，高士奇那年秋也有"短衣匹马夕阳下"诗句，说明作于同时同境，强调轻装骑行，符合康熙临时起意快去快回心态。这首词别致，纳兰对燕山充满好奇，红黄绿紫秋色连波，但首次离家千里，落木萧萧，思念也滚滚来。下阕就以娇妻卢氏口吻情思缱绻，山河旷远，终归于家园。

康熙初次北巡止于凤山，看来兴之所至，实际酝酿多时，他欲寻类似"春水秋山"狩猎之地。这三天纳兰定然陪着皇帝踏遍河川四野，沿东大河十五里外到过我的村庄——鸳鸯山下明末清初跑马练兵场地，后来山上建过鹿苑与寺庙的。

他给忘年交严绳荪诗，"人生何如不相识，君老江南我燕北"。生于京都，以燕北人自居，纵是幽怨也不乏山河旷远，苍凉豪迈之气。我再看燕山峰峦，立老家河川之上，山光鸟性，溪声人影，端然多了流风回雪之态，与旧时绝不同了。

二

纳兰容若第二次到凤山是康熙二十二年（1683年）六到七月间，这次古北口外避暑时间长，走得远，到坝上滦河源了，下坝后仍驻跸锡拉塔喇。皇帝惊看大野茫茫泼绿，烟村处处，又吃滦河细鳞鱼，猴头蘑菇比山东鸡腿味浓，乌喇李比樱桃还大，味甘微酢，欣慰写下《黄草川》诗"今日边屯皆乐土，茅檐松火接金微"。又赶上两个大节——七夕与中元，纳兰也有了二首词情致饱满。第一首长调《台城路·塞外七夕》：

> 白狼河北秋偏早，星桥又迎河鼓。清漏频移，微云欲湿，正是金风玉露。两眉愁聚。待归踏榆花，那时才诉。只恐重逢，明明相视更无语。
>
> 人间别离无数。向瓜果筵前，碧天凝伫。连理千花，相思一叶，毕竟随风何处？羁栖良苦，算未抵空房，冷香啼曙。今夜天孙，笑人愁似许。

卢氏于康熙十六年（1677年）春逝，这首七夕词念与谁聚？后妻及妾都非金风玉露，按康熙二十三年（1684年）九月二十七日午纳兰至严绳孙简可知，"弟胸中块磊，非酒可浇，庶几得慧心人以晤言消之而已"。江南才女沈宛尚未入京。纳兰所念也许就是春天的一段郊外情，草色遥寻，榆钱叠翠，偶遇天然绝代。"只恐重逢，明明相视更无语"，意境同于"执手相看泪眼，更无语凝噎"，柳永是伤离别，纳兰是重逢，暴露一些端倪，有"一生一代一双人，争教两处销魂。相思相望不相亲，天为谁春？"之无奈。纳兰曾恋慕一女，惜已嫁人，如天河相隔。写给佳人的，再缠绵不寒碜。

七月十五中元节，民间称鬼节，夜不出门，避免打扰鬼魂们聚会，此月不属人间。纳兰填词《月上海棠·中元塞外》：

原头野火烧残碣,叹英魂才魄暗销歇。终古江山,问东风几番凉热。惊心事,又到中元时节。

凄凉况是愁中别,枉沉吟千里共明月。露冷鸳鸯,最难忘满地荷叶。青鸾杳,碧天云海音绝。

此首格调悲远。荒原凉月,野火燎着断碑残碣,多少英魂忠骨埋没,无人问祭,引纳兰感慨。这月也照进地下卢氏的小轩窗上,青鸟难传,零落泪尽。

纳兰词多写实少雕痕,我得以知晓三百年前,家乡苍凉雄浑的节日天色,两首词都写到"碧天",或脱于范仲淹"碧云天,黄花地",关键正是我家秋野真实天色,这才拿心,这个碧天就看得见。星河欲转,瓜豆含香,一杯残酒,数行思念,生一两段愁自然而然,谁心上整日锣鼓喧天,那叫愤青。

而帝王看山河都色彩明亮,《康熙起居注》记载古北口外:天气晴朗,微风清凉,旷野之中,以数万匹马往来其间,无有边涯,真属大观。到纳兰写《清平乐》又是一番惆怅:

塞鸿去矣,锦字何时寄?记得灯前伴忍泪,却问明朝行未。

别来几度如珪,飘零落叶成堆。一种晓寒浅梦,凄凉毕竟因谁?

的确愁多。李慈铭《越缦堂日记》说纳兰词:

> 如寡妇夜哭，缠绵幽咽，不能终听。
> 弦弦掩抑，令人不欢。
> 根柢太浅，每露底蕴，长调犹时若不醇，此不读书之故。

批得重，读之汗流。但私以为纳兰的幽怨词是给恋人知己的，故而袒露脆弱，他写给山河长城就视野辽阔，悲怆苍郁，问鼎兴衰了。

三

康熙二十一年（1682年）玄烨东巡祭祀祖陵，容若、高士奇、曹寅三人扈从，四位青年才俊一路诗词唱和，莫不欢悦。容若面对祖辈征战流血之地，写下"剩得几行青史，斜阳下，断碣残碑"。玄烨顾及文臣情绪，微露喜悦："断磊生新草，空城尚野花。"——意在未来。高士奇怜爱河畔梨花："刚得一支花到眼，冷雨打，几时休？"曹寅则："念别后重池衣被，料他猛雨寒灯，门如何闭？"——天上人间少有的行走，但清初，塞上旷野人稀，越走越冷就不好玩了。

宋欧阳修使辽后说了句大实话："一年百日风尘道，安得朱颜长美好。"实际得五六个月风雪冰期，才出深涧又入高原，搭帐起帐生柴灭火十分烦琐，像康熙一样精神饱满地吃苦，不多了。但纳兰没那么脆弱，他的塞外词格调高，也不各，豪放婉约尤为销魂。

康熙十六年，皇帝正式北巡，长城内外奔马萧萧，纳兰得小令《菩萨蛮》，胸怀视野想小也小不了。太阳一落山后背立刻凉透腰眼，直打寒噤，寻常人止于那点儿凉意，纳兰则是"黄云紫塞三千里，女墙西畔啼乌起。落日万山寒，萧萧猎马还。笳声听不得，入夜空城黑。秋梦不归家，残灯落碎花"。这气魄与康熙同起伏了。旷野幽暗一灯如豆，是"独钓寒江雪"之境了。我等久居燕山而无境无格，实是乏读少思。

九月十六日驻跸宽城喜峰口，滦河出燕山冲开的大峡谷，原叫卢龙塞，汉长城要塞，险峻萦折，有九峥之名。曹操北征乌桓赶上秋七月大雨，尴尬了，深不载舟船，浅不能车马，只能过卢龙塞出关，二百年弃用五百里荒芜之路，实是冒险，但曹公一战功成，卢龙塞出名了。明改称喜峰口，明末皇太极避开山海关防线，突破喜峰口长城逼上京都。日本侵略热河期间，长城保卫战主战场亦在喜峰口。后来建潘家口水库淹没了长城，至深秋滦河水量减小，喜峰口又昂头出水，沧桑不屈令人唏嘘。"自有卢龙塞，烟尘飞至今。"戎昱颇有预见。

到纳兰容若，作《蝶恋花·出塞》，一番新气象，"偏于豪放，不废婉约"的经典之作，毛泽东评价高：看出兴亡。

> 今古河山无定据，画角声中，牧马频来去。满目荒凉谁可语？西风吹老丹枫树。
>
> 从前幽怨应无数，铁马金戈，青冢黄昏路。一往

情深深几许？深山夕照深秋雨。

长城悲壮，深秋更现冷意，纳兰拔不出妻子离世的悲哀，由人之生死切入千古江山亦无定据，有盛有衰，何其自然。马上民族飘忽来去，长城内外血腥幽怨，容若一腔愁绪对人亦对江山。"深山夕照深秋雨"很有意思，塞上常见的过阴雨，道是无晴却有情。

另一首关于喜峰口的词《临江仙·永平道中》，纳兰写于抱病状态，更为萧瑟。

曾记年年三月病，而今病向深秋。卢龙风景白人头，药炉烟里，支枕听河流。

唐高适曾到卢龙一带求取功名，惜未果，写过"东出卢龙塞，浩然客思孤"。纳兰病在卢龙，叹理想未成，心有戚戚，病就欺人了。年年三月病不是春愁，后有"药炉烟里"，应是染了风寒感冒，春三月乍暖还寒，二八月乱穿衣，最难将息，没个"冷香丸"，没个人惦记，药味都是愁。滦河帐外浑浑泡泡，支枕听了一夜。己心凄冷何必满城风雨，一河够了。

最著名的长城词是《长相思·山一程》，写于康熙二十一年（1682年），康熙平定云南后关外三陵告祭，浩浩荡荡出关。"山一程，水一程，身向榆关那畔行，夜深千帐灯。"榆关即山海关，明长城起点，燕山东端，风雪无停，万丈穹庐，

"夜深千帐灯"壮丽流暖,已成绝响。

四

纳兰当然到过塞罕坝。康熙二十二年(1683年)六月皇帝北巡,首次到皇家猎苑木兰围场,那年闰六月,二十六日上坝,七月初九下坝,整整狩猎一月,纳兰饱览坝上风光,心怀激荡,作《鹧鸪天·谁道阴山行路难》,盛赞康熙塞上大型围猎开端,气夺千里。

谁道阴山行路难?风毛雨血万人欢。松梢露点沾鹰绁,芦叶溪深没马鞍。
依树歇,映林看。黄羊高宴簇金盘。萧萧一夕霜风紧,却拥貂裘怨早寒。

此阴山指塞罕坝,清以前人们惯把塞罕坝看作阴山余脉,《钦定热河志》曾称之阴山正脉。高原茂林,处女之野,修路属于现上轿现扎耳朵眼,上坝艰难。但狩猎开始,一万多平方公里哨鹿呦呦,层层围猎,万马奔腾,万人狂欢,越过松林苇草水泡子,把猎物堆起来烤制,微雨冷风毛血腥膻夹杂着肉香酒香,夜色升起篝火冲天,黄羊肉高堆盘上,君臣大吃大喝完全打开状态,纳兰内心深处的民族野性也回归了。大月如昼,万籁萧萧,巉岩络绎,花铺万朵,倚树望塞上山川,拱卫中原，只有豪迈。

过古北口，渡滦河，上燕山，策马狩猎，底气足足的，纳兰容若诗性人生早能大开大合了。他的边塞诗愁而不哀，伤而不沉，是对山河的深知，对草木的洞彻。"尽日惊风吹木叶，极目嵯峨，一丈千山雪。"何等胸怀，几人能写。"塞马一声嘶，残星拂大旗。"夜凉之寂寥，旷古难消。"无数紫鸳鸯，共嫌今夜凉。"蚀骨的清愁也怅远宏大，塞外碧天秋野的确重塑了他的诗格与思想。

另一首长调《沁园春·试望阴山》又叹息了。"只凄凉绝塞，峨眉遗冢；梢沉腐草，骏骨空台。"骏骨良人常有，燕昭王为天下贤达筑建的黄金台却空了，容若感慨抱才不遇。想两年后他就离世了，冥冥之中或有所感？两鬓见霜而百等不到百呼不应，真急煞人也，缘何不愁？大野生机勃勃，更黯然销魂矣。他不厌倦自然，厌的是战争、重复、琐碎、无望。

五

一音乐评论家听了杜普蕾《埃尔加大提琴协奏曲》，即断其不寿，她在用生命拉琴。观纳兰容若用词及境，亦在熬其心血。

"草白霜气重，沙黄月色死。"以"死"字形容月色，用词堪绝，却也不吉。"别有根芽，不是人家富贵花。"清气绝顶，也非利言。到"谁持《花间集》，一灯毡帐中。"颇有禅定,少宿怨了。似是黛玉的话,"心里只管酸痛,眼泪却不多"。他洞察幽微又有大局观,针对汉人对清廷不满情绪,曾说出"芳草何须怨六朝"。他深交并拼力救助汉人师友,是心灵所需,也契合民族大和理念。但他在手札中透露:"弟比来从事鞍马间,益觉疲顿;从前壮志,都已隳尽。……身后名,不如生前一杯酒。"甚至调侃老友:"几年以后,吾哥意中人,想俱已衰丑零落,亦大凄凉也,呵呵。稍俟绿肥红瘦,即幸北来。"

闲愁万种,时不我待。纳兰若活个六七十岁,看到避暑山庄建设,木兰七十二围八旗扬威,万国来朝盛世,定有一番大作为。所以万事万物背后是什么?苦,富贵贫穷各有其苦。容若受的是灵魂之苦,灵魂饥饿养不了人。燕山以北旷野萋萋,成全其词境孤绝苍远,而风刀霜剑亦寒透了骨髓,并无热血以抗——他蘸了那血写词了。

尼采说:"一切文学,余爱以血书者。"上燕山后,文人的血脉都沉郁了。

石头的教堂

燕山大裂变持续六七千万年，劲风把一堵堵冲天巨壁毁蚀、穿透、拽离、雕凿、打磨，蛤蟆、骆驼、鳄鱼、罗汉、僧帽、鸡冠、双塔众兄弟们活蓬蓬挣脱出来，各就各位，筑就上帝创意的巨石神殿。朝鲜学士柳得恭《滦阳录》提到热河："大石如城，如塔，如楼阁，如虹霓之门，不可形状，皆带雄黄色，可谓大观石录也。"其时已秋深，山石皆黄，夏雨丰沛，则愈见红紫，孤绝丹霞，独幸承德，这偌大的石头教堂，时时飞下听经的鸟。

磬锤峰记

一个巨大石柱力拔山巅，腾入云霄，仿佛神笔饱蘸了浓墨，一个烂漫的巧劲儿戳上山顶的。柱高近六十米，重一万六千余吨，下锐上丰，真怕一阵大风弄折了腰杆，玩得就是悬念。三面临崖，一面长方形厚实基座偏能攀上来，于那紫砂砾岩上拾得晶白的桑葚，看一株桑树妖娆缠在石柱子腰眼，小鸟依石三百年，早修到仙枝了。

　　山下蜿蜒着大河，多热泉，四千年前才有先人来到河岸上游。看啊，棒槌山！许是河边捣衣的美妇，喊出石柱的第一个小名，她们嗔怪某人浑头浑脑亦说"你个棒槌"，端的冥顽可爱。

　　北魏郦道元蹚着濡水来了，"壮哉，石挺！"他泡着温泉澡，趴在大石盖上书写惊奇："东南历石挺下，挺在层峦之上，孤石云举，临崖危峻，可高百余仞。"石挺惊了一惊，有名有衣穿了，直想翻个筋斗云。但它"老老人家"了，遂端端正正致敬那个倔强的背影。惜石挺仅是《水经注》里一个符号，民间怎得知晓？

　　汤泉水润，香风吹彻，契丹萧太后又来棒槌山下设帐沐浴了。大辽敬畏神山，在棒槌山留下精美石幢，有座有盖，状如高塔，刻有四字，但契丹语言几乎湮灭，破译艰难，石幢也在民国丢失，幸好1893年俄国学者波兹德涅耶夫到承德考察，特意拓下了石幢文字，留后人破译。荒凉紫塞，蒙古人偶尔放牧偌大的"哈伦郭勒"，即热河，石挺仍是个处子。

　　康熙北巡热河，惊见东山顶上紫光祥瑞，一石犹如刚锻造出来的青铜巨柱，昂首削天，直面八荒，颇异之。不远处恰有一卧石活脱蛤蟆，又似佛教打击乐器磬，正缺个锤子，康熙脱口而出："君不见，磬锤峰，独峙山麓立其东！"

　　了不得，受了皇封，大名磬锤峰！它火眼金睛识得知己，特殊的山峰需要承担使命的。

大臣王灏称棒槌山为琵琶峰，他于1703年随行热河，录下日记《随銮纪恩》："一石如琵琶倒插山间，一方石如盆盛之，土人呼为棒槌山，为易其名为琵琶峰。"形象而有乐感，奈何怎比皇封？

我依琵琶峰联想，称棒槌山神笔峰，巨大神笔直插长方形钧瓷笔洗，正如陆机《文赋》所言"笼天地于形内，挫万物于笔端"，多浩荡。

如此奇石，只有西非纳米比亚神石"上帝的手指"或可比拟，遂称棒槌山为"上帝的拇指"。那根"手指"是在沙漠一座山顶上单纯立起的石柱，缺乏磬锤峰的高锐巧妙，且在1988年纳米比亚独立日神秘倒下了。磬锤峰稳居世界首位，丹霞山阳元石和内蒙古人根峰欲有一拼，但论云霄之上王气森然，二者逊色了。

还有人称棒槌山为"巨人的皂靴"。也算得形象，只是一脚踏在热河大地百姓必感压抑，只有说是真正的帝王扎根热河，为黎民谋幸福，才妥当了。

民间则认定棒槌山就是男人山，男人胯下金灿灿的太阳。

这一切名号来历，山大体丰，一笑纳之。

山有灵。我以为，磬锤峰多重寓意都可归结为一个，即巨石崇拜。

巨石难以摧毁撼动几近不朽，故人类祖先常以石头为图腾进行祭祀膜拜，以获取非凡力量。如蚩尤狂放问道"天下谁敢当"，女娲推下泰山石说"泰山石敢当"，黄帝遂遍刻泰山石以震慑蚩尤。炎黄先民在泰山布灵石行祭祀，黄帝封禅大典，建筑物前放巨石以镇邪祈福，都是巨石崇拜。英国的巨石阵、古埃及金字塔、印第安人图腾柱等即是男根崇拜，亦取威震、勇猛之意。

　　石挺作为男根隐喻明显，多个彪悍民族为何漠视热河？先人最早是女性生殖崇拜。滦河流域出土了六千八百年前新石器时代女性雕像，乳高臀圆，会阴张开生育之花，或望天祈祷渴求丰收。五千年前的红山文化，玉器"双联璧、三联璧"葫芦造型体现胚胎崇拜，先人已悟到"种"的作用，晚期出现 C 龙神形，方有男性生殖崇拜意识。蒙古人祖先根深蒂固的是鹿石崇拜。只有清朝成为霸主后垦荒耕稼，男性力量蒸蒸日上，男根棒槌山才开始显山露水。

　　燕山运动甚至奠基了整个中国地貌，但热河地域文化却以清代为主。康熙是在1701年同时修建八处行宫，统称山庄，1708年才选定热河上营为中心行宫，亲题"避暑山庄"。康熙是慎重的。满族信任萨满教，一石一木都受尊崇，大自然亦庇护肃慎祖先，从原始社会细水长流地走到辉煌清朝。而热河奇石林立，堪舆者大加赞美："石挺云举，地势龙兴。"合了帝王心灵。康熙驰骋热河时或许听见狂放之声，"天下谁敢当？"磬锤峰答："我敢当！"

　　闻弦歌而知雅意。文明的生发就是让英雄去揭示自然隐秘的神性，从而进行伟大创造。若把整个热河行宫和外八庙当成一个大家庭院，丹霞群山是高大围墙，磬锤峰就是门前的

"石敢当"，如清朝戳在热河的定海神针。果然清朝腰杆子硬邦邦，康雍乾子孙雄姿英发，八旗兵威慑天下，帝国充满了活力。

民间说紫禁城阴气较重，帝王阿哥们每年都会上棒槌山"充阳"，后期国衰至几位皇帝不育，是未能到热河充阳之故。民间总有理。磬锤峰，承德人的精神图腾。

看磬锤峰，有两个皇家视角不能错过。

一是康熙的视角，平视磬锤峰最佳处，避暑山庄榛子峪"锤峰落照"亭，他一对雌雄目凝视磬锤峰，如切如磋如琢如磨，这是他的心灵坛城。平视而不是压制，正是康熙倡导的平等、自由、包容理念。"纵目湖山千载留，白云枕涧报深秋。巉岩自有争佳处，未若此峰景最幽。"康熙爷豪放题诗并描述："夕阳西映，红紫万状，似展黄公望《浮岚暖翠》图。"我想一睹《浮岚暖翠》图，回望三百年前磬锤峰盛况，一查才知画已被无耻收藏家殉葬，但观董其昌、王时敏等摹本亦能看出蔚然深秀、江山万古之意。王时敏称此画为"子久一生杰作。如右军之《兰亭序》，他书皆不逮"。康熙以千古名画比拟磬锤峰，可谓胸藏万壑。

深秋向晚，我立亭前遥望磬锤峰，诸峰横列，一柱扶摇直上，气象万千。再晚则云霞舒卷，峰如美人入世，武烈水瑟瑟涌金，和合吉祥。

另一个视角，要从普乐寺体味乾隆爷的神秘立意。

"一柱标云汉，千峰最上层。"乾隆爷亦钟爱磬锤峰，作

《赋得锤峰落照》刻石碑上，立于"锤峰落照"亭旁，仍嫌表达不足，到底专为磬锤峰造了一座庙。

说乾隆爷清晨起床往东一望，不得了，磬锤峰蔽日！乾隆抑郁了，依形家风水指示，须高搭法台下个镇物对峙磬锤峰，普乐寺诞生了！杏花开时，我刻意站在普乐寺阇城中轴线上直视磬锤峰，峰体腰部以下自然陷入群峰之间，但峰头不卑不亢。阳光跃过磬锤峰，过阇城台上黑色玛尼塔尖，我的头顶，涌进主殿旭光阁，穿过曼陀罗木雕坛城，过汉式伽蓝七堂中央琉璃塔，出普乐寺正门即西门，遥对避暑山庄永佑寺六和塔。这一趟线走得气势磅礴，心无旁骛。

说镇，其实供养；以为对手，实是握手。乾隆爷更加笃信灵石效应，用心良苦，信奉"塞土黄金色，是处菩萨面"，以佛教为主的顶级皇家寺庙群建筑艺术，震惊世界。

散步避暑山庄晴碧亭、烟雨楼，即可看到磬锤峰雄姿，亦可见峰影如翱翔大鸟涉水之上，荡人心魄。在普宁寺大雄宝殿前，从吻兽列队探出的一角重檐看去，磬锤峰就是吻兽四蹄冲天。从小布达拉宫大红台遥看磬锤峰，紫光离离，磬锤峰则是诵经的贝壳。

拜谒磬锤峰本尊时，忽觉磬锤峰更像金刚杵，密教修道之最古法器，内魔外道，无坚不摧。金刚杵以独股杵最古老，尊贵神妙，常蠹于博大的寺院。磬锤峰恰是朝天独股杵，上天也许在谕示，热河乃天然偌大寺院，故现罗汉山、僧帽山等佛像群峰。而皇家寺庙加民间寺庙多达一百四十多个，承德成为多宗教融合的灿烂圣城，亦印证了神性乃是大自然意志与人类浩然之气的相辅相成！

云深自有听经鸟。当我从磬锤峰往山庄方向寻找"锤峰落照"处，因山势西高东低，榛子峪山脊竟出现磬锤峰红紫影像，气宇轩昂。了悟道：磬锤峰，避暑山庄，燕山山岳，乃至整个中华大地其实浑然一体，借势相携，体现"天地与我并生，万物与我为一"的山水大道。

说大禹治水时，有一只蛤蟆精竭力阻挠，大禹操起捣衣棒槌锤过去，蛤蟆精顿化蛤蟆石，下留一洞，"钻过蛤蟆洞，一生不长病"，蛤蟆精亦在修行。大禹不放心，棒槌随手一插化为棒槌山，永镇蛤蟆，故说"蛤蟆跑，棒槌倒"。蛤蟆石会不会跑另解，专家却测到磬锤峰已进入老年，根部直角变锐角了。磬锤峰抽离了神性，只是一座脆弱的山峰，山水衰竭，人需要反思了。

我贴紧磬锤峰，仿若站在诺亚方舟上，锤峰就是恢宏的帆，我们原是有幸被拯救的物种，要跟随它破浪前行。

双塔山记

乾隆皇帝竟还画过双塔山，御笔《双塔峰图》特藏于圆明园，1860年英法联军打进北京城，咸丰仓皇逃至避暑山庄，圆明园毁了，这一东方的"悲惨世界"令远在法国的雨果都吐血哀叹。咸丰托病加上深度羞愧，次年驾崩于烟波致爽殿。

但《双塔峰图》未曾焚于大火，不知哪个与承德缘深的贼人捞出了"双塔山"，担至海外，消失一百五十年后突然面世，在2004年中贸秋拍达近八百万元高价，2007年保利秋拍又现《双塔峰图》，细节有变，孰真孰假不议，双塔峰再次轰动。

正是人面不知何处，双塔依旧雄风。

双塔山之名，一是峰头上并肩矗着两个巨高石柱，形如浮图宝刹，二是石柱顶端各建二塔，天下独绝。乾隆御画为写实纸本，渴笔干擦，二石似高塔、似双笋对峙山巅，一丰一瘦浑厚圆融，直见性情。画右上角题诗："双峰耸翠肖浮图，鹿苑当年了不殊。入影东西照滦水，插云南北拟明湖。"画面钤"古稀天子""太上皇帝""笔端造化"等十一枚乾隆玺印，应是乾隆得意之作。磬锤峰地位更高，乾隆独画双塔峰，足见偏心，是他眼中的山水状元。

双塔山在承德西郊滦河东岸，避暑山庄建成前康熙帝在此避暑，称喀喇河屯行宫。弘历得康熙喜欢，在山庄万壑松风堂爷孙二人同读同饮，那爷爷创建热河大业之初的行宫就有开拓之风，乾隆不可不瞻仰缅怀，每年必去住上几天，滦河漫步抬头见低头还见，《双塔峰图》就有乾隆自己和皇爷爷的影子。乾隆对承德的情感也像他对康熙爷的情怀，感恩加崇敬，为山庄外庙建设及光大宗教精神操碎了心，得以和爷爷并享"康乾盛世"之名。

故双塔山有多种形象：夫妻，兄弟，"前高后亚儿随翁"像父子，但在乾隆心底则是爷孙俩并肩作战，打造强盛国家的象征，双塔山的内涵就是和合、开拓。

进入热河的最后一道高岭广仁岭，双峰似迎似守，端庄高兀，每见必惊。朝鲜学士朴趾源《热河日记》记道："此行宫当是喀喇河屯，渡河十余里。转过一山，坡上石峰对峙如塔，奇巧天成，高百余丈。以故名双塔山。"

文字记录不能见具体形象，而从乾隆《双塔峰图》得知，北峰偏高略丰，塔况完好；南峰稍低略窄，塔只剩下圆锥般的废墟，说明此塔在乾隆朝之前业已坍塌，之前是什么样呢？

多尔衮行猎塞外发现了双塔山，建避暑宫，病逝于此地。之后顺治亦来过狩猎避暑，不过匆匆，未有诗词。1701年冬，康熙遵化谒陵后出喜峰口，首次驻跸双塔山下冬猎，大悦："朕避暑出塞，因土肥水甘，泉清峰秀，故驻跸于此，未尝不饮食倍加，精神爽健。"即刻重点建设该喀喇河屯行宫，建塞外第一座藏传佛教穹览寺，又建琳霄观，儒释道三家一个不少，随行江南才子诗画跟上。

翰林院编修查慎行随行三次，作《双塔峰歌》："滦河之水鸣淙淙，晨光欲透草木蓊。""青天一碧悬双蓬，仙舟出没波涛洪。"滦河汹涌愈显山川俊秀，画面感强烈。"我思佛力大且雄，十万照耀开盲聋。"感恩佛塔启示，实际致敬皇帝厚恩。宫廷画家蒋廷锡也作《双塔峰歌》："今朝所见真大观，半空落下青琅玕。"青琅玕是青玉般的美石。水利专家嵇璜则说塔如"双尖马耳"，"一鞭重指滦河北，绝胜扁舟西子湖"。这又说的滦河平静时候，把南北二水做了对比，双塔峰在一片和声中翩若惊鸿了。

诗中还透露,当时一峰三窍,查慎行提到"异哉三窍何玲珑"。汪灏也记:"其一石连透三罅,上如目,中如星,下如圭窦。"窍与罅指窟窿、缝隙,但现在三窍都不见了,塔峰严密合缝。这大概和地震有关,曾经北塔裂缝歪斜,以为会倒塌,1976年大地震后自行复原,正当结实了。

诗词能透露诸多信息,乾隆帝三万多首诗,一千多幅画,诗画地理,老珍贵了。

乾隆没登上双塔山,宠臣纪晓岚也没上过,说"决非人力之所到,不谓之仙踪灵迹不得矣"。再难还能难住现代人?20世纪90年代末南峰上复原方形砖塔,并两峰间架钢构旋转梯。我上过,三十五米峰高,一步一颤真怕风大吹了去,塔顶清风撩人,高远宽阔,盖两间房种二畦菜不成问题,摸了老砖,拜了塔内佛像,那时什么也不明了,单纯喜悦。

乾隆心不甘,民间传他曾在1790年命人搭了云梯,亲自登顶探宝,却见一砖屋、一书、一香炉、一草鞋、二畦韭菜,失望而下,当晚梦一老者,言所见竟是天书、登云靴、灵芝、生云坛,乾隆醒后立往双塔山去,却再搭不成梯子。胡诌了。那年乾隆八十大寿,焉能淘气?但肯定遣人搭梯子上去过,纪晓岚记载过此事。

纪大人多次蒙恩扈从避暑山庄,在文津阁纂修《四库全书》,闲时走遍热河,著《滦阳消夏录》等。说《阅微草堂笔记》本是多卷本有价值史料,但被和珅的探子毕庸窥知密报了，幸有会轻功的义士王丁得知，赶在搜抄之前潜入文津阁，把《笔记》取出埋于双塔山上。惜王丁病逝，孤本失落了，纪昀只好凭记忆重写，内容不及原本十分之一。如为事实，将来某一天双塔山会出土老本《阅微笔记》，倒有意思了。

"山庄之西有双塔峰，亭亭对立，远望如两浮图，拔地涌出，无路可上，或夜闻上有钟磬经呗声，昼时有云片往来。"纪府在避暑山庄丽正门前火神庙后街，夜闻是听人说。"乾隆庚戌，命守吏构木为梯，遣人登视，一峰周围一百六步，上有小屋，屋中一几一香炉，中供片石，镌'王壄'二字。一峰周围六十二步，上种韭二畦，塍畛方正如园圃之所筑。"双塔山附近有关帝庙，住持僧悟真，庚戌前八年，"一夜大雷雨，双塔峰坠下一石佛，今尚供庙中，然仅粗石一片，其一面略似佛形而已"。塔建何时？纪先生没说。

方塔蓑衣形，现代认为是辽代佛塔特征。后来地震有大砖掉山下，正面素，背面六七道粗纹，确是辽代沟纹砖。而双塔并不孤立，遥对一山坳处曾有七层六角瓦塔，叫单塔，塔基出土的砖与双塔砖同款。契丹人信仰佛教到痴迷程度，处处建塔，人人念佛，北宋状元彭汝砺使辽，发现有趣的一幕："有女夭夭称细娘，真珠络髻面涂黄，华人怪见疑为瘴，墨吏矜夸是佛妆。"燕地冬日风硬，女人得金佛启示，以栝楼金粉涂面养颜，亦称佛妆，夜有微茫，见之不骇，是融入燕俗了。佛风吹彻，深布人心，双塔奇峰焉能闲着，塔上有塔，直交云汉，更见虔诚。

那时热河全境归辽，以奚族为主，奚文化亦崇拜神山怪石，有学者认为修塔是奚王昭示权力的象征，"王埊"是奚语，天赐奚王之意。奚人在长城脚下，比契丹更早接触汉文化，依汉字创造也未可知。

后来出现北峰盗宝案，追回的宝物是陶白玉质石佛，垂耳闭眼微笑，色泽光鲜，是辽代罗汉雕像。在北峰重置佛像时发现，塔室矮小不能容纳石佛，有可能出土的，究竟墓坑还是塔基，并未挖掘求证。

高山之巅所见皆喜，不打扰是为敬也；知双塔是佛塔，是和合、威力的见证亦足矣。

但以乾隆、纪晓岚的聪明博识，登山必会抱下几块大砖查看，不难猜测双塔年代，要么不在意，要么不想说。

契丹是闪闪发光的北方民族，懂得兼收并蓄，澶渊之盟后边境线一百二十年炊烟四横，耕者牧者融融其乐，汉文化已然深入骨髓。如道宗皇后萧观音《伏虎林应制》诗："威风万里压南邦，东去能翻鸭绿江。灵怪大千俱破胆，哪教猛虎不投降。"气魄不输李清照"天接云涛连晓雾，星河欲转千帆舞"。自信豪迈则更胜一筹，萧观音有帅才。再想想萧太后的智慧与魄力，契丹民族男女平等更为进步。故契丹高层自称北朝，与南宋并列中华正统传承，绝不以为夷狄，而欧阳修撰写《新五代史》仍把其列为四夷，契丹恨得牙根儿疼。

像清朝所遇，努力学习汉文化，搞民族和合，扩大版图，四方来贺，仍被称作蛮夷。南北华夷都是我炎黄子孙，而燕地孕育过早期华夏文明，双塔山难道不可认作炎黄二帝联袂创世的象征？

"远看俩人头，近看像线轴。"还是百姓讲究实用性。拿磬锤峰当棒槌，拿双塔山当线轴，好大的口气，凭你再高大不可攀越，都是过日子的家伙，有种。

天桥山记

承德市区东二十公里仓子乡有天桥山，峰石纵横，草木纷披，一桥如虹凌驾长空，鲜有人到。秋十月凌晨四点着棉服出发，早早伏于西岭观天桥日出。

西岭原西天桥山，桥拱崩塌了。二山原本一体，被浩大的风刀切裂拽开，但衣袂相牵，皱褶波涛汹涌。那一带山峦皆南北走向，横看成岭侧成峰式，被一种狂暴持久的力量驱动过，皆如驰行的天车穿云破雾哐当陷入青翠之中，车头依然轰鸣。小峰头则是百舸争流正在兴头上戛然搁浅，停在冲锋的姿态。

天桥山是完美的天生桥，山巅之上有阔长石条横跨南北，长一百八十米，两拱。南拱小，为天生窗。北拱跨长近二十六米，如虹霓之门，风贯东西，云霭挥斥，揽日月，歇仙凡，俯瞰群峰跌宕，谓天下丹霞第一桥。砂砾岩桥体遭遇垂直切割，像天然琉璃条脊均匀列下，金风玉露托起一座典雅的圣城。

太阳娃娃般的面孔终于跳进洞口，天桥嘴阔衔住，万千光针照彻殿堂，犹似吉祥天母降落，布撒福禄。若中秋满月以桥洞含之，定是澄澈惊人了。

先到的人立于桥洞，看去如鸟翩然，鱼跃龙门。太阳驾临桥上，就是金翅鸟啄向群峰。一峰形似酒篓，有盖有嘴，咕嘟嘟溢将出来，酒气与光芒喷薄而起，莽莽苍苍的山头都微醺了。"天桥高跨万山秋"，嘉庆帝诗句正合此意。

遇桥可守，遇林而安，遇着适合的人则心潮澎湃，可成大业。

天桥意味着曾有风雨雾霭、矛盾冲突，有湍水流过，劲风荡过，千军万马蹚过，杀声喑哑，而风暴忽然止于桥，止于古北口，止于山前山后。对于奔跑的民族，跑是状态，山是神性的符号，拜谒，饮酒打尖，一别而过，没什么能阻止翻越。

而清代帝王拓土戍边，需要一个既能避暑抗疫又厉兵秣马的地方，同时是庞大的"桥梁"，通京都，连大漠，俯瞰全国，还要是个媒介，融合民族矛盾，天堑变通途。突遇燕山天桥，可攻可守，可迎可拒，云开月明。有独石桥，就有阳光大道，人的思想与自然一旦心心相印，如有神助。

天桥山，有多种寓意。

鹊桥，强强联姻。清代最初起势源于满蒙联姻成功跨界，努尔哈赤十六位妃子除了首个大妃，都是各部落的格格，而皇帝的格格们又外嫁联姻，儿孙外孙几成混血，姑舅亲，辈辈亲，打断骨头连着筋，环环相扣，力量倍生。少数民族之间更容易信任，危险的铁蹄变成同盟，墙头马上相顾一笑，顿开新天地。有一桥就有无数的桥，空前的联结前景，格局开了。

盟约，是和平的桥。宋与辽、金百年好合的长桥发生在这里，中原大地与北方夷狄的强强牵手，诗人骚客寒来暑往，也是礼仪的温和传递，一度桥上风情万种。但燕云十六州就是个炸药包，宋点燃了，大桥断了又断。元朝统一长城内外，马踏燕地，长桥卧波。明又赶走了元朝，紫塞废墟三千，桥独自孤零。清人有清脆的马蹄声，热河之上岂能无桥？

文化尊重，是信任的桥。汉民族与所谓"夷狄"之间的矛盾几乎伴随着文明诞生，一直矗在那儿了。汉民族更多心，有迫害妄想症，以为北方民族就是野草，鄙视、防范、除之而后快。信任并彼此地融入，才得通达，文化灿烂。

武力，铺的是血桥。蒙古人纵横天下，燕山是小障碍，还控制海上，直击拜占庭君士坦丁堡，在那个年代等于掌控海陆交通，这是世界沟通大格局，给全球上了一通好课。当然武力震慑的结果，一旦内部分崩，桥堡随之坍塌。

这时宗教之桥出现了，儒家道家也难瓦解的坚冰，宗教探进袖笼，一握成了。宗教直击人心，祛除焦虑与不信任，是稳固的联结模式，社会的基石。对中原尊崇其文化，对少数民族"因其教不易其俗"，不战而屈人之兵，康熙超越了时代。承德宗教之都浑然天成，海归、东归的英雄佳话又拓展出新的桥梁。

天桥山，原是一座石头的教堂！

我就站在穹顶之下了，宏大粗犷，望而生畏，风携来四海之水为我灌顶，胸中升起蓬勃之象。无数巨长石条筋骨粗壮，血脉偾张，由南向北怒吼着戳过去，像铁杵赶着去舂米，钟杵贯着去撞钟，鲸鱼挤着去吞一枚发光的卵，抢、挤、拧、抻，终于拉出了一架虹之长桥。儿时民谣跳出来："一网去撒网，二网去捞鱼，三网去站岗，四网尾巴尾巴吁——""吁"的一声鲸鱼们戛然而止，弧度定格下来，可窥见亿万年前造山的动态。

桥墩如同拳头愤怒擂在石基上，石花凌空跃起，接洽、纠缠、呐喊、融合，一个磅礴的穹顶形成了，霞光是石头的梦，替它翻腾远行。闻燕山两万年前四方洞遗址附近，民间还发现"二蛇交媾"的古石雕，恍惚间，两侧桥墩幻化成伏羲、女娲昂首向前，双尾腾空缠绕一起，难解难分，洞内两块"风动石"哞哞作响，原是创世纪的吼声。穹隆处恰有一圆窝，一枚洁白大卵仿若刚刚孵化出来，尚带着体温。

说史前大洪水，只有伏羲、女娲逃到昆仑山洞里，洞也漏了，女娲炼石补天。先民把头顶上的穹隆称为天，宇宙不过是建筑物的放大扩展，女娲补天补的是实体，是穹隆。昆仑山出处众多，雷广臻《古昆仑山即今燕山考》一文说是古燕山，论点有，东汉学者宋均注《河图括地象》提到"冀州，昆仑之山也"。朝鲜1861年地图指出，昆仑山在医巫间山之西，就是指在古冀州。《山海经》题："昆仑之虚，在西北，帝之下都。"尧、舜、禹三代帝王都建都古冀州，九州之首。"昆仑之虚，方八百里，高万仞。"自古亦有八百里燕山之说。

且如此，先民在古燕山生活，开拓中原越走越远，最古的诞生地口口相传中遗忘了,后人添油加醋变得愈发神奇。但昆仑山也许是山,也许是一个先民祭祀的殿堂,多半就是天然洞穴,能洞见日月,见云山苍苍者更佳,天桥山就是大洪水时期伏羲、女娲藏身的桥洞。

故事后来叫龙凤呈祥,叫民族大融合。纵不是又如何,站在天桥山上,追思先民曾在燕山刀耕火种,创造文明,燕山就是一座圣山。世上还有哪座高山之巅有一座纵跨南北的天生大桥?只能是造化所赐天然庙堂,日月星辰为神灯红烛,群峰静默沉思听经祈祷,得道之人从此进入南天门,苍穹深处,无缘者不可见。"登昆仑兮四望,心飞扬兮浩荡",天桥山就有这辽阔气场。

我爬上风动石,双手触到天桥的穹顶,凝视自然纹理斑斓图画,有如在圣索菲亚大教堂仰望圣像和彩色玻璃透出的柔光,心头是幸福的。风动石动起来,如在云端聆听天语,真该穿上最红的长裙火焰一样飞。

民间把风动石称石牛,说上天派金牛星下界传话,一天吃一顿换三换,结果它着急落地,说成一天吃三顿换一换,老百姓苦死了,天帝惩罚它下界耕田,金牛星在天桥歇息叹气,感应了两块巨石,随之崩塌摞在一处。这是两块会磨合会思考的石头,暗示疾苦与希望。

"隔断往来南北雁,只容日月过东西",唐寅这句诗形容天桥山也极好。东望燕山诸峰腾跃而去,再远就是古北口关隘了。风从西来,远处孤石云举,是磬锤峰、小布达拉宫,"风摩岭上望东霓",东霓就是天桥山。

从山庄"四面云山"亭向东远眺,磬锤峰后就是天桥山,乾隆帝绝不落下一空,《天桥山歌》充满浪漫幻想:"亭子四面云山顶,东瞻案衍拖横岭。岭上天桥对我亭,舆梁谁驾虚无境?仙人来往扶栏游,彼岸奚借一苇浮。祖龙鞭石空费力,何如天造非人谋。武夷长虹事乃幻,谢傅永安桑海变。恰似嵩山玉女窗,中秋月每从中见。"

乾隆竟见过桥洞吞月,突然就闻见大月的仙气了,天桥如同一只深邃的眼睛微微睁开,惊得飞鸟不敢呼吸。

康熙巡江南,幸秦陇,过大漠,游长白山川,皆不取,因天桥在热河,自当奉天承运了。

天桥山南首也称奇,形如史前多孔巨兽,一头思想着的雄狮,誓死守护家园的气势。很容易想起埃及狮身人面像和护卫的金字塔,那是人为,此是天成,定有神意。

东侧陡壁是壮观的雕砣子群,也即弧崖,黄灰相间,山色绮丽,半空垂下的巨幅国画。石体嶙峋万端,孔洞繁多,生鸟生蒿,九死还魂。

到山底仰头看桥,天桥山就是一座狭长的瓦当滴水,仙人们顺着水滴下凡,播种五谷,如那农妇,正掰棒子,掰的是金枝玉叶,地边野山楂滚了一地,红得玉润珠圆。闷了就顺着天桥升仙得道,顺便把民间为难招窄的事禀告上苍,上苍就是老天爷,老天爷天天在桥上歇脚,倾听民情,天桥山的意义不可忽视。

秘　　境

燕山深处，木头造就了承德"外庙"恢宏秘境，楣檩桁椽一再开花，映出康乾盛世的庄严面目，以及中国宗教建筑臻于完美的脸。

千手千眼

清盛时，从草原、高原、荒漠深处到热河驿路上，不断走着磕长头的信徒，爬崇山峻岭，跨茂林溪谷，躲虎狼袭击，一跪一叩间磨炼了意志，眼神愈发坚定……山峦碧野间闪出了红墙金瓦，楼阁峥嵘，他们压抑着疼痛般的兴奋在武烈河洗净尘垢，要去普宁寺拜谒大佛，一睹世界最大的金漆木雕千手千眼观世音菩萨仙容。然而梨花满地不开门，皇家寺庙不对普通人开放。他们哽咽着头顶红墙，对着大佛方向久久匍匐。

我在书里读到那一幕心有戚戚。今人有福。五月草薰风暖，陪江南女友来普宁寺。是乾隆二十年（1755年）平定准噶尔后仿西藏桑鸢寺而建，主殿大乘之阁壮丽魁伟，形如金紫色曼陀罗花,大佛就伫立花芯,高阔丰腴不失玲珑精秀,衣饰飘逸似能拂来树脂的芳息。眉如细月,三目似星,天冠莲花怒放,供奉恩师无量寿佛。中间双手合十,左右各伸出二十支手臂,每只手心均睁着一只慈悲眼,执刀枪剑戟、轮螺伞盖各种法器,握二十五种善德,万称万应,千圣千灵。

精湛的造像艺术勾魂摄魄,稍一对视,曼陀罗花即簌簌撒下来,耳根酥麻经语喃喃。哈木尔活佛1986年主持普宁寺,当时偏殿栖着居民,大殿是蝙蝠老鼠甲壳虫的天下,夜风吹荡,阴森可怖,庆幸无损,唯三宝缺失。活佛六十多岁了,仍跋涉青海西藏,请回全部大藏经和法器,喇嘛们悉心擦拭大佛每一皱褶,奏响了晨钟暮鼓,清音涤荡塞外天空。

清音洗着耳朵,击碎缠绕心灵的锈草。想着追梦历程山长似路迷,一度脑浆里云腾雨愤,一尾鱼断崖式沉入深海还往深处慢溯,愿菩萨以宝瓶之水浇灭我的燥火遥山。人很容易忘了初衷,由最初的欢喜到愈有索求生出嗔怨,若捧出心来定是撕扯扭曲、疤痕累累,但荆棘鸟必需找寻更尖的刺。谁缚汝?

大佛气定神闲,一双慈悲手摩顶,一樽秋水滤透五脏六腑,我的红细胞跌跌撞撞充斥着焦虑。是2019年,整个三月为母亲生病忙碌,一个念头跳出来:一朝倒下万事皆虚,不负母亲也不要负花朵。于是先飞鸡鸣寺看樱花,樱花却在前一夜凋零,落樱也无。起大早平谷看桃,唯见伶仃瘦骨跌落崔护的指尖。不甘,再看映山红,夜里忽降暴雪,雪不欺花,颠簸着去了,不想又遭冻寒,遍野浪粉都变作了焦紫疙瘩,仿佛漫过一场灰烬。几番饱受花欺不得不思想一回,郁郁不是自然的意外,或许别人眼中千朵万朵压枝低,我见却空了?

拾级而上,云山浩渺,松风汗漫,一比丘尼的诗破云端而来:

竟日寻春不见春,芒鞋踏破岭头云。
归来手把梅花嗅,春在枝头已十分。

竟是我奔花逐梦的写照,如此云空未必空,应是足底留香,春气满枝。我回嗔作喜,深呼吸,吐出窒息的鱼。西北角有白色喇嘛塔,法轮图案,佛在说什么?下部覆钵状,意水,上托球状塔心室,代表一个水泡,意人生种种皆为虚妄,一弹即破。脑壳开了,就是《金刚经》偈子:"一切有为法,如梦幻泡影。如露亦如电,应作如是观。"既为虚妄何必纠缠,不断聒噪心灵等于自虐,只磨砺不养护,焦虑就袭上檐头,腌渍肌骨,内伤如鳞了。过半月母亲查知癌晚期,似乎一春的花像是急切切暗示生命的荒芜,我肉眼愚顽执着自身,而忽略至亲甚至万物,真该凉凉去。

当头一喝,投石冲开水底天,紊乱日久的内环境捋顺了,我的红细胞气定神闲。

大佛仪态万方,我以为是金刚不坏之身,却也会遭遇虫蛀腐朽。活佛发现大佛前胸以下遍布花斑皮蠹虫、黑毛皮蠹虫、长角扁鼓盗虫,后背长满木腐菌的菌丝层,危机万分。一门同气，经多方努力采用最先进的熏蒸法，以塑料包裹大佛形成密封舱，注入消毒气体，才虫卵尽绝，而佛像无伤。大佛仍端庄如女娲神，眼里千峰竞秀，指间万水争流。

或许正因大佛有血肉病痛，才能感知人间疾苦，化作凡人指出明路，何敢小看牛羊猪倌、渔樵闲话。心不管了会疼痛，人远了虫害会侵扰大佛修心，都是守善弃恶的阵地。想起一个词：装藏。

装　　藏

修缮千手千眼大佛时发现，内胆竟是中空，可纳三人并立操作，但胸腔置一长方形红木箱，内装上千黄纸经卷，完好无损。佛像开光时住持高僧把活佛及僧众加持圣物藏入其中，如各类经咒、舍利子粉、五香六药、七珍八宝，佛像即生五脏六腑，赋予各种法力。封后不能开检，否则视为毁佛，故古佛内部、圣塔地宫装了什么，不修缮很难知晓。

不装藏不行吗？就像白纸或空房间，你不正当描画自有人乱涂，人不住动植物就闯入了，不加持圣物，空洞的腹腔就易被邪祟侵占行使危害。唐僧到达金光寺，见寺庙丢失舍利子黯淡阴沉，僧人披枷戴锁受罪，执意去扫塔探明，大圣道："塔上既被血雨所污，日久无光，恐生恶物，老孙与你同上如何？"师徒扫了一层又上一层，发现妖怪，追回舍利子，宝塔回芒，大地明朗。又一则，灵隐寺有释迦牟尼佛，一西藏行者问:"佛像里有没有放圣物,是佛几岁等身像?"答者支支吾吾他便不拜。

装错了更不行。班禅行宫须弥福寿之庙建设时就发生了错装事件,乾隆帝深谙佛理自然震怒。1780年六世班禅率千人团从西藏出发去热河,自愿万里朝贺乾隆七十大寿,皇帝面上颇有光,倾国库之资仿扎什伦布寺建造行宫。大红台上妙高庄严殿重檐攒金顶,四条屋脊置八条铜质鎏金腾龙,国家气魄,仅"头等镀金叶一万五千四百二十九两八钱五分四厘"。班禅当时是藏族、蒙古族的精神领袖,断然拒绝英国扶持西藏独立的诱惑,明确表示"西藏是属中国大皇帝管辖"。归属心、大同心无价,乾隆宁不去木兰秋狝而学习藏语,与班禅直接对话。班禅亦抒发旷世情怀,打破前规行跪拜礼,高层间互为感激崇拜,真盛世之光。

而八角七层琉璃万寿塔巍踞峰巅,利天朝和合运势,乾隆亲自督办装藏诸事。楠木匣内四罐五香六药粉,中心置紫檀经匣,放乾隆御笔经、蒙古经。正定隆兴寺大佛也筹备同款装藏,但因承载意志不同,内容两样,分送时赶上下雨,标签湿落送错了,幸好发现急令换回。

虽然密藏,谁也不得见,但来不得半点儿虚假,恭敬、畏惧、虔诚,于无声处芳馨交融,力量加持,焕发奇彩,或许这就是造像与建筑的真正灵魂。

琉璃万寿塔不许登临,无法体验沉思默想之美,但与避暑山庄六和塔同式,修缮时有幸登过,九层八面十层高,梯转如穿窟,窗开似出笼,一层又一层天地。顶层云生其间,风声荡没,可对视桀骜的磬锤峰,下看武烈河岸,但见往来人,盘旋如蝼蚁。

因想一个人从小经受的教育就是"装藏"过程,装恶多,善就挤跑了,盛满善良,恶就没踪影了,好家风是福,以防魑魅魍魉入驻挟持。好在人的装藏可持续一生,气质运气亦随之变化。放下屠刀立地成佛,就是开其肚腹,毁掉邪香崇药重新装藏,梳其筋骨,难度极大,故说"浪子回头金不换"。哪吒"先自去一臂膀,后自剖其腹,又剔肠剔骨,散了七魄三魂",太乙真人从莲池中取藕丝、荷花、荷叶,做成躯体,哪吒痛苦重生。

有寺庙时时警醒固然好,在心里构建一座庙宇清心养气,及时注入新鲜活力脱胎换骨,见花花开见果果熟,是最好的装藏。

怒　　放

终究人的意识辽阔与否决定建筑与山水的格局。

我家先生从事古建维修工作,早期自己花钱洗出一捆捆黑白照片,是寺庙未修缮时,残破房梁,倒塌木头,菱花隔扇,山墙墀头,参差砖壁,长草琉璃。即便先生已人到中年,仍一天数次攀爬测量,尽力减少纰漏,痴心不改。

翻他的藏书,梁思成1981年版《清式营造则例》,林徽因写绪论，如获至宝。梁谦逊，林敛抑，二人才思怒放。林说，中国多次受到外族入侵引起思想生活的变异，但中国古建筑始终不失本色，再繁或简都有台基，四梁八柱庄严丽正，房倒屋不塌。有了一两本书打底，就能听先生念叨一些古建知识。

如修旧如旧，是把坍塌、残缺的按原样扶正，依原工艺恢复，不可加一点儿发挥。只要旧有建筑整体结构是安全的，就不要动它，局部糟朽则"头痛医头、脚痛医脚"，尽量用老材料，在原处，因一砖一瓦皆不可复制。屋面前坡的瓦坏了，要挪用后坡旧瓦，他断然否决，千百年的光照、苍苔、风吹、雨淋、雪泡，前后瓦相绝不类同，且不同朝代修缮都留下当时的信息，随意更换会扰乱历史记忆。破铜烂铁糟木头不值钱，值钱的是历史，修缮不正确就是破坏。石质的须弥座裂缝了，一般堵上了事，他说石头也是有呼吸的，谁能堵上所有的裂缝？一旦雨水渗入，冬天膨胀，裂缝会快速加大。

古建修缮就是"磨洋工"，急不得。过去师徒传承，老规矩严，丁丁卯卯不可省俭，讲究的都是细节，做坏了丢不起人。古建筑的油漆与今天是不同概念，油是桐树子榨取，漆是漆树汁液，油满、血料现场熬制，结实不易掉色。

古建行话："修庙不拜庙。"修庙者已得着佛家眷顾了，要对得起良心。还有句："古建修缮拆开看。"外表㓥囫，里面可能朽烂了。古建专家都是古建老中医，要肯花时间望闻问切，吃透了原做法用料，才开方研药。看了几十年庙的老人说:"看着顺眼就是好活,别别扭扭就不是好活。"犹如文物的掌眼,看的时间太长,一瞧一摸八九不离十。

　　细处常人难见。普乐寺宗印殿正脊琉璃塔刹、吉祥八宝物件上刻有春、花、天、地、元等字,讨吉祥还是标识?钟楼大钟上刻有"大明万历四十五年岁次丁巳四月吉旦"字样,明代承德是长城以外被放弃的荒原,大钟何来?琉璃竹节瓦越攀越峭,摇曳一两株姜黄鬼针草,是借哪一年的好风上青云?金顶脖颈处须弥座、莲花图案雕刻得细致丰硕,下面谁人能见,但绝不粗糙。斜斜的高架子看一眼透背凉,七十多岁老匠人坦然坐定,帽檐露出白发,眼神亮堂,勾抹裂痕,描摹彩画,红秋衣在烈日下宛如金黄琉璃瓦上的一颗红豆。

　　以为铜帽顶部光滑,原来布着三枚大铆钉,两钉脱落了。这是我家先生爬到最顶端,左手抠着架子,右胳膊高举起相机,按下快门拍下发现的,稍失平衡就栽下去了,可惜没人拍下。铜帽有多个弹孔,是从旭光阁门外朝宝顶直接击穿的,是日本人还是军阀造的孽?

　　更多幽暗处修完就封闭了,如天花藻井上面。雷公柱下一段横木叫太平梁,一打开,艳极使人惊诧!梁上四端描着刺玫、凌霄、荷花、牡丹、卷丹百合等四季花卉,枋心黑白太极双鱼,外周椭圆包覆大红底子,祥云缭绕,左右各一金色行龙,绝无潦草,颜色未有丝毫减损。花是黑暗的灵魂,黑暗中的怒放正如装藏,秘不示人也一丝不苟。古人活得通达坦荡,这就是古建筑精神。

多处须弥座上以阴阳双鱼秘密地置于曼陀罗之上,有何蕴意?乾隆爷自诩文殊菩萨,但仍深深眷恋道教天人合一理念,佛法无边,道法自然,两教互补,世间辽阔。

默默修缮古建筑的人打开了秘境,尊重千百年前细密的纹理与情感,今人得见旧时月色、幽谷芝兰,怒放的光芒与香息不折不扣洒下来了。

万法归一

十月,"卿云烂兮",普陀宗乘之庙落成典礼,大红台朱红金黄霞瑞万端,诵经声萧萧入耳,"万法归一殿"金顶冉冉崛起,如同峡谷初升的太阳,辉映着沉迷幸福的脸。土尔扈特汗王渥巴锡眼神明亮,与乾隆皇帝对面而坐,安然聆听祈愿法会。看不出偏于瘦小的他铁骨铮铮,百年两次血泪大迁徙,土尔扈特人惊动了世界。

懵懂的我首次去大红台全然无知,看不懂渥巴锡眼里的悲欣交集,面上的疲惫刻痕。大红台不过一座红色石头城,且在修缮期,檐前蛛网,尘土落花,灰冷香残,幽僻斑驳。到顶层天地才阔大了,二层攒尖鱼鳞瓦光芒四射,鎏金铜瓦用了上等金叶共一万四千余两,第二层金瓦黯淡,刮痕淋漓,是日本占据热河时刮掉的。小时候虽只看个热闹,但也不白看,像小时候背诵古诗词不懂也有滋养,岁月渐深感之愈久。在大红台上瞭望,东方磬锤峰遥遥示意,正南避暑山庄后宫墙蜿蜒的小长城雄姿秀美，顿生强烈的大好山河之感。

家，是归来的理由。沙俄女皇叶卡捷琳娜二世看中土尔扈特部彪悍善战，不断从宗教上控制、军事上镇压，驱使他们成为战场的兵奴。凝视伏尔加河下游瑟瑟发抖的族人，渥巴锡难抑悲愤，决心实施几代人孕育的梦想：回归东土。公元1771年1月5日，一万多名骑兵护佑着十七万人迁徙大军、几百万牛羊马匹猎狗，向着东土进发，波涛滚滚势不可当。在这一条漫漫血路上，围堵击杀、逼入沙漠、水注毒药、狂风暴雪、浩瀚沼泽、瘟疫疾病等天灾人祸不止，十万人没了，牲畜没了，但东归之心仍无可阻挡，支撑他们的信念就是，家在召唤。当幸存者衣不蔽体痛饮伊犁河时，纵情哭笑都不足以表达悲戚与狂喜。万法归一，源头就是"一"，根就是"一"，信念就是"一"。

大皇帝以大家长的宽厚抚慰土尔扈特部勇敢的心，并义正词严驳斥沙俄无耻的威胁。隆重召见渥巴锡一行，烟波致爽殿私语，万树园豪宴，又亲自撰写两块碑文以记，请渥巴锡落座于普陀宗乘之庙落成瞻礼处重要位置，并让画师绘《万法归一图》，大红台成了东归英雄的辉煌顶点。渥巴锡一无所有只回馈一把破损的腰刀，而皇帝十分珍重，嘱修复以藏。时，乾隆帝六十大寿，拈香诗云："撰良庆落欣瞻礼，曰罪曰知且付他。"康乾盛世创造的热河奇迹属于全人类。

然而"万法归一殿"闻名天下，却源于另一件事。1929年瑞典探险家斯文·赫定欲寻找一座中国一流喇嘛庙，参加芝加哥"百年进步博览会",遍寻无果,北上热河。他径直来到普陀宗乘之庙,庙中尚有百多个喇嘛守着,失魂落魄状。他提着心一气攀过错落的白台,到巍峨大红台上,"万法归一殿"金气蒸腾,雄视群山,七个垂脊鎏金跑兽一个不缺,龙、凤、麒麟、狮子、海马、天马、獬豸仍生机勃勃。他结结实实被震撼到了。大殿隐于三层群楼合围中,真人不露相,露相不真人,如此含蓄内敛又华美超然,是顶级喇嘛庙。

他和民国政府谈判要原样搬走,作为交换,支付修缮北京雍和宫和承德寺庙的费用。但他遇上了梁思成,"我们可以提供万法归一殿的模型,但是原建筑物决不能搬走!"山河四分五裂,中国心仍是完整而灿烂的,这就是"一"。最终两万八千多个主要部件被带到美国复制出来,引起强烈轰动,辉煌金庙、热河金亭闪闪发光。但他们不知"万法归一"于中国的含义,不理解土尔扈特部漂泊百年仍毅然东归之举,在于为自由和尊严而战。之后热河金亭辗转四方,也许有一天回归祖国,又是一场盛事。

"却顾所来径,苍苍横翠微。"时间不会消融当初建庙的意志,要把孕育的福慧布之天下。承德作为"庙城",是言其宗教丰富性,没有一教独大,各自保持尊贵也互相渗透认同。

天上清光,人间和气,是为归一。

蒹葭深处

一

小学期末全乡统考,有一道数学题几乎都空着,我答对了,暗喜。几天后饭桌上,我正吃干豆角熬山药,母亲又戳一筷头子"后老婆油",香,父亲突然当着一大家子面提名训我,数学竟得48分,越说越怒,以筷子狠敲桌子,"再考不及格,给你扔狼河里!"

我蒙了,狼河是哪儿?三两口吃完快下炕,当街站定了,这才把两窝子咸水尅出去。

村里大眼井也够大够深,镇上的牤牛河也咆哮汹涌,为啥非要扔到狼河?狼河定有一百头狼叫嚣,人骨头都咬碎成泥沙了。一走南闯北的叔叔说起狼河眼神满是惊叹号。"牤牛河大吧,一百条牤牛河都赶进一条大河,你说狼河狠不狠?"那晚做噩梦了。

后来,我考98分,居榜首,把奖励的一个日记本,平静地交给父亲。父亲从不会认错,也不表扬,就趴柜盖上端着本子一页页瞅，他以那样专注沉默的方式表示喜悦，仿佛浅静的线条可以汇成大江大河，载我们出山了。狼河在父亲心里凶悍且权威，有面河思过的神圣。但我心如岩石，一条恐怖大河深刻透雕了，河广且悍。

二

后来知道，狼河就是滦河，发源于丰宁坝上草原，想来最初八旗兵丁杂居，汉语都不咋好，滦音难发，多称"蓝"音，滦就成了狼，加上河水黄浊汹涌，故以狼呼之。滦河出丰宁入隆化，也称狼河。近读纳兰容若一首出塞词《如梦令》："万帐穹庐人醉，星影摇摇欲坠。归梦隔狼河，又被河声搅碎。还睡，还睡，解道醒来无味。"气势开阔，读后窃喜，狼河也可以婉约，一查是明清决战之地大凌河。当然纳兰也写过《菩萨蛮·宿滦河》：

>玉绳斜转疑清晓，凄凄月白渔阳道。星影漾寒沙，微茫织浪花。
>金笳鸣故垒，唤起人难睡。无数紫鸳鸯，共嫌今夜凉。

滦河真有"蒹葭苍苍"的美色，紫鸳鸯仙气离离，后来蜕变成鸭子与大白鹅，金笳换作了稻花香里的蛙声。少年事易忘，我并不记恨父亲劈头盖脸说我的狠话，随河出村了，贴着东大河逶迤向南到镇上读书。傍晚拿语文书在桥上背书，河边芦苇丛生，烟雾淡掩，未来却迷茫。

古镇形制是东西两条大河夹起的一条长岛，二河到街南口汇合，民间叫牤牛河，滦河上游重要一级支流。高二那年夏，连雨天，牤牛河水更加湍急澎湃，学生挤在桥上看水，又一轮一房多高的水头咆哮奔来，炸到桥上，没来得及逃的几个人撂进泥石流中。

可怕的狼性。每一条面容清郁的河流，都隐匿着毁灭的力量。

好一场大清洗，半月后水才清了，在河边刷牙，洗脚，洗衣，在小树林念诗，背诵《水经注》，仅此而已，不懂那个男人与河流的意义。他喝水濯足，与鹭鸶、鸳鸯对话，他到城子里胡同吃油酥烧饼喝豆腐汤，研究"出三川并导之大要水"，就是牤牛河，入滦河出燕山。他了不起，那又怎样，水能轻松奔走，哪怕黄浊，有虎狼之名，我们要考不上，就得窝在这河边修理地球。

狼河横在我和梦想之间，我原来与它一直较劲儿。可喜初秋，父亲带着我坐上大巴出镇了，滦河毛尖上甩出去的一尾鱼，跟着滦河走远了。

三

那就是狼河。父亲眼睛注视着山谷。山路盘纡，狼河像一条羊肠小道,在谷底飘。那条白亮舒缓的缎带,像老太太晒太阳懒懒的似流非流,我的脚似乎踏进去站定,水冲刷着脚底,沙粒逐渐坍塌,石头开始硌脚。为什么我踩住了沙层,它们反被刷得精光,不动的小小沙粒却牢固在水里,我破坏了什么?

多年后想起那时的情感,就像我在西藏初见雅鲁藏布江的失落,以为它放浪狂奔,卷起千堆雪,要湿漉漉兴奋大叫,它却是安静到羞涩的处子河谷。

狼河不是我心中有头狼嗥出气魄的河,甚至没有牦牛河的牛劲,它出自塞上高原,该像黄河一样浊击千里,老远就闻得见震撼咆哮,它是我父心中的圣河。我怀疑、沮丧,仍不错眼珠看,它喂养我和祖先,势必高于其他所有河流。

河中时而出现群鸭,河岸杨树林里一两头牛,拐弯必有烟村。滦河人家,夜夜支枕听河,想必梦都溅了老祖母的洗脸水味,浸着鲜草汁的。待路过陡坡石头,大河忽地蹿出激情,像小伙臂膀压着臂膀,痛快吆喝起来。若发大洪水呢,路断水惊茫然何从?想来平静才是终极状态。

跟着狼河出山都算出息。他的笑意像溪流陷入青野,看不到水而一汪碧绿。我大小算是替父扬眉了,他夸人不动声色,需要你揣摩。

他幼小失父,大雪天穿单裤打柴追兔子,拼命学习,作下哮喘病,我心疼那个少年。青年父亲,终于沿着狼河奔往热河医专,城里落了脚,多好啊。哪怕他不娶我妈,没生下我们,只要他健康地端坐大堂问诊,养着我完全陌生的兄弟姐妹,一直到白胡子飘飘,我都乐意。而下放劲风很快摧毁了他的根基,捏银针的手极不情愿扶起了犁铧,千磨万击再出不去深山了。孙悟空被装进了乾坤瓶,使尽手段一度绝望,幸有观音的三根毫毛化作金刚钻,父亲却脑后空空,只能在村河上下打转转,连镇上牤牛河也够不着,一腔憋屈灼炙着内脏,他需要一个清凉有力的出口,长回自信。

我概有"出山"的苗头,是因他的药、他的力、他的"毫毛",只是恐我辜负了,就要扔我到狼河里。

狼河就在车窗外,山林竦峙,偶有涛声,更多时"微茫织浪花"。我用了十九年时间与滦河相遇,而滦水拐上九百九十九道弯下坝疾驰,才流到我身边。它傲然的姿态是落后追逐繁华的宣言,耕稼者跨过去演变为城里人的界河,那种跨越的冲动一直鼓舞着不甘的人。

我如释重负,在心上与一条河流握手,也和父亲握手,狼河在我们心头翻涌撞击。

四

河流时隐时现,像兴奋又迷茫的我,无心顾及父亲的情绪变化。我不知道他离开我学校后,去了津门姐姐家。姐意外高兴,擀面条卧鸡蛋,父亲一气吃了半盆面,呼呼睡去,整个下午都不醒。姐给父亲洗衣,发现兜里只剩下四角钱。他无法直接返家,极有可能饿了一夜一路,不好意思说出口。姐哭了,悄悄给父亲塞了钱。

姐嫁得够远,然她喝的津门水就来自滦河,源头在老家,我们端的还是同一碗水,有一样的欢欣与清愁。我们是老家泼出去的水,水却不曾遗弃我们,终将吊着我们的胃口。

姐比我更理解父亲。我家村东第一高坡,去村西辘轳水井挑八口人用水是老大难,还要上漫长大坡,年轻人都吭哧瘪肚喘,我父肺气肿早"喘成一个蛋"了。哥在外地上学,姐想替父亲分担,十五岁,颤颤巍巍去摇辘轳,挑了半桶到家肩膀就肿了,父亲知道后狠狠说了母亲。那日,他刚翻过一道大梁出诊回家,放下药箱就去挑水,腿手打战绳子没拴牢,桶脱扣沉底了,差点儿把他拽进去。我趴在井口看过,井有两人深,井壁绿苔湿滑,幽绿阴凉。冬天井台,起满大冰包,一蹬一滑,我先窒息了。父亲借来铁钩子,喘着粗气,小心抠着光滑冰壁下井,钩了一两个时辰腿脚冻麻了才得手。他脾气就坏了,晚饭时训我。

他能从深井里拯救水桶,却无法带自己钻出深井般的村庄。他认定自己的理想至少在乡镇上,满腹的医道在小村是一种浪费,他像弃置的铁器渐渐锈残了。

我茫然不懂他的沉默与疼痛。我与父亲生活二十九年,我只是粗略途经了他,正如我远远途经了滦河。我对河流滋养的旷野一无所知,对它孕育的文明、苦难与阳光一无所知,对逆流而上、呼声响彻大地的侠客、诗人、革命者一无所知。我是单薄透明的鱼,是青翠的枝叶浮于河流之上,阳光投下扑棱棱的鸟啄取我，痒痒的微痛也多是快活。

　　崇山峻岭随时吞噬河流的形迹，它隐忍、憋屈、积蓄力量，多像我父亲整夜对着黑洞洞的墙角或窗外凝视，凝成了雕塑。水忍不住就能奔腾呐喊，喊声里有决绝之痛快，我父只有默思没有嗓音，终于墙壁成了深渊，窗外成了天涯，我难以通晓秘密。

　　滦河有千升水万盏酒养育英雄名士，丰乳肥臀的上古祖母，并把生命的线索抛出来，后人得以溯回万年，寻觅文明的第一顿饱餐。而我十指苍白，比天上丢失的云朵更软弱无力，我需要借助初出茅庐的滦河之勇，要挣脱燕山皱褶的羁绊，抡大刀握开山斧切出一段峰口，野马分鬃，壮士出川，那种气魄。

　　我踏上更快的火车，滦河也追不上。河也是孤独的，正如孤独的父亲，我将他同村庄一起甩到山后了。我的面前一马平川，日头都轻省，不用费劲爬山顶就能照彻大地，随处一站就看得见任何方向，牤牛河、滦河也不能给予，我不要再回山沟。

　　但命运如河流，山不转水转，又把我带回了燕山——那河流之岸。

五

　　一个微雨的傍晚，我骑车往胡同奔，突然听到熟悉的声音喊我小名，大柳树下竟站着父亲，中风后尚未至康复，瘦弱佝偻，脸色蜡黄，避着雨星。他与母亲生气出门，找车捎到镇上，坐上汽车就来承德了。车站在武烈河边，他逆着河流慢慢挪了三里地。胡同类似，父亲只来过一次，竟没忘。他得意，避暑山庄东，武烈河西，过小石桥，老槐树下吊炉大烧饼。

他在这个城市待过，比我更熟悉野性的武烈河，说不定这一路悲喜交加了。滦河重要支流，出城就与主干汇合，饿虎又添群狼，我私下仍叫"狼河"，宽深湍急，过去能跑大船。康熙爷从钓鱼台行宫回山庄，水大无路，也得撑一支长篙绕回城关门，若上游山洪暴发，宫墙也受威胁，两道迎水坝就垒成了。就是我家，在皇城根儿，头枕热河，脚踏武烈河。

皇上端坐烟波致爽殿，岔开五指就能摸到边疆人民的心跳，靠的全是这一方水脉。武烈河分出一支从北宫墙入"暖流暄波"滋养山庄，也涵养了一个王城。纪晖曾疑惑敖汉莲品性迥异，"惟避暑山庄之莲至秋乃开，较长城以内迟一月有余。然花虽晚开，亦复晚谢，至九月初旬，翠盖红衣，宛然尚在"。又自解是武烈河上游多温泉，故而耐寒。忽一年奇旱，山庄湖区都龟裂了，那荷仍顽强开着。

"耐寒耐旱，狼河冷艳。"我跟父亲说。出德汇门，老水车慢慢摇，水汽弥散，我们在武烈河岸坐定，看对面罗汉山，河流温顺，罗汉慈祥，我父惆怅。很想他放下执念，他拖着残破身心仍想着"坐堂大业"，而那时我们无力。

他再想不到一个大学生光荣走了出去，只是在村庄有点儿响声,在城市里就是"千条线万条线,落在水里看不见",就像滦河缺失了狼性,不再是他想象里的豪迈。他走的时候多么落寞,当年从这里逆水而归就是终结,荆棘和碎石堵死了路。他似乎等了地老天荒也没等到传说中的出头之日,精神慢慢垮塌了,他不再信任一条河流,也不愿意残喘了。

"空梁落燕泥"。父亲未竟的理想一直是痛,微雨中喊我小名的温情与扔我到狼河的狠劲,在心底织起同样的浪花。后来宫墙外大拆迁,那片家园灰飞烟灭,但那棵树,树下的父亲,不雨亦滔滔。

武烈河向南,滦河向东,必然激情交汇,那个庞大交融的肘弯就是新家。你不说,我也能一路沿着河流找过去,梦里他说。听那水声浩渺、成熟、宽阔、含蓄,夹岸箐箐,芦苇荡开,睡莲淡紫深红,秋沙鸭、绿头鸭、鹭鸶重踏水面,钓鱼者无事在此静坐,长篙撑出柳荫,打捞着水绵绿藻,夕阳醺醺然就落了船。

就落下微茫的疼痛,蒹葭深处,那渔父不语,沉默着父亲的歌。而滦河不止,还有漫长崎岖的峡谷需要撞击、磨合、战斗,不乏仇视、较量、收拢、愤怒、敬仰,最终乘胜而去。

六

过武烈河,我常感慨这么深绿荡漾,不浇庄稼就是浪费,但会乾坤大挪移,要挪去我家乡干裂的土地。进而想时间也浪费了我父的光阴，从没说出道歉，未淡去那哀哀之鸣。后来认识到我是狭隘的，水入滦河，终究要灌溉两岸良田，将养大地，只想自己的委屈太小情调。

且我定然把父亲执着的格局也释小了，父亲是深情的人，有殉道者的光芒，他凝视那锁住的深井早云淡风轻了，习太极读古书，超然若水，我尚耿耿于那一盏秋灯。

我始问道河流，禁牧多年，许多细支流仍枯萎了，滦河也必萎缩，是否像父亲魂归天堂，水回归了源头？

我逆流而上，去滦河源。乾隆皇帝两次探寻过，确认滦河源头为大滩孤石村大古道沟小梁山南坡。多年的严格养护，几十个大水眼汩汩流水，聚而成溪，那片柠檬绿的旷野，只有鸟儿可以飞进去。草握着水，水嚼着草，碧天花地，多样性的呼吸，与从前同。滦河穿越苏家店形成滦河第一弯，蒹葭苍苍可消夏矣，康熙北巡狩猎至此写下《滦河》赞美诗："寒边远绕至滦河，澈底清明不见波。驻跸徘徊千万里，石鲸两岸影嵯峨。"滦河自古有浩荡王气，故能沿途招兵买马，莽莽无穷尽，有担承和使命，也必有委屈和忍耐。

水岸的人同水一样续写着沧桑。高中同学大聚会上，我们深度惊诧一个大滩草原女生的变化。原来恐是一树的桃花汁子都浸脸上了，现在赤红，粗纹大嗓，一旋转就是俄罗斯大姐了，真结实，养着十几头奶牛，一儿一女守家置业，爽心满足。我一直想去，在深浓的草野放牛挤奶看星星，憾未成行，几年后再问："该有几十头奶牛了吧？"她沉默一会儿说："早不养了，禁牧，外头打工好几年了。"声音苍落，是那份牧者的寥落与不得已。

一条河必须保持清流，就沿途逼迫着人们改变生活方式，最终聚少离多，有的也换了家庭，中年人的改变是深沉的痛，但必得适应。

小年时回乡下，表哥表弟晚上要一起吃酒，下午表哥就煤气中毒，走了。滦河流经之地系列环保措施搞得轰轰烈烈，必须用新型清洁煤，表哥家老炉子按老法压了一炉，打个盹人就过去了。

滦河在草原也称羊肠子河，为什么它要九个九个地九曲十八弯，非是东风卷得均匀，是笑里也有愁肠，故而一次次转身；何以不直流出去，西北进沽源，穿越内蒙古多伦又从东南折回源头丰宁？是对根的凝望与不舍，入海之前要更多地滋养两岸，厚待众生。

滦河流到我的城市，已经承纳太多，痛与乐不灭，正如精神的内生与壮阔。滦河水总是那么清澈，那么欢喜一往而深，唤起神圣的敬畏。它是得道的水，所经之地必山清水秀，和合万物，不与争锋。

蒹葭深处，藏着我的渔歌。正像对民族化的认同其实不是根生，而是成长历程中有意识的同化，我也是在河流的深歌与谣曲里，追溯了父亲短暂多情的一生。我的秉性蕴有父亲的倔强与忍耐，也必植入滦水的高清与黄浊。它静或汹涌，小名都叫狼河。

城垛上的花魂

一

金山岭长城，燕山上昂扬激越的金色玄鸟。玄鸟，代表力量、搏击、永恒，黎明前撒下金色的种子，莽莽苍苍，威慑万年。

这毫不含糊，长城，就是铁骨铮铮的汉子。两军对垒，哪有"羽扇纶巾，谈笑间，樯橹灰飞烟灭"那般诗意，懂三十六计事儿不小，提啥家伙上阵砍瓜切菜事更大。倭寇的长刀又长又利，真砍人两段的。戚家军定然更狠辣，狼筅又长又利，且多附尖枝，且浸有毒剂，横扫竖刺左剐右钩，硬生生捣碎了倭寇的牙口与屁股，屁滚尿流。好个龙城飞将。

康熙霸了天下，坐镇热河，偏把长城当作臂搁，怀柔的指尖饱蘸浓墨，勾勒天涯，江山如海棠牡丹，红了。长城再不会疼痛地成长，骄龙驮着一抹抹辉煌史归田园居，"白日掩荆扉，虚室绝尘想"。但腾飞的姿势不变，往大了说是天地任我行，一切皆在龙爪之下；往小了说，历朝垒砖的人物精魂不散，依旧霜天晓角叱咤风云，待歇个晌后围城夜话："晚来天欲雪，能饮一杯无？"山头滚滚金樽出没，王气森然，掷酒有声，世界顶级的烂漫。

又怎么少得了温酒的娇娥。神性、雄性、德行的长城指端一转，泛出阴柔之光。看山尖上城垛透迤而去，正如滔滔奔流的大河，或是青衣怒张的水袖，抖出悠长而富于穿透力的道白，嘴角微微翘起闪电般的微笑，化了血气寒气，更添了沉静从容。

且金山岭一些敌楼的命名颇值得玩味，比如丫鬟山寨、仙女楼、花楼，金戈铁马的抗倭英雄，何以给巍峨刚性的要塞取这样婉约的名字，其著名的阵法亦称"鸳鸯阵"？疏可走马，密不容针，魅惑指数可不低。长城的内涵是否指着一个"秀"字？我乡间有说法，人聪慧而木讷，笑不露齿，叫内秀，往往能一鸣惊人，惊了人仍委蛇不绝，就是内功了。

金山岭长城，望之蔚然深秀，奇峰险岭、大气磅礴外，当然还有了不起的内在气韵，这种内秀就是情怀。打虎亲兄弟，上阵父子兵，历来没有女人的事。但打明朝起，戚继光的镇守部队就有了。

二

来自浙江义乌的几千壮士跋涉漠北长城，长别离，摧心肝，于是女人也衣香鬓影的、明眸善睐地到了。北国高冷，寒日连云惨，惊沙带雪飞，女人带来了春水与柔情，花心与韧性，寻常一样紫塞月，鸡鸣茅店，山色朗润，竹炉汤沸火初红了。

一家子守一个敌楼，长城上的芙蓉镇，戎装威武挺立山城，沐浴晨风晚霞，星光或太阳，她们向城郭外遥望，还是向城里遥望？毕竟还是戍边，南国遥远，思乡心切。且许她们在山下凿石盖屋，种田牧羊，山间古道，老树飞鸟，女子挑筐握篓，小径款款行，唱家乡小调"溪水清清溪水长，溪水两岸好风光，哥哥呀，你上畈下畈勤插秧，妹妹呀，东山西山采茶忙"。茶没有，夏有山杏秋有鲜蘑，男人也心软软的，蹲下身躯折枝野花逗一逗小孩。

彼时，山羊灵巧地驮着巨石，奔向山顶，筑起了两座江南风格的精致敌楼，乌篷船顶，砖仿木结构，命名"小金山楼"和"大金山楼"，金山岭长城由此得名。小金山楼建得更加扑朔迷离，马道尽头看不见楼门，隐蔽在右墙脚，好容易找见门一看是悬崖，靠墙有隐蔽石道，左弯右转摸不着头脑，大孔洞突然张着口了，这才爬进楼内。敌人来了要死上千遭，吓破他胆子。防范严谨迷惑，焉知不是女人参与了设计，打点敌台如装修自家亭台，雕个龙描个凤，拮出狮子滚绣球，扯起缠枝并蒂莲，朔风狂号，砖石蒙尘的漠北，冷不丁开出细雨桃花小屋檐来。

沙岭前是黑姑楼。邻家女孩黑姑从宁夏随父到此，搬砖运石，1589年的雨水带来一场雷电，轰然击中即将竣工的敌楼，大火腾天,她勇于救护不幸遇难,敌楼命名为黑姑楼,焦黑的砖缝勾着慈父扎心的疼痛。

"白发征夫泪"也赋予了江南性灵,长城三绝,即障墙、文字砖、挡马墙外又加了一绝:麒麟影壁墙。在小狐顶楼的楼橹上,由十五块大方青砖组成,麒麟头东尾西,龙头鹿脚,鬣毛飞扬穿云驾雾,动感非凡,是明长城唯一保存完整的砖雕影壁墙。麒麟是瑞兽,祈愿多子多福,在军事防御的长城敌台出现了,可见长城守卫亦是生活,祈盼和平,向往美好,长城了有人性之光,是智慧之城、生命之城。

一如北方粗粝的布匹上刺了几枝妖娆的花朵,黄沙蔽日大漠孤城,多种文化伸出触手交叉、融合,诞生新的长城文化。这是明长城的奇迹。

三

"万里长征人未还",是女人彻骨的寒冷。老妪拄杖柴门外,少妇打起黄莺儿,小儿哭断咸阳桥,爬坡的城垛骨骼再坚实,也有痉挛的时候。

随军,但求同年同日死,当时一定令男人震惊女人雀跃,戍边大业渗透了尊重战士尊重女性的思想萌芽,渐渐露出"守德胜于守险"的端倪。

敢嫁戍边战士的女人不是孬种。戚继光夫人王氏乃将门虎女,戚总兵率部在台州抗击倭寇,王氏与亲属居新河所城,突然大批倭寇突袭。杀手来了,哭的结果只有哭死,王氏决不。她动员女人都穿上"戚家军"服,扛狼筅列队城头,飒爽英姿,直逼"武侯弹琴退仲达"。戚总兵千里之外肯定笑了,我家女人不好惹,惹上让你掉三层皮。戚总兵岂止掉了三层皮。

三个女人相继来到戚总兵身边,生儿育女,备战备荒。我更愿意理解为,总兵不是纳妾,从来佳人是真心跟随英雄,"来呀来个酒的"。或许会有"看大王,在帐中,和衣睡稳"的焦虑,也不乏"海岛冰轮初转腾"的醋媚,亦有英雄抱头乱窜,河东大姐狮吼着长剑满院追赶,那般惊鸿一瞥的狼狈。

铁血长城果有人世在了。有家园炊烟,少了蚀骨的哀愁,保家卫国先保住妻小,甘愿前仆后继勇猛冲杀,也少了许多冤魂,哪怕战争迫近也不那么狰狞恐惧。

长城的肋骨首次揉进了女性的气息,阳光质地在壮美雄浑之外多了一点儿莺莺燕燕。城垛上花魂脉脉没有芳名,但闻草木之香,蕙质兰气。女人心细如发愿与男人共进退,关键时候能伸出利爪抓破敌人的面孔,扔出几块大石头砸碎他的脑壳,更能拿出梁红玉击鼓占金山之气魄为夫为兄弟们助威,人生算得百分酣畅了。

我注意到花楼散出的闺阁气。金山岭后川口悬崖上有一座将军楼,形似棺柩。放羊的老人清楚记得,少时上山见楼内四壁多雕刻各种花卉,牡丹、海棠、绣球、荷花,姿容翩跹,香清影摇。荒凉长城,再想不到楼门石柱子是少有的汉白玉石雕,典雅高贵,令人遥想浮生,心有美好,刀下春风。真心惊诧了。

　　有个叫武桂花的秀美小伙，抗倭名将之后，从浙江来投戚总兵，十八般武艺在身，修长城，驱鞑靼，身先士卒，血战七天后壮烈了，这才发现，武将军原是个花姑娘。铁衣里裹着女儿身，将军楼就叫花楼了。那些布于墙壁上的柔软花雕，可曾慰藉"对镜贴花黄"的一份女儿心？这点儿慰藉却让后来强占金山岭长城的日寇捣坏了。但那女性的英气弥漫千古。

　　另一座连接天梯的仙女楼，传说住过一位修行得道的莲花仙子，给守护长城的牧羊人做媳妇。不是传说，守兵的老婆就是最美的仙子，壮士向妻子表达怜爱，就在门楣上雕了并蒂莲花，捧一枚仙桃，如此共一颗心跳，你侬我侬，长长久久守城放羊，放羊就是放哨。

　　一颗简单朴拙的心比战争厮杀更惊心动魄。山顶上的家园，刀尖上的血魄，临窗则日月山川，枝花蔓草荡胸生云。"开我东阁门"视察敌情，"坐我西阁床"遥感动静；前一秒刺绣铺床，后一刻扛起狼筅，今日与我妻大酒共鸳鸯，明日上阵杀它个片甲不留！

　　长城为什么废而不墟，三叠阳光有一回见一回的气势，概因长城有可供深掘的悲泣，亦有美好的人世风景，每一例砖垛都有征服的眼睛，神性的故事飘飘荡荡隐而不衰。

四

　　这当然不同于哭倒长城的小孟姜。哭长城这个桥段，是男人曲折幽深的反抗艺术。有点儿文化的男人从《诗·鄘风·桑中》幻出一个美女："云谁之思，美孟姜矣。"故孟姜亦泛指世族美貌女子，影影绰绰，聚了千万长城人的哀怨妻女，复仇女神团，人人一盏红灯笼，从"正月里来是新春"发出第一声啼哭，《十二月调》一路长歌飙泪，直到大雪封天。这样的集体长时间爆发是可怕的。这是男人的情感，也是冒险的。要是《十二月调》哭完也哭不倒长城呢？或恐累及万千筑城人。幸好山崩城塌，又一路朝代变换，孟姜红了，至今还在黄梅调里凄婉暗哑，收纳人心，再悲泣个上千年，神仙也要断魂的。可人需要她，摩挲日久油润光亮，这枚琥珀可以疗伤。哭的力量逼出了君主的改革尝试，许家属随军，文明前进了一小步。

孟姜也尴尬。都在传说里怜她，谁肯筑个茅屋请回她的范郎？山间垛头，星暗月沉，孟姜悲悲切切的长调素白虚幻，既含睇兮又宜笑，风飒飒兮木萧萧，她更像屈子心上无枝可依的山鬼。直到康乾盛世，山庄内外大搞庙宇建设，"庙城"让长城失去了作用，湮没于荒山野岭了，小孟姜终于止住了悲声，大概皈依了佛祖，青灯里作古了。

陈圆圆是实打实的千金，压在三个王朝的册页上。女人的美诡异，是因美充满力量。陈圆圆是男人愿意贴的花黄，愿意为她甘当一粒芝麻，冲冠一怒，把千年老砖垒就的城堡，千年积攒的民心、忠诚、信仰，一股脑儿打破了。格局颠覆，长城碎为一地灰砾。

这是长城的悲哀,等于宣告男人失去了根性,纵把所有的咒骂兜头摔给她,再无济于事了,陈圆圆骄傲的底子上必须铺满破碎的血珠,她唯有皈依,把一腔女儿心理成一块泣血的沉砖。但比起长城两端另两位姑娘,她又逊色了,她们影响的是一个社会动荡持久的变革。

褒姒姑娘嫁了周幽王,"傻大姐"带着"愣小子"在山头玩火。这"火"玩得有点儿大。烽火台是长城的前身,那一场社会大乱!当然,如果说社会乱是为了锤炼诸侯文韬武略,令诸子百家跳出山头溪水,发出各自的声音,促进思想大碰撞,褒姒就是文明的"急先锋"。

我乡间还说童谣:下雨了,冒泡了,王八出来戴草帽了。不是骂人是善意的玩笑,千岁万岁皆不是寻常。帽子多,分不出枭雄狗熊,摁了葫芦起了瓢,最终稳稳的是一顶垂珠帘的平天帽,这厢才压住阵脚,锅碗瓢盆各居各位。这一长路跌宕,花开花落,多少女人辗转于不同的帽檐下,或跋扈或娇喘,王室更迭如水袖翻飞、凌波碎步。

几千年,几段流水,封建王朝的最后一场戏又敲锣了。一个在避暑山庄巧施心机的兰儿,惯会弄风嘲月,又引起这一场社会动荡的风云。

五

再回金山岭。明王朝风烟俱净十六年,源于固若金汤的长城和戚继光的威名。

戚继光文武双全，看他即席好诗《马上作》："南北驱驰报主情，江花边月笑平生。一年三百六十日，多是横戈马上行。"而后大笔挥就书法文章，开拓舒展，令"之乎者也"们哗哗流汗。但塞外"有日云长惨，无风沙自惊"，鞑靼往来飘忽，这绝不是浪漫。与宋不同，明朝是文官执笔安天下的时代，武将为贱，是谁送上大刀，许他阔斧？

当朝首辅张居正。二人默契联袂，谁碍着长城谁走人。又是谁给张的权杖？是一个质朴的后宫女人，芙蓉如面柳如眉，寡居李太后。张有诗云："有时红药阶前过，带得清香拂绣帏。"概赠予李姓佳人的，历史不乏微妙。但对待彼此和国家，二人掏心掏肝又光明磊落。奈何张居正英年早逝，戚继光随后遭贬，李太后一心念佛，万事皆空了。我真想越过长城，去握住深宫里那鲜为人知的寂寞红。长城累累青砖是在此时松动了，一块块滑下陡坡，暴露了豁口，皇太极早盯多时，顺着薄弱的城垛口杀进京都。

1793年马戛尔尼到古北口长城写道："见其建筑之坚固，似已超出于人类体力范围之外，若此城全部尽于吾所见之一部分相同，则吾可决言全世界各种有名工程虽尽合一处，决不能与此中国长城工程相敌。"但时不利兮，长城成了废墟。

废墟也是重要关隘。1933年日本侵占热河，长城再一次发挥堡垒作用，中日双方以长城为垛口展开惨烈的拉锯战，29军大刀队勇袭喜峰口，刀砍到卷刃，长我民族精神，"一寸山河一寸血，十万青年十万军"，女人早已经冲到所有阵地了。

西峪楼，宁夏人建，两垛高高的残墙像视死如归的战士，脚下碎砖成堆，灌满荒草。顺着残缺的箭窗看出去，长城仍顽强地向山顶攀行。而最早的燕秦长城废墟早埋在芳草野岭，长了庄稼，大砖、石磴滚到村庄盖房子垒猪圈了，闻惯狼烟血腥的长城砖听听女人叫猪啰，闻炊烟味，不委屈，英雄落魄也是汉子，拿得起放得下，是长城的精髓。

泰戈尔在长城上发出感慨：长城因残破而展示了生命的力量，因蜿蜒而影射着古老国度。年年春草绿，九十岁老者牵着孙子漫步墙垛；星光月夜，银河拱起身子亲吻城楼；自发保卫长城的农民日行数公里巡视风吹砖动；而徒步长城的人正从世界各地走来，去丈量一块砖的厚度、一座城的千年光影。长城更像沽酒的老翁，一葫芦春色醉倒了，而晚星带回来——

　　　　曙光散布出去的一切
　　　　带回了绵羊，带回了山羊
　　　　带回了牧童回到母亲身边

　　　　　　　　　　　　（引自萨福诗）

青纱帐哀歌

一

那注定是个凄凉至极的夜晚,一个经受了十年荒冷千般蹂躏的灵魂,被死神粗暴地带走,而没有一个人见证,哪怕听到一声嘶喊,或早于死神闻到无常的味道,秘密的恐怖的吞噬穿肠而过,一寸肌肤一寸灰,逼迫着灵魂起身。十指撒开,他终把自己当成残月升上了天空,像一场出乎意料的暴雨下到了地面,铁骑突出刀枪鸣。

而后是低回持续的叩问。大地苍黄,死生契阔,显然,只有北方浩瀚的青纱帐才担得起这沉重的悲欢。世间再听不到,说出"舒心的酒,千杯不醉,知心的话,万言不赘"那个豪迈的声音,再找不到穿越《青纱帐与甘蔗林》的诗人,伫立苍穹之下《望星空》的郭小川了。上帝和鬼魅同时来抢夺他,一个甩出蟒蛇的绳索,一个派来狙击的火神,梦想的拳头膨胀、沸腾、变幻、呐喊,但终于没能冲开篱笼,留个焦黑的人形凹痕给世间。拉奥孔式的、辉煌赴死的浮雕,扭曲的血管淌出令人崇敬的微笑，这过于痛苦，过于惊悚。

　　黑夜，太兴奋倦极的身体，一把令人沉沉不醒的安眠药，手与烟蒂，都是凶手。那个阴冷的深秋，1976年10月18日，不管周围多么明亮喧嚣，世界给他永远闭上了大门，就如同他在异乡的床上不曾一言，只把深邃的空旷，一个大寂静，投给错愕的世界。十年炼狱，他终是完成心的历程了，他已成熟，诗歌的路在天堂开通。他一直在追，他扇动燕山深处滋养的强壮翅羽，夸父一般紧追不舍，真理和诗是他的太阳，他不断挑战，上升，靠近理想，痛苦随之加剧。他是被渴死的，累死的，烤死的。他把生命之核握得太紧，太希望它快些枝繁叶茂，他淘尽了最后一滴血，与理想同时煅烧。

　　那一年乱到极致，悲到极致，人们已经学会隐忍，把悲痛压缩，把深切的关注投向安阳。七朝古都的月光那晚有多痉挛，深埋的甲骨文发出过怎样不祥的呻吟？

　　在迷幻的最后时刻，我愿意相信，诗人一定是拉住一棵一棵的玉米翻山越岭，回到三十年不曾走动的故乡，塞外古镇凤山幽幽青纱帐了。之前我以为青纱帐是竹林，"大姑娘走进了青纱帐"，是在密林约会，青纱帐里打游击，那也是藏在幽篁里，开枪复长啸，端的惊险诗意。原来是高粱、玉米大地，犹如俄罗斯的白桦，承担灵魂的最后居所。

　　烟色穿过1919年9月黄绿的青纱帐，落在丰宁县城凤山赭黄的旧街，注视着石桥东胡同一家青砖黛瓦的朴素民居，穿长袍的人们焦急地等待一个婴儿的降生。这是近二十年的等待，上天考验了老两口的耐心，送来不平凡的儿子。里尔克说："他的母亲当初怎样不孕，后来却分娩了一切。"那个娃娃分明在子宫里酝酿多年，早长出健壮的手臂、高贵而叛逆的心灵，一旦醒来注定传奇。

他的生亦如他的死，民国八年（1919年），世界乱到极致，悲到极致。而塞外小镇还略显平静，还算美丽的初秋，9月2日，他的哭声引起了震动，因他是县城教育局长和民国女子小学校长的老来子。且他一亮相又惊倒了众人，脐带在背上缠出大大的十字，这状况一如衔玉而生的宝哥哥，总是大有来历的。文曲星下界，还是"天降大任于斯人"？众人以升官以发财以"这个孩子，哈哈哈"祝贺。小川也认可这种臆测，在《老家》的诗里说："就凭这一点，我更被人敬重。"在避难北平时，少年的心也许对着城门许诺，这里将来会写上他的名字。"原无野老泪，曾有少年狂。"那十字架是翅膀亦是绳结，他飞得高，越高束缚越紧，死亡令他身轻如燕。

二

死亡不是绝对性的毁灭，是另一种行走，有如奔流的泉水。我们看到黯黑，而他的面前是华光，是缓缓流淌的锡拉塔喇河、金黄的山谷、石桥、瓦屋、木门、纸窗、祖父的老杏树。家乡喊他许久了，喊儿回家一定是在午夜，在山头在河边放开了喊，划破长空，刺破行者的梦。青纱帐在暖风里摇曳，妈妈在桥头悠长地笑,他叫着故乡的乳名落下来,拔掉门楼上瑟瑟的蒿草,变成母亲的孩子。那一瞬的绮丽不属于人世,只有迷界的小川独造了那种美。

故乡有灰瓦飞檐的回旋曲、砖雕的叹息、老石狮子的沉思,还有蕴含贵气的沧桑古街、两百多年的老县城,他钻过最阔气的青纱帐,也穿过最窄小的老胡同。

最显眼是雍正年的古戏楼。唱过戏,杀过人,重要的是,一个诗人站在上面喊出过正义的声音,我多年后听到了,塞外横亘的黄草川深处,我触摸到两枚琥珀:古镇和诗人。

但是我越迷恋古镇,越有所不解。小川近三十年不回故乡,干校孤独受辱的日子,为什么不让老家暖暖飘零的心?且除了短小的《热河曲》《老家》外,亦很少写故乡,青纱帐只是作为甘蔗林的对比。他走边塞赴厦门上兴安岭,写出那么精彩的边塞诗与厦门风,就是少有塞北土城子。我试图在诗里找寻答案。"长城外生我养我的小镇,在滚滚的风沙中是不是,比在我小的时候更坚毅?"他问过。"住在家乡的时候,家乡就是最美丽的,当需要离开家乡的时候,祖国的每块土地都会使一个爱国者感动神奇。"或许故乡根本无须介意,诗人具有博爱之心,且哪个失意的孩子愿意向母亲暴露伤痛?

诗人未必没有故乡与异乡的纠葛,诗人必是猎手,要不停地行走,远离熟地,让心疼起来,对故乡深沉的思念就在他乡苏醒了。于是故乡像山脉,像废墟,像无数的花朵来到了,狩猎和故乡之间有多远的距离,都可以由诗歌来填满。然而故乡与异乡，末了都安放不下他饥渴焦虑的诗魂，无法度他攀跃诗歌的高山。

那具终极焦色的凹痕，是他挣扎的天问。小川、古镇和我，到底谁该惆怅呢？

三

是1921年的照片，砖墙老院，长衫书生挽髻女人，怀前白生生花衣小姑娘，秀发垂肩，手握长棍，一似小花木兰得胜归来。你道是谁？郭小川。

郭小川是金贵的独子，遵塞上习俗好养活，女孩打扮。郭家大院里红袄绿裤的花小子，一会儿攀住姐姐们做女红，一会儿跟着小蛋子们上树爬墙大河摸鱼，而后小棉袄般腻着母亲念诗读经。他老早感知了她的悲伤，温雅的父亲真心夸赞母亲"慈善为怀，丰腴其面"，却也酒后暴打过她。母子俩一起流泪，背诵《木兰辞》："朝辞黄河去，暮至黑山头，不闻爷娘唤女声，但闻燕山胡骑鸣啾啾。"花木兰来过塞外，说不定打马飞过他的门前。能东奔西逃掌控自己的命运是重要的，那个山间奔放的精灵深深刻入郭小川的心底。

郭小川幼时可纠结于自己是弟还是妹，也或许有以为是姑娘，而真身是男儿的苦恼。这样的苦恼诗人里尔克也有过。里尔克的母亲也从小把他当女孩子养，卷发穿裙到十岁，他说是摧残的童年，一生都有阴影。而郭小川的一生也都潜藏天真烂漫的少女心，阳刚与阴柔纠结，犹如黑白二鱼的较量，侠骨柔情，跨马冲锋，各自宽阔。

杜惠来了，一个人敢于穿越封锁区送情报，天生花木兰，永不失"袭人的味儿"，唤起郭小川内心柔媚的女思。他怀着难言而羞怯的喜悦，给杜惠写信诉说自己"少女的心"，甚至买过高跟鞋，一个人在家"对镜贴花黄"，以"姐姐"自称。而杜惠不愧是郭小川的知己，以宽厚烂漫的童心跟着他一起玩乐、疯癫。这是一对惊世骇俗的夫妻，如兄如弟，如姐如妹。

在《白雪的赞歌》里，他轻易还原为蕙质兰心的女人，写出颇富人性的战争长诗。这诗是郭小川私心里的最爱，他写了在丈夫生死不明，孩子生病后，孤独无助的妇人与医生萌发的温暖情感，在20世纪50年代又是何等的叛逆！

> 风雪啊，不要吹乱我的长睫毛。
> 今天为了祝福他我要看个饱。
> 当我从门口看见那张熟悉的脸，
> 我的眼前浮现千万朵珍珠。

风雪吹乱的不是长发，是睫毛，不是看个够，而是看个饱，因他是千万朵珍珠，真真充满了创造性，如同梅兰芳"海岛冰轮初转腾"的兰花醉指，美得一塌糊涂，是郭小川粗粝的大豆高粱之外少有的温润，极珍贵。

两个女儿腻着他，一个吐着舌头亲他，一个闭目趴在他肩头陶醉，郭小川美得要融化了，他定然迷失于花色的童年。他撒娇似的请冰心大姐帮他织毛袜子，还一起绕线球，织好了，当着老人的面脱鞋换袜子，孩子气无遮无拦。而另两个手握权柄的女人则给他带来灾难，八竿子打不着的七大姑八大姨的游丝，也能搓成要命的钢丝绳。郭小川如果向这女人低眉信手续续弹上一次，晓风残月杨柳岸一股脑儿都回来了。他不要，他陷入过度自省的灰色深渊，发出弃妇般的哀怨："日边云有色，窗下笔无声。当年越溪女，何不采芙蓉。"

一种少女的天性，贤惠的妻性，忍辱负重的母性，构成小川多重复杂的叛逆性格，绵长韵味的阴柔美令诗歌更趋饱满张力，独步诗坛。"秋天像一把柔韧的梳子，梳理着静静的团泊洼。"那就是大地之母宽广坚毅的额头，羲皇上人日月山川雌性的伟岸。他的心中同时拥有霸王和虞姬，支撑病弱的躯体，去完成荒烟蔓草的突围。

四

那日翻看《叶赛宁诗画》，发现俄罗斯诗人叶赛宁与郭小川诸多共性。他们幼年都生活在古朴的乡村小镇，都有不错的家境教养，十几岁成诗人。叶赛宁的家乡有多处修道院，郭小川的古镇也六大宗教围绕。叶赛宁的外祖父想培养他当乡村教师，而叶赛宁上了战场。如果不参军南征北战，郭小川也许就是一个乡镇教师。教师和教案，英雄与史诗，不可同日而语。

孙犁说郭小川的诗"是高粱玉米，它比那伪造的琥珀珊瑚贵重"，艾青说叶赛宁的诗是"一头耕牛跑进了客厅"。他们的诗语深植于民间，如同列维坦的画，有清新的魔力和魅人的意象。叶赛宁诗"秋天，橘红色的牝马在梳理鬃毛"，郭小川"秋风像一把柔韧的梳子，梳理着静静的团泊洼"。他们用词和意象都那么相近，以雌性的柔美展示大地的力量。叶赛宁的诗歌有中国的田园风，郭小川的诗歌也沾染俄罗斯深沉的忧郁。他们不幸都出生于暴政的时代，自由的心灵偏遇铁腕，除了高悬的诗魂，就是枯索和荒芜。

二人都以描摹风暴的烈性寄托个人的处境与情感。叶赛宁说"迷茫的暴风雪急速地旋转，别人的三套车奔驰在田野间"，三十岁的叶赛宁和列夫·托尔斯泰优雅的孙女结婚，以为找到最终的归宿，可是新妇与想象大相径庭，一切都被那个伟大的老人占据，叶赛宁万分失落、窒息，"像吉卜赛提琴，暴风雪在哭泣……你的微笑像暴风雪冻结了我的心"。

郭小川的"风暴"诗则苦闷中蕴有向上之心，"塞上的秋风都是这样的野蛮，而太阳也不给我们一点温暖"。郭小川回家乡当县长，同时拥有延安"抗大"学员、诗人、准爸爸、民间青天大老爷，多重身份。但眼前一片疮痍，人们贫病困饿、麻木不仁，清匪反霸危险重重，"狼，在败草堆里喔喔地嚎，那些狗们，也悲哀地狂乱地吠着。……让风暴更猛烈地吹吧，我看你究竟能吹得多么久"。

一个从风暴中走向颓废，一个从风暴中走向光明，不能遵从心灵，宁可扼断喉咙，一个准备赴死的真的死了，一个朝向新生的骤然飞升。叶赛宁以一根绳索套上了脖颈，郭小川以一根烟蒂蒸腾了躯体。竟然又一样，他们都终结于寒冷的季节，都在异乡旅馆，都去得突然决然，举世扼腕长叹。

"蝉声消退了，多嘴的麻雀已不在房顶上吱喳；蛙声停息了，野性的独流减河也不再喧哗"（郭小川诗），但是我看见他们的生命之光彼此辉映，隔了多重远，有许多迥异，诗人的疼痛相同，那就是忧郁的重量，以弱肩承载个体的、民族的乃至全人类的灵魂。唯有上升是生存，大地的赤子和英雄将回归天庭，重新遇到、攀谈，来生还做个诗人？

五

那晚我刻意宿在表姐家，石桥东面郭家大院。大宅位置好，凤山书院魁星楼上魁星的笔尖直对郭家大院，牤牛河西岸山岗上一座七层密檐文笔塔向北点出，与魁星楼呼应，也斜进郭小川书屋。门口蒿草微瑟，一股子清气和坚贞之味。"昔我去草堂，蛮夷塞成都。今我归草堂，成都适无虞。"郭小川回家当县长可流下杜甫的苍泪？门有好联：

小院朗魁星，享文苑千年清誉。
川流归大海，领诗坛一代风骚。

向东转个弯，郭家大院正门立于左侧，清代如意门楼，七层方圆砖椽连珠混冰盘檐，飞椽头刻有万字、栀子花图案，十分讲究。进门一座青砖影壁墙，里面三间偏小外宅，过去是听差、师傅所住。内外宅之间有隔墙，建二重门楼。过年时大门以外悬灯彩，二门以里铺红毡，郭小川七八岁上见过这种派头。

　　古镇并未纠结于郭小川故居小与大的矛盾，重要的在人心。绍兴铺天盖地的鲁迅，青藤书屋只在深深的胡同一个幽静小院，多少人慕名前瞻，三两间小屋几幅字画，就通向徐渭的心灵。郭小川本不讲享受，当年住老县衙门，冰天冻地，缺柴少米，杜惠又怀孕，二叔请他回家热炕暖窝都不去享受，断不肯侵占老人的私宅和旧忆。古镇接过了那把柔韧的梳子梳理新起点，"喝三瓢雪水，放万朵花蕾"。

　　"三伏天下雨哟，雷对雷；……今儿晚上哟，杯对杯"。晚上喝二锅头聊古镇聊小川，我们都有些醉意。廊前飞舞着大红灯笼，月亮斜挂高天，瓦房、窗花、老杏树、石阶，这样的夜色，郭小川当年在厢房读书写字时，抬头就是。

　　光突然洒下来了。一个慕恋着诗歌的小姑娘，在夜窗旁睁大了眼睛，是幻化的我；一个花小孩磨墨挥毫写大字：唧唧复唧唧，木兰当户织。自然是小川。他是这个屋檐下出走的一个分子，他必回归这里，生死合一，阴阳合一，故乡与异乡合一，东方与西方诗性合一，所有的纠结统统不在了。焦黑的面孔洗白，呼吸接通肉身，心灵回到开端，青纱帐的圣歌，天地阔大，摇曳如浪。

一春浪荡不归家

一

一匹矮小马似乎与热闹的盛会格格不入。它目不斜视地走着，深灰色皮毛搭着华丽鞍垫，马尾粗粗一大捆，小瀑布一刷到地，漂亮，在朱红赤金为主打色的雕饰楼宇前，在花枝招展与高头大马前也毫不逊色。它该闪动好奇的眼睛，左顾右盼打着响鼻儿，才是一匹小马的精气神。然它鬃毛覆下，低眉耷眼，不悲不喜，不卑不亢，是行走的雕塑。

到马镇，奔汗血宝马来的，但矮小马凭借一身忧郁的气质先勾走我了。

过大草场，东有鸭鹅之圃，投食者一来，鸭子与鹅风一样奔过去，草场嘎嘎嘎生动起来。西围则静草幽深，马们仨群俩伙斗嘴撒欢儿，唯矮小马立那儿暂歇，低着头一动不动，好像挨剋了面壁思过，十万个"别惹我"。苔藓群里"蹿"出了一枝蕨，沉浸于孤独的枝叶。也许它桀骜不驯反叛过，被整垮了，臣服于淫威，心上憋着劲儿。

欧式马厩里名马荟萃。汗血马就是王,身体横过来碾过去,脖颈儿颀长毛色细腻,东挑西扣闪闪发光,听懂话大脑袋不断点头,又或不悦虚晃一头白睒一眼,长身体直排到西邻处。对这美妙的拉抻与呼唤,西邻并不睬,它不受挫,立刻折回龇出四颗门牙去骚扰东邻了。说马脸长,是马的口腔,嘴与牙齿突出,而腮帮子圆鼓鼓,一侧如扣一个金黄油酥大烧饼,释出香喷喷的欲望。东邻也不理,汗血马施展纠缠大法,甜蜜话车轱辘轴子一般滚过去,锲而不舍拱上东邻的丰唇,它吐出绯红的舌头,顽皮之至。一匹马一台戏,汗血马真不矜持。

安达卢西亚马一甩头一扭摆,眉梢几绺子鬃毛抖出中分式,越显出眉清目秀大家气象。眼睛墨蓝,盯一会儿就进入大洋、星空、宇宙间,"独怆然而涕下了"。东坡"起舞弄清影",月下该有一匹马;断肠人在夕阳下,瘦马就是家;阿朱傍着马和萧峰走过原野,死有何憾;赵子龙骑"夜照玉狮子"七进七出勇救少主;牛头山上高宠挑滑车更为壮烈,一人一马站定,接连挑飞十一辆,到第十二辆马趴下了,人马顷刻成泥。高宠有堂吉诃德精神,他的勇猛来自马,马宁死不退,是因人。

然这些壮举与矮小马何干?它打死不改向里闷着头,弱水三千奔腾豪迈,"朕"一言不发一瓢不取,倔性。我蓦然想它是自卑了,在硝烟、战火、茫茫大野无法留下嘶鸣、奔勇、血气方刚。它小骨骼、肥臀、凹脊、沉下的肚腹曲线优美,叫设特兰矮马,也称童马,但它成年了,一腔战魂遭遇冷落嘲讽,

"欲辩已忘言"。它忧郁，源自内心的傲骨；它沉默，源于孤独，孤独惯了就听不到世界的喧嚣。

出马厩是跑马场，一匹黑红阿拉伯大马拴在桩子上，世界马的始祖，血统高贵，此时极不耐烦，蹄子左右换着掘土，脑袋扑扑棱棱发出叛逆的低吼。马夫无动于衷。马自己停下来，两只耳朵弯刀一般割向天空，夕阳在它嘴角打上一轮光，呼呼浮动，是它说不出的气话。大脑袋实由铁链一左一右拴马桩上，低不得昂不得，扭也有限。太倔强就会遭遇更多的锁链。

人也未必能拥有辽阔与自由，马不需要同情。我走了很远回头，那刨蹄子的阿拉伯马开始跑圈了，它何以不越过栅栏跑向原野？马快，人有鞭子，人还有偏见和傲慢，心虚也不回头，直到影子丢失。

马镇是个回望点，人一上坝就迟缓了，一骗腿上马就步入马车时代了。我看到的只是马的生活片段，马深陷草色蓄势待发，它还是赛马，一声令下冲出栅栏，春风里厮杀去。

二

诗是南宋姜夔《契丹歌》里的，录几句：

> 契丹家住云沙中，耆车如水马若龙。春来草色一万里，芍药牡丹相间红。
> 大胡牵车小胡舞，弹胡琵琶调胡女。一春浪荡不

归家，自有穹庐障风雨。

何等任性，美到冒泡，说的就是马镇的从前。马镇在大滩核心，大滩在丰宁坝上草原，春来草色一万里，何曾荒废了，是辽、金、元三朝春水秋山捺钵之地。捺钵，契丹语，是避暑打猎放马玩耍的地方，五月到八月坝上都是春天，都浪荡疯了，不尽兴不下坝。

辽时大滩叫凉陉，陉是山脉中断之地，坝上与坝下接壤处，滦河源头水草丰茂。辽太祖耶律阿保机借大滩滑盐县盐池之便，收拾了契丹八部，创立辽国，在大滩建汉城避暑。艳后萧绰也在炭山置捺钵行宫，炭山是大滩到燕山最高峰东猴顶山一带坝缘山脉，地貌丰富，迷死个人。"纵马于野，驰兵于民。"就地"打草谷"，来如春梦去如朝云，以是制胜，直到宋金联合空室清野，才没瓷儿了。

把个"青芜平野，小雨千峰，还成暮陉寒色"，落入完颜阿骨打的掌心。待金世宗统一华北，上凉陉避暑，见金莲花浪涛四涌，铺金万里，绝似荷花而黄，始定名金莲川，"莲者连也，取其金枝玉叶相连之义"。当喻兴盛，金世宗有"小尧舜"之美称。

金莲花有多美？避暑山庄设康熙一景"金莲映日"，金莲花有来自五台山的，更多的则来自坝上金莲川。皇帝作序："光庭数亩，植金莲花万本。枝叶高挺，花面圆径二寸余。日光照射，精彩焕目。登楼下视，直做黄金布地观。"大滩百万亩金莲花怒放，就是恢宏极乐，金色乾坤了。

成吉思汗靠马打天下，人多就屠之，把土地还给青草，自然更重要吗？是马重要，避暑重要。"上都本草野之地，地极高，甚寒。"忽必烈在金莲川建元上都，滦河称上都河，随行刘敏中赞道："重房自拆，娇黄谁注。烂熳风前无数。……川平野阔，山遮水护。"

明弃了草原，金莲川就是蒙古人的扎拉塔拉（蒙古语，意为"黄色的原野"），蒙古语又称"海留图"，即水草丰茂的地方。黄野浩荡，北庙、贼窝、孤石、沽源、鱼儿山，偌大的牧场养肥了努尔哈赤潜伏的马队，只养马不祸害，千松坝古林茂密，生罕见高山花卉，如大花杓兰。

后来，金莲川以地平滩大改为大滩，人们赶着牛车马车去滩上摘花当茶卖。大滩是个奇异的怀抱，牧马频来去，说着北方少数民族崛起、冲击或称霸中原的风云往事，但哪怕占领京都或中原，他们仍借避暑狩猎之名上坝，秣马厉兵，虎视四方。大滩处处马眼人精，一边浪荡大事就办妥了。

三

看好草要往深处去。我第一次骑的是白马，年轻牧民牵着，我裹上麻布红巾，哼唱歌美了十分钟，马突然尥开蹶子。男孩打马驯马，马愈发嘶吼腾挪，死活不平静，我声若狼嚎，男孩又嗔我使马受惊了。我好歹跳下马自救，不屈服是它的秉

·109·

性,它挨打我心疼。

男孩打电话叫他父亲,马群走远,剩我俩尴尬候着,草原立刻静了。

我怕马。腊月村庄淘米磨面,赶马车的马大爷家用马拉碾子,碾盘大,马仍是委屈的,拉着碾子咯噔噔响,好似翻山越岭风声紧张。筛面的人要爽利,抢在马与碾子的空隙闯进去,刨一箩快出来,我试一回,出来得慢些马一噘嘴把我拱个跟头。以后再看马,它站那不动,它一心一意吃草也觉得是对我的威胁,马身上有股子不安与躁动,一触即发。

远处蹄声响亮,枣红马飞奔而来,人马合一,俊美。骑马者正是男孩父亲,黑红面膛荡着慈爱的细草,他扶我上马,说也许是红巾让马惊了,枣红马见多识广,镇静而谦逊。

"我这马轻易不给人骑,赛马大会亚军,拍过好多电视剧,当过主角的。你有缘,带你飞一段。"我乐飞了。师傅翻身上马坐后面,牵住缰绳,马放开蹄子奔起来,原野牵着原野温和地起伏,天地间无一人而不觉荒凉,随处停下都无可挑剔。一小时后遇见白桦,三五棵小聚,白桦的野性也是华丽的,又半小时方停下,我忘了呼吸。

是饱蘸蓝墨一笔笔压着描过的,天蓝得风也撕不开一点儿裂隙,入耳就是蝴蝶蜜蜂振翅的嗡鸣,花朵打开花粉爆炸的轻响。一面是白桦林"幽白的大腿",一面万花闪烁及腰,金莲、莓叶委陵、翠雀、蓝盆、地榆(师傅叫红头萝),大大方方打开自己,又助我褪下羁绊。光蜜涂在脸上、花上,都是绝

·110·

色，美需要气场，也有时辰。

我理解了毛姆，凡·高与高更是好友，但《月亮与六便士》的主角选择了绝尘而去，到原始丛林过土著生活的高更，达成地理上的颠覆性。梭罗写过一篇风情万种的《散步》，也说到只有走得足够远，看不到人烟，才算真的散步、养心。

马突然咴咴长叫了一声，深情地，像在唤一个人，师傅坐白桦树下欲说又止，马着急地替他说了出来。

返回时，四野虚静，夕阳淡淡挂着，东边大月早亮闪闪升座了，仿若一匹神马架着天大的扁担，挑着日月晃荡，君生我亦生，路仍迢迢。一串串高挑带刺的深蓝花朵打破寂静，师傅停下为我折了两枝。"这花有毒，不到草原深处看不到，我把它叫作'我们的蓝花'。"

我立刻追问，师傅眼光迷离了。"我年轻时和喜欢的姑娘骑马私奔到这里，她编着长辫子，折好多的蓝花戴，我采更多的野花埋住她，在草垫上撒欢儿打滚，天黑就点起篝火，狼在白桦林里嚎叫，我买了一箱子烟花就放给她，她甩着长辫子跳啊叫啊，嗓子都哑了，就是不肯睡，我就抱着她到天亮……

"后来她还是下坝了。那些年草原上生活太苦，她养了几头奶牛，赶上退耕还林，封闭草场，就打工去了。可我太喜欢草原了，离不开马。以后每年这一天我都骑马过来坐一会儿，折几枝蓝花带家去。孩子妈从来不问，朝我偷偷笑，除了这一天，我都听她的。"

他摩挲下额头，伤感里也有欢喜。普里什文当年与马车夫穿过一片意乱情迷的叶芹草，也引出马车夫惆怅的往事，谁没有甜蜜又感伤的叶芹草或蓝花花呢。挤牛奶的蓝花花，令我想起《苔丝》，在雾气茫茫的草原，着白裙戴白色小帽，那种善良而勇敢的野性令人着迷。

"后来她离婚了，她受不了拘束，有时一意孤行像草原上的马。她回到坝上开农家院，闲了到我家跟我的女人一起炖肉、烙饼、拼大酒，喝多了就哭，说这才是她要过的日子。她也没放下草原，生在坝上，根里就是一辈子。"

日要落了，后背骤凉。这就是高原，让你迷乱，也让你清醒。水像蓝色大旗猎猎卷动，马群聚到湖边饮水，后来者不断越过群马往湖中心去，形成金字塔队形。塔尖处是驮我的枣红马，马群都撤了也毫不理会，简直是王的气场。

整个夜晚，"我们的蓝花"那幽怨又决绝的蓝眸子，在巴赫《G弦上的咏叹调》里回旋不止，我后来知道叫北乌头，毒性大，种进心里就是药，且痛且愈，甭指望排出去。

四

草原味道一定是复调而多重的，来一回必六神出窍。

坝缘处也许不是最好的草原，但最好的烤全羊一定在坝上，深入挖掘到五吃或六吃法。六个月大草原羊以嫩为王，吃一层加蘸料再烤一层，一层一个口味，皮、肉、排骨、肉串、蝎子，一部分煮汤，一部分第二天早晨再煮来吃，配油条、浆子或豆粥，拌咸菜条，一点儿不"瞎整"（浪费的意思）。

那晚我穿了金黄底色宝蓝花朵长袍，以满族格格为由被推举为女王，参与烤全羊开羊主刀仪式，蒙古式礼仪。不能矜持，遂接过蒙古刀，顺羊身纵划一道，一帆风顺，横断一刀，十全十美，而后左手酒盅，右手无名指蘸酒弹出，敬天，敬地，再一口干掉。羊身如方块花朵，酥脆金黄，扯一瓣入口即化，香溢舌尖，真美味。

又别出心裁，苏子叶卷烤肉来吃，肥而不腻，味道迷幻，且令粗犷的抓食行为舒雅起来。家家各有秘制蘸料，但"百里香"必在，除腥膻，逼出多重美味，元朝时代已用纯熟。也叫地花椒，五瓣紫色小花地锦一样，成片匍匐生长，耐旱防沙，见着要施礼。

礼仪是一种提醒，感恩大地喂养了羊，羊献出了生命。人也一样，大地养你，最后烹饪你的肉身，要心甘情愿回馈，生草、喂羊，不辜负皇天后土。

说有一种活腌羊法。选未满一年生羔羊，灌以泻药，令羊肠胃翻江倒海，尽排未化之物，拴于密封小屋大火炉旁，置一盆浸了胡椒、大料、茴香等作料的盐水，羊干渴至极，不择而饮，炉火愈旺，愈不断喝，一两天内盐料腌透全身，羊奄奄殆毙，宰而入馕坑烤之。味道想来夺魄，舌尖都感受到肉丝深处的战栗。但残害一只羊的自尊是暴虐，吃到灵魂也舒适才是真的美味。

星空苍茫，人语喊喊，时而尖叫"有炸弹"，原是一堆黑漆漆牛粪,老黄牛在野上微声哞叫,酥麻透了。又一黑白花大牛款款行于大路,旁若无车、无人,车不鸣笛人不喊,跟后面踱着方步,看它把我们带向哪里。

一拨人要去村里继续烤串,不容分说拽上车呼啸而去。月下,村野,路边,水煮青豆花生,麻辣肉串,此时喝的是情调了,各人心中美好的词儿一个劲往出蹦。浅尝是"最喜小儿无赖,路边坐剥青豆",大啖则"一腔热血勤珍重,洒去犹能化碧涛",嘎巴对碰干掉,就是"舒心的酒,千杯不醉",你说"东园载酒西园醉",他对"家家扶得醉人归",最后"放浪形骸之外,大道自守于心",干。

仍不睡,出门上桥,月挂中天,是高原上的"二十四桥明月夜",蛙声如乐,浩渺千里。有几旗人拥携着过来,听去是喝高的酒话:"到草原了,谁还睡觉,多俗啊!"那人举着胳膊不停下,非要走遍各包叫人,逛到天亮去,平日谨慎有加,今晚恣意至此还是意犹未尽,活脱大颠和尚演绎"鸟宿池边树,僧敲月下门"。一行人有歪有斜,穿过石阶,随那酒热之人敲门去也。是草原大月的诱惑让人无所适从了,是浩荡的夜之光芒让人彻底打开了。

汪曾祺感叹过:"吃泥蚶,饮热黄酒,人生难得。……'这才叫海味。'"今晚月下,这样不同寻常的疯癫,才是草原更深的味道。

五

他躲在角落里唱歌，仿佛隐在草丛深处，《雕花的马鞍》一出声字字捉人，马的嘶鸣与马头琴韵丝丝杂在里面，怎么这么有味？原来他家祖辈就在大滩草原耕稼放牧，一哼一叹都捣进魂里的。

去他家，老太太笑成葵花了，大锅造饭炖肉，烧羊粪烙大饼，羊粪蛋儿那么碎小，铲一铁锨还不压死火？蹲下看那灶膛，羊粪饼早妥妥地燃起来了，火苗微小，面大恒久，适合烙酥油饼。自家榨的胡麻油，酥软香糯，再就着鲜粉丝炖羊骨头，蘑菇酱莜面猫耳朵，香得牙根痒痒。

院墙就是黑乎乎牛羊粪饼垒成的，地下一片脱成砖坯晒着，这些活计每天都在做，墙在增高也在凹下。马拴在杨树旁，想骑就上马村外遛一圈，先是小块玉米地，再远是大片的莜麦地，夹着荞麦、胡麻、大豆、土豆，正是花期，大月亮地下看，莜麦金黄，胡麻幽蓝，荞麦亮白，土豆晕紫，如临仙地神址。睡时窗外即旷野，什么声响都呼啦蹿到窗根下，很奇妙。

说早些年地广人稀，随便种地，但不用马，马速度快，得有人牵着，反费工夫。而牛天生懂得耕稼，该走直该拐弯，该快该慢，门儿清，就是施肥蹚地也少有失蹄。

一个人带上种子、锅碗，赶牛拉犁就出发了，奔着春风依着坡势一路挑下去，也不上底肥，只管撒上种子，一上午也就一条垄，吃个饭抽袋烟，牛自己就拐弯了。黑天就歇草地上，煮炒面喝烧酒，天亮接着种，约莫差不多了，再往家的方向挑，种子没了也到家了，整个春天就在大野上浪荡。苗出多少随意，不想出来就睡土里没人骂，也不薅苗，也不施肥蹚地，就让苗与杂草拼着长去，粮食收上多少成儿凭高天厚土赐予。

秋天赶着车去收秋，看到哪儿收哪儿，收上多少是多少，有时扔下一片莜麦不管了，任凭它们在草丛里喊破嗓子摇落了金子，人车也不回头。它们就交给鼠类了，隔年自行与杂草混日子，跑野了。

虫子为了能在土壤里更好地呼吸，身上会多开一些小孔，城市人腰条软，衣服也要多开些孔洞，让高原的紫外线闪几个时辰，骨肉里就嵌入一份狂野。再听鲍罗丁《在中亚细亚草原上》，会完全沉迷这古老的旷野，化作彪悍的先民或是一匹健硕的马穿越晨曦，浪荡一春。

◎ 第二辑

不醉不休

当归，当归

一

悲伤是一种毒。毒袭来时，我就蜷缩成毛茸茸的小松鼠，钻到老树洞里问药，我会变幻任意年龄段，把自己交付给大自然，由着洞彻草木的万千光源，针灸我，修复我。

他来了。黑白照片上，曾祖父六七十岁，黑色棉袍，戴着棉帽子，清瘦，威严，儒雅。

"太爷，我等您好久了。"我毫不胆怯地盯着他。我八九岁，大概像《城南旧事》林英子那样，眼神明媚。而太爷，是我家族民国时代自学成名的优秀郎中。

"重孙女，我知道你，也多次听到你的心灵召唤，只是不同的空间你无法听到我的回音。凡人的伤感总是小的，国医五千年辉煌都免不了偶尔黯淡，信任时间吧，一切走失的终究会回来的。"

我并不惊诧，走了的人就是奔向未来，我们能根据蛛丝马迹追溯祖先的过去，祖先却更似先知，通晓我们的现状与神思。

你来自 21 世纪 20 年代，人到中年，何以这样小的年龄和我初见？

小才烂漫天真，无所顾忌，无畏冲撞，倘有不当，亦会得老祖谅解。

他温煦地笑着，吧嗒一下二尺长的大烟袋，牵我的手在林间漫游。老橡树下遍布橡果，黄榆密裂着灰黑纵纹，梓椤叶子在风中着了火，老松静默如磐石，深处，獾子、狍子、狐狸、狼不安地眨眼。太爷就是执灯的圣父，教导我，引领我，这是我心中无数次勾勒的喜悦场景。我会刨坛问罐、采药纳言，去理解草木的心，还原太爷从医的初心，体味中医这枚琥珀深邃的痛苦与荣耀。人病，医可以稍解，医若病了呢？

草药何止千万，且取来。

二

植物都是带着使命来的，人也是。神农尝百草，日中七十毒，每种毒都是致命的伤口。他是大悲之人，大悲之人才有大慈。他以另一种植物化解，再去尝新。植物既是毒又是药。他尝到一种开黄花的藤本植物，忽然通体透明，黑染，肠烂，因命之断肠草。我也尝过，折断花、叶、茎，黄色浓汁溢出，它在诱惑，毒有迷离的眼，我探出舌尖舔一点儿，苦涩之味久不去，是北方断肠草，罂粟科白屈菜。

还是这断肠草,牛就可以吃,驱虫,不死,人直接吃就会中毒,开水焯了变作美味,全草入药炮制后,就止咳利尿解毒。同一植物杀人也救命,不是植物复杂,是需要我们了解它,如同人性。如同医,中有万象,需要了解。

药王身上的伤口意味着新药面世。孙思邈左手中指被木刺伤,疮面愈发肿胀,他想到蒲公英能治疗疔疮,随即采来内服外敷,很快消肿止痛。先生把蒲公英写入《备急千金要方》。泻火,生土,久服无碍。我咀嚼着蒲公英花茎,微甜,微苦,至贱而有大功。父亲也说过,蒲公英叫黄花地丁,它们是微型向日葵点亮大地,散播希望。

有多少伤口裂开,就有更多的医者在试药。

太爷一定也有很深的伤口,陷入有毒的生活,快四十不惑还迫使他效仿神农,勇做药王。我一点点撕开来看。

三

那时候乡下人大字不识一斗,您怎么能读懂医书——那美而艰涩的文字?

咱家族古居山东,孔孟之乡,祖上也出过举人,男孩都要读私塾。遵清朝"借地养民"政策移民塞北,燕山月似钩,祖先就停在钩尖上,接壤内蒙古高原,乾隆御赐"丰芜康宁",植被茂盛。先祖沿着一条大河往深山里走,一锹一镐刨出村庄来,日子艰难。但族人不曾忘记读书传统,造木屋,凑钱粮，请族中老先生任教，不拘谁家孩子、不分男女免费学习，福惠后代。

高山溪谷，林花清岫，天地玄黄，宇宙洪荒，书声清脆盈耳，向荒野宣告人类的不屈与渴望。小太爷记性好，背会了就琢磨玩，他眉清目秀却是淘气大头。先生要上课不见学生，原来跟太爷在树上左枝右杈晃着。太爷早捉个锃亮的"猪尖兽"放在先生墨盒里，一打开，那物黑闪闪顶着长戟爬将出来。午后大家念得乏困，太爷又抓个大号"撒巴拉"，飒飒地飞。

戒尺可不软，小太爷袖着肿痛的双手回家，高祖爷继续教训，门旮旯后挂着牛皮鞭子，令小太爷趴炕沿上，照后背狠抽下去。那鞭痕再也不能淡去，是为鞭策。太爷才认真念书习字，后来行医开方那字讲究，给爷爷们立了榜样，到我父亲叔伯那辈题写毛笔字也毫不含糊，药方小楷端的漂亮。

外面兵荒马乱，深山里还清静，太爷念书好，就当了教师，教学打柴种地，娶妻生子。但是太爷没忘了私塾老师的临终光景，跳大神，他头痛撞墙，呜咽着一句话：乡下无医呀。

这一带原是荒野，基本都是移民，有文化的秀才、郎中、商人都拥进北京城、承德府，要么县城镇上，方圆几十里竟没有医生，有钱也未必看得上。

那踉跄的颤音是药引子，剐出曾祖父第一道伤痕。

四

冬天去山上拜谒家庙"药王阁"，路上见一片高壮植物，结着焦黄的豆荚,弟说:"这是甘草。"我惊喜,他曾有一段时间跟我父念汤头歌诀,能多识一些草药。冬天漫长干冷,村民多患支气管炎,就指着一包甘草片止咳,虽然甘草甜素总难适应,偏有人上瘾。

陶弘景十方九草,"此草最为众药之主,经方少不用者,犹如香中有沉香也"。李时珍进一步阐释:"甘草治七十二种乳石毒,解一千二百草木毒。"不愧"国老",甘草在野,就是菩萨。

搁现代是常识,旧年月哪里认得,都守着山大的药锅子等死。太爷紧皱眉头。

是什么促使您学医?传得最玄乎的是药王爷点化,说您在山上打柴,累了在石盖上眯一觉,一个白胡子老头挑挑儿来了,抓出一把把草药,教您识别,劝您学医治病一方,您聪明,立刻望空朝拜,传得有鼻子有眼的。

许是有的,但逼迫才是根本。那些悲痛挫折无不面相丑陋,但正是它们凿刻着您的台阶。

我跟随曾祖父的沉思线,到大院里,高祖母得了急病,来不及远处请医,在一片哀声中去了。未得缓过,太爷不到三十岁的太太也病重了,他不再犹豫,牵上毛驴接先生去了。要过两个梁头,再走上五六里大路,才到大庄子郎中家。

苦求是没有价值的,悲伤也没有价值。他付不起出诊费,也赊不起药,他闻得见药香,药躲在抽屉里。他纵是做个贼抢出来,不会用就是毒草。

他悲愤地想，上面为什么不多派医生，一个不来再请另一个，总有好心的救命。

那年，民国正如一根鲜活的银针，将清朝这棵腐朽的老树灸进暮霭，我的亲老太太也喘完了最后一口气沉入夜色。太爷的墓碑上写着宋刘氏，镶白旗，梳过大如意头，抽过大烟袋，上炕下地非常能干，生下爷爷二爷、两位姑奶奶。这是我的亲曾祖母。

我爷爷哇哇哭着。他是太爷器重的长子，耿直好学，后来颇有太爷看病风范，号称大先生。我盯着爷爷童稚的脸，浓眉冷峻，有倔强之气。日后他在乡庄行医，几个地主嫉妒贤能，联合嫁祸他是纵火犯，给下到伪满洲国监狱，那地方十个进去九个出不来，出来一个也是废的。灌辣椒水，坐老虎凳，烙铁烫，烧红的铁筷子捅鼻子。爷决不屈服。太爷卖了大片田地、四轮胶车、粮食，换了一袋子洋钱，二爷扛着去救人。奶奶和老姑奶奶也去探监，爷爷身上遍布烫伤，鼻子肿得老高，但精神尚好，双目有神。谁知不久到煤窑推煤，被马车撞伤去世，肉身不知所终，时年三十二岁。爷爷的命运竟是这般壮烈，满怀草药医不了人心，死也是悲愤的。

您哭了？太爷也真是命硬，不，是生命的火焰过于旺盛，进门的二老太太生养了四位爷爷姑奶奶后，也枯萎了，跳过大神求过保家仙，太爷再次牵着毛驴去接郎中。

急急翻山过梁，日头才升起就到了郎中家，他敲门，应声出来一妇，斜视来人布衣粗手，汗泥乱淌，即从牙缝冒出一句,先生还没起床。太爷等了一个小时,敲门,妇人告知,先生正吃早饭。过会儿再敲门,妇人不耐烦道,没看老爷儿(太阳)太毒害了,先生怕中暑,今儿就不出诊了。太爷跪下苦求,许他家一冬烧柴,门再也不开了。

他沉沉走着,驴和他都穿了铁鞋,锁骨被铁丝穿透,有魔鬼拉着。我注视这被灾难击垮的三十七岁男人,接连失去母亲和两任老婆,夭折两个孩子,还失去大儿,他的悲戚,是被黄连、苦参、苦胆泡透的,呼气是苦的,说出的话也是苦的。他突然像一头冤屈的大叫驴扯起嗓门号哭,"老天爷,为何对我这样残酷无情?"只有深沟里的罂粟花送来浓郁的讽刺。

他裸露着巨大的伤口,这丰厚的培养基,迅速聚集了嗜血的、挣扎的、反抗的分子,药王与恶魔在拼杀。

悲伤是一种毒,他中了何止一种,承受,承受,等着被置于死地,他还能做什么?他茫然过河,往村东元宝山望去,忽然愣怔了。我不放过这个电闪雷鸣的瞬间。

山上有庙,名宝峰潭,道光十五年(1835年)建,刻着一副好联"风调雨顺资神佑,物阜民康荷圣恩",供奉龙王爷,烟火旺盛。旁边阔大牛角洞,可纳百余牛羊,洞穴幽深,愈弯愈窄,尖处一泉,水甜清洌,一说海眼。仙地,阳坡开满杜鹃,阴坡赤白二芍,住着一个道士、两对灰鹤。

刚才正是灰鹤排云直上,亮闪闪划破碧霄,那自由蓬勃的生命力震慑了他。为什么要等着别人救命?为什么不自己学医,医己,医人,医这疼痛的世界。

太爷被血丝糊住的眼睛亮了，他恭恭敬敬对着大山跪拜，请求上苍保佑他自学成医，保家族三代名医，必修药王庙谢恩，必遵誓言"穷人吃药，富人花钱"，不学成决不娶妻。为何强调保佑三代名医？非是贪图荣耀，《礼记》讲："医不三世，不服其药。"几代积累方能流长。

上苍的眼睛是睁着的，中医老祖更有慈悲心，救一人太有限，若度一个人成医，就是普度众生了。

五

龚自珍有诗《远志》盛赞：九边烂数等雕虫，远志真看小草同。

远志别名小草，柔弱纤细而抱负深远。《本草纲目》记载：此草服之能益智强志。人在草木之间，日日吸纳精气，自然避开污浊，心生清气，做得好汉。

您决定学医，也就修改了家族命运史，后辈的思维、志向、远方，都不太会偏离医学殿堂，心怀神圣。您是家族的汉刘邦、元世祖、清努尔哈赤，开基创业打一片江山，当然是中医老祖惠赐。

我升级换代，是北平女学生那样淡蓝小袄，黑裙带襻鞋，清清爽爽。我们坐在大门洞石礅子上聊天，东西场院玉米茂盛，坎下大河清澈，对面炊烟横斜。

步行时代，偏僻山沟无法知道祖国医学一直承受着刀枪剑载。1879年，清末俞樾著《废医论》，斥责国医荒谬且愚昧。章太炎、吴昌硕门下弟子，咸丰、曾国藩、李鸿章都激赏的人物，大蜜丸养出的豪门舌尖，刺得中医古树些微摇晃。北洋政府挥起了榔头，以为国医杀人比于弓箭。到1929年南京政府捅了大娄子，明令"以四十年为期，逐步废除中医"，不许中医执业，不得承办中医教育，大师学者亦劈头盖脸砸下砖头。鲁迅说："中医不过是一种有意的或无意的骗子。"梁启超先生被西医误诊"割肾"，国医得以保命，还毅然发言"学术界之耻辱，莫此为甚矣"。胡适、傅斯年也宁死不信国医。那时西医的两把刷子远闹不过国医的八板斧，有说法是为了推进西医科学，先生做出了自我牺牲。中医保卫战轰轰烈烈。

当然拒不接受西医的先进技术也是错误，两大医学体系尖锐对抗是早晚的事，亦是东西方文化的博弈，你死我活摆开阵势，结局当然是，生命说话。

治好病才是神医，被批判不科学的国医与治病救人的中医概不在一个轨道。太爷要照顾一堆孩子着实不易，仍旧买《神农本草》《黄帝针灸》《素女脉诀》等书，唐代经学家孔颖达以为："若不习此三世之书，不得服食其药。"太爷毫不糊弄，药王爷孙思邈的《千金方》、张仲景的《金匮要略》《伤寒杂病论》也必备。打柴间隙学那神农尝百草，依书中所录图形辨识草药，有时痴迷至晚，遇到鬼打墙，怎么也钻不出林子，又差点儿被狼掏了，被马蜂蜇被蛇撵，艰辛不可细说。有时背一捆蒿子就回家，高祖爷骂他不务正业，脱下千层底掷过去,太爷额头瞬时戳出青紫大包。正好,尝试炮制活血化瘀方子,连吃带敷,消了。高祖爷说瞎猫碰着死耗子,话说老人家真得了风寒,太爷依方熬几锅子药汤,竟是硬朗了。

山上植物原来两眼一抹黑,现在都被他叫亮了,黄芩、苍术、远志、防风、桔梗、苦参、地榆、蛇床子、五味子、黄白花败酱,根茎花实,苗皮骨肉,都是身怀绝技的"小妖",这个有来有去,那个有去有来,会点灯说话,释放甘酸苦辣,顺着羊肠小道通向愁苦的病人。

敢拼命就必成,太爷又依书学习针灸,在自己身上扎来捻去,逐步研究疑难杂症。他并不吝啬,村人靠拢过来,就一同探究针刺、刮痧、拔火罐,大病小病"一整治"好了。威望日隆,找的人多,地顾不上种了。

苦心人,天不负。太爷自然升级专业郎中,家族行二,尊称"二大先生",塞外僻壤之地,水准可与之相较者可谓凤毛麟角,有医有药了,十里八村再也不用沙哑着哭诉。

这种自学成医古代也有说法,叫"私淑",即以仰慕的神医著作为师,遥承该人衣钵,太爷主要研习《千金方》,即在元宝山上郑重打造石庙"药王阁",供奉药王爷孙思邈。那是日出之山,家族定期拜谒,到山下要先放两个二踢脚,敬山神,让动物们先藏起来。崖畔巨石傲立,空手攀岩亦艰难恐惧,当年是村里猛人二老包,吃了二斗高粱米把石料背上去的。太爷刻意盖三间西厢房居住,每日早课坐在炕桌读书,抬头即见山见阁,是对祖师的殷勤问安,表达忠诚,铭记誓言。

无任何官方、医生帮助，太爷超越自己学成了，足见中医起于民间，活于山野，山野在，中医就能破土重生。也证明中医的根本是源于自然，依靠自然，中医的精神就是人与自然的相知相携，朴素又高贵，古老而年轻，只要山野健康，植物就不会骗人，中草药永远是良药，犹如信仰，以内在的慈悲和意志根植大地。

六

五味子，籽粒繁盛，《神农本草经》上品，滋补强身，一把好药，烟火气足。

我换了牡丹旗袍，穿行太爷六十大婚现场，喜庆的五味子是最好的贺礼。

新娘二十出头，我要叫她曾祖母。原是镇上伪满军官太太，说得好听，其实是饱受凌辱的童养媳。她每日四更天就起来推碾子轧面，做一大家子饭菜，再侍候公婆吸大烟，婆婆吸足了烟就开始监工。一点儿错就不给饭吃，推碾子稍一停下，恶婆拔下簪子扎她，挥起笤帚抽她，碾坊在后院小屋，日日哭声前堂听不见，却能刺进邻居耳朵。都可怜这姑娘，以为早晚给折磨死了。

娘家哥到底听说些消息，买一袋烧饼来看妹妹，但三进深宅大院，没见到人就被打发了。

恶婆拎着烧饼去了后院，说你家还拿着吃儿来了，当咱是要饭的？嘴一歪就把滚圆的大烧饼都捅进猪圈了。泥臭的屎尿坑里，猪哼哼爬起吞咬，小妇人惨叫一声，奋力跳进猪圈，与猪抢夺烧饼。正赶上男人输钱回来，免不了一顿踹。

娘受不住了，凑钱欲赎回姑娘。恶婆说，这些年哪怕歪瓜裂枣也没生下一个，羞死个人，好歹婆媳一场，怎么也得留点儿东西纪念。"把小指头留下一截，不拦你。"

公婆一家子嘎嘎笑成一个蛋了，但他们马上变成惊恐。小妇人提着菜刀进屋，逼近八仙桌前，左手小指置于婆的眼皮底下，一字一钉，"看好了，不可赖账！"说罢剁下去，一截小指头飞起来，弹到地上，扑到婆婆大脚面上，血花四溅。

是萧红笔下团圆媳妇的坏命，她多了反抗精神。此刻她在炕上坐帐，蒙着盖头。我掀开一角，端详这挽髻插簪的小妇人，眉眼纤柔，面如俏月，却绵里藏针，是个狠角，只有意无意握着小手指。

我担心洞房花烛时她会有怎样的惊愕。婚事是由二先生张罗，二爷高大英俊，早在镇上混得风生水起，寻得了这个好茬口，代替太爷相亲，妇人欢天喜地嫁过来，想的可是二爷。

这一段洞房细节自然是太爷自己知晓了。桀骜不驯的少妇花容失色，几次要逃，甚至跪下，但是遇到这威严的男人，加上祖传的鞭子和其他手段软硬兼施，只得屈服了。摇曳生姿的美妇成了大院的中心女主。

您早中意这个烈性女人，故意采用调包计？太爷狡黠一笑，秘密。秘密当然还有二大先生的保养之汤，妇人的童养媳生活使她身心俱焚，太爷悉心调理，把一块贫瘠薄地养成肥沃良田。

不得不说，香草大院就是发人，小老太太连生两位小爷四位姑奶奶，老疙瘩是太爷七十八岁得的。二大先生更添魅力，求医求子者多了。男人爱后妇，小老太太不用抛头露面，不用上山下田干活儿。当然也有一个老男人的小心计，年轻女人少出去，免得招风。小妇人也偶尔放任烂漫天性，自然少挨不了太爷的鞭子。

太爷前脚离世，她立刻就改嫁了。二爷带着大家跪倒一院，求她留下，给她奉养天年，不干，或许怨恨这个欺骗她的男人。早把太爷的医书和值钱东西装了一马车拉回娘家，带走了四个孩子。

七

那些年春天，村庄一直奉行一件事，妈妈们有一天不用劳动，集体上山采一种野菜，她们叫"长虫苗"，小叶边缘带刺毛。每人都能采一筐，下午回来烧开水焯了，荤油炒或凉拌，滑嫩可口，那天像过节，男人还要喝几盅。上大学才知道，是苍术，叫白了，祛风散寒，燥湿健脾。春气发，万虫亦涌动，把一些草药做野菜吃煮熬汤，清热泻火，驱毒养身。苍术，苍天恩泽，小方"治未病"。

我妈说，十八岁那年她病得很重，求到太爷，说只要给治好病，就嫁进大院适龄男性。太爷亲自治疗，针灸加一堆药面子，妈说不太好吃，但真治好了。虽然并没有人逼迫，我妈说哪怕我爸是瘸子拐子也嫁过来，而我父亲正经热河医专毕业，一表人才，这姻缘值。

　　妈说太爷特别能摆谱，规矩多。他一发现院里哪儿不干净，就去拿扫帚，他一动，各房奶奶们都出来抢扫帚，奶奶们能说会逗，太爷就乐了，吧嗒抽上一锅子。要是他扫了几下还没人出来，不得了，脸立刻沉到南山后面去，几位爷爷该挨鞭子了，爷爷们一挨鞭子，奶奶们能有好吗？

　　二大先生出诊了！村里人拿笤帚篾儿剔着牙，拎着葫芦瓢，背着娃的，站在河边看景。

　　大门吱吱响起，两个奶奶一左一右拉开大门，太爷缓缓走出来。清瘦的书生，眼神清澈慈祥也透着冷峻，穿黑色绸衫裤子，千层底鞋，戴白色呢帽，来人侍奉他骑上肥硕的骡子，引出大门，过大河，骡子脖上的铃铛有棱有角地响着。

　　二大先生归来了！一到大河边，铃声响起，声传大院内。不得了，家中上下人等务必放下正在做着的活计，自身收拾干净利落，恭恭敬敬出门迎接。奶奶们搀扶太爷下骡，安顿骡子。我奶奶拿小笤帚轻轻扫掸太爷身上的尘土，递水盆洗手，再泡一杯热茶于小炕桌上，太爷盘膝端坐好，奶奶又装好烟丝点燃大烟袋锅子，太爷深深地吸上一口吧嗒一抽，一股香烟袅袅升上去，他歪在被子垛上露出了笑容。这才算完事，大家方可散去。

这谱摆得好，是好郎中的尊严，也是响亮的宣告，有钱没钱，到我宋家都看病吃药。

小老太太没进门时，太爷由爷爷奶奶照顾起居。奶奶也是旗人，下田挑担都跟男人比赛，剪纸刺绣描龙画凤颇有两把刷子，但是距离太爷的细致入微还有距离。比如放上炕桌吃饭了，太爷先检查桌面，一旦发现有浮土或油腻，立刻抄起大烟袋锅子敲一下桌子。

"大先生快过来瞅瞅，这是用扫帚扫一下呢，还是我用大衣襟擦擦？"奶奶吓得脸煞白，爷爷赶紧过来，从门旮旯后拿出牛皮鞭子，照奶奶的后背抽了一下，象征性的，并训奶奶一句，奶奶不哭不闹还得面带笑脸，拿抹布细细地抹桌子，光光亮亮，太爷才高兴了。

我笑出了声，太爷不好惹。他的威仪，爷爷的睿智，奶奶的理解，大家配合默契，生活才过得下去。关键能摆谱，也能扛事，威严才能立起来。

大伯参军，冬天部队转移时，他年龄小就留在村里等候，奶奶看大伯还穿单裤，就借钱扯了棉布飞针走线赶着做，就差半条腿了，二爷飞马来报，说汉奸齐歪歪去镇上了，怕没有好事。奶奶说等做完棉裤就走，太爷急了，大烟袋锅子哐哐敲门框，"还穿啥裤子，命都没了快跑吧。"二爷立刻带大伯跑了。才到东山根处还乡团就砸开了大门，端着枪进屋往被子垛乱刺，又把大院所有人叫到当院，逼迫交人。太爷站出来，家有千口主事一人，冲我来。鞭子还没抽下，爷爷们纷纷站出来挡住。

一家子没有孬种，一家子都是情趣之人。太爷会拉京胡，爷爷们、叔伯和我父也都学会了，冬夜漫长无事，大家挤在一处取暖，邻居爱串门来，太爷四处出诊见识多，亦庄亦谐聊得山呼海啸，有人提议来一段吧，戏曲演出就开始了，有拉有唱，婉转的胡音与草药之味弥漫了夜空。

八

我敬佩古柏之深藏风骨。柏也是药，子能清热安神，叶可止血生肌，树脂可燥湿镇痛。陕西黄陵轩辕庙有古柏，传为轩辕黄帝亲植，又名"轩辕柏"。私以为源远流长的中医药文化就如这轩辕柏，历五千余年风霜，仍仪态万方，心怀正气，救赎众生。

"太爷您升个座，我给您鞠躬。"这回，我换上了白大衣，是基础医学教授身份。"我想看您问诊，房东马大爷说我双腿单盘，脊背挺直，说话的表情、腔调都像您，我更希望有您的开拓精神与气魄。"

"你太爷，那才叫瞧病。现在的医生那都不叫瞧病，啥都是问你，有时病痛复杂真说不出来，一紧张更不会说了，有病难受还挨训。你太爷可不是这样，把病人不知道的、说不出来的，都能说得清清楚楚，没多少钱还治好病。"

中医用的是手、眼、耳、鼻、口，叫瞧病，是手功、匠心。西医摆出了仪器,无温无度,叫检查病,查不出来就打发了,但中医则能找到根源,因为感的是脉息神志,看的是内外整体。

"你太爷,最拿手的是针灸。有天晚上后半夜,都睡着了,我家的突然全身抽搐,双目瞪圆,四肢僵直,挺了,我裹上大花棉被,直愣愣扛到二大先生家,哐哐凿门。"

整个大院都震醒了,各屋灯亮起来,见一大卷花被子大炮一样冲进来,惊呆了。

二大先生立刻观色摸脉,问病查情,探得虚实寒热,始净手行针,也无非遵循"盛则泻之,虚则补之,热则疾之,寒则留之,陷下则灸之,不盛不虚,以经取之"。不到二刻,月上斜枝,妇人已哼哼有声。马大爷以为要办丧事了,结果软软和和的还是好媳妇,卷起花被子大踏步背回去了,那晚月亮又圆又亮。太爷抡过板斧挑大担的粗手,简直十指唤春风了。

"你太爷,那是'穷人吃药,富人花钱',仁义。"马大爷继续赞叹宋氏家族的行医誓言。

富人看病,当场出钱;家穷的,药钱减半,比如四块钱,没有,给两块,也没有,那就一块,还没有,不要了。秋后,有心人一升米一升豆还来,还没有,账就烂掉了。

也有人不爽,瘸腿汉奸齐歪歪多次找太爷的碴儿。撺掇伪满的官老爷骑着高头大马耀武扬威来叫,把钱袋子摇得哗啦哗啦响,太爷有骨气,大汉奸只会欺负百姓,贵贱不能去。于是早服了泻药,软面条一样奄奄挣命。这些畜生怒气冲冲朝着大门开枪，贴上封条：禁止行医。枪眼至今还在。

二大先生有正气。到解放战争期间，天主教堂医院做临时救护所，急需要医生，来一两个都难，太爷带着七郎八虎（几位爷爷和叔伯都是医生）就去了，个个拿得起来，中医宋家在镇上扬名了。而遇到打游击战受伤的战士，太爷就拿出樵夫精神，星空月下穿河过桥，为战士看病。太爷威武！

齐歪歪并不甘休，觉着自己身体好着呢，却一歪一晃进了大院让太爷诊脉。太爷郑重诊视，下笔开方：想吃啥赶紧吃，明天日上三竿必见分晓。齐歪歪以为太爷诅咒，破口大骂，半坨身子要点地了，专等明日抄家伙砸招牌。第二天才吃了早饭，齐歪歪急腹痛发作，满炕打滚，还让老婆盯紧日头，过了三竿咱砸他家大门，话才说完，断气了。

太爷自然不敢乱说。《黄帝内经》写道："大气入于脏腑者，不病而卒死矣。"大气，大邪之气。"夫精明五色者，气之华也。"内脏精气发出的光华映照双目精明和面部五色，失睡之人，神有饥色，丧亡之子，神有呆色。"故色见青如草兹者死，黄如枳实者死，黑如炱者死，赤如衃者死，白如枯骨者死，此五色之见死也。"反之则为生。二大先生熟研经书，通神明，探幽微，实为好意。

齐歪歪搁现在叫医闹，二大先生以德报怨，奇经八脉断得准，反出大名了。

在行医制药上，先生必尊古时医师严谨待药，分四时带着爷爷们上山采药，亲自炮制，奶奶们推碾子磨粉，熬制大蜜丸，没有好药就没有良医。遇有疑难病例，爷爷们可参与病人诊脉，可讨论问答，共同下方，多好的传帮带教育氛围。今日中医威仪和信任不比旧时，图省事也是缘由，医生不管药的事，不曾亲自采药炮制，只知纸上之味，不尝自然鲜味，也不依四时变化，不识药品产地，不问代谢虚实，不管日月盈亏，实是乱用，治得一时一表，却落下许多内伤。

我教过天然药物学，植物采摘、炮制、药性、成分、功能主治都研究。但是哪怕我都认识，知道药性功能，我也不能看病用药，课堂知识完全脱离疾病治疗。而二大先生带弟子就是在草药间，在病患中间，在治病救人中学得方药，这是中医最可宝贵的财富，以人为本心，以自然为依托，是医道最高境界，必当生生不息。

九

菟丝子，亦叫无娘藤，无叶绿体，像人的无心，全寄生于豆类、蒺藜上，一旦成势，遍开莹白小花，结满籽实。

有个姑奶奶，下生皮肤略显枯白，太爷把脉查看，私下对太太说，怕是养不长久。这似乎成了家庭的公开秘密，只她本人不知。她好美，常对镜久久化妆，将"起灯儿"（老北京话。民国把火柴叫起灯儿。）烧一下弄灭描眉，红纸弄湿点红嘴唇，更显一脸青白，又系上鲜红的纱巾。到地里干活儿一会儿渴了去溪边，一会儿撒尿去沟里，被蚂蚁蜗牛拖住了再不出来。她整日怔怔的，也有说是心冷，或闷毒。

看她伸手去口袋抓把米粒哗地撒地上，鸡哄围上来抢抢啄啄状，其实手是空的；小心翼翼端着瓢到猪圈，也弯腰倒下去，猪拱上来，但瓢是空的。太爷说欺骗哑巴动物可不好，小姑奶奶一本正经犟嘴。"吃也是死，不吃也是死，干干净净的好。"说完对镜梳头，幽水深潭，瘆得慌。

到十七八岁找婆家，问她嫁不？也不说话，就嫁过去了。三天后，男方愤愤然将小姑奶奶送回来了。完全弄不懂她，新婚之夜要入洞房，死活不解衣，新郎替她解开一条裤子，里面还有一条系得死死的，好容易解开，里面还是一条裤子系得死死的，再解还有，气吐血了。第二日、第三日复如此，关键问啥话一概不屑答，好像不是这空间的人。

后来又有提亲的，大上十来岁，小姑奶奶一见欢喜，催着太爷办事，急慌慌地嫁过去了，进门又勤恳又手巧，礼数尽有，话语颇多，蜕了那层闷冷的旧符，换成新桃春风里了，不久生下儿子，画一样俊美。

这等性情复杂谁也解不了，太爷想着许是嫁对方位，逢凶化吉。

那日她在院子里纳千层底，用锥子引线哧哧做得来劲，孩子在旁边嘎巴（叉）着腿玩。忽听墙头有人喊，她放下锥子、鞋底去寻人，到了墙头却无影迹。她愣怔着往回走，惊见小儿拿着锥子拽着鞋底绊绊拉拉往前疾走，叫着妈妈。小姑奶奶忙喊："快放下锥子，别摔着。"孩子听令一般随即绊住石子摔趴地上了。她赶紧抱起孩子，锥子尖深深扎进囟门了，渗出一滴鲜红的血球。

小姑奶奶疯了，那么注重衣着和贞节的小妇人，时常光着身子跑到大街上，见孩子就追。一个绝望的人是无法医治的。那诡秘的茂盛竟是假象，像植物的谎花。哀伤的二大先生更添了玄幻之气，有点儿神道了，生老病死能看个八九不离十。

但我要与二大先生商榷，我不赞成给人贴标签，这仿佛咒语，形成一个黏滞的阴性气息，中医注重内外环境协调，阳气祥和才托得起生命。

十

接着再向二大先生讨教，家族医术传男不传女，这其实是硬伤，若放开了，女人亦可学习针灸草药医术，姑奶奶、奶奶们贡献也定然不小。老姑奶奶就是乡间少有的一枝黄花。

"别人要不回来的账，单这姑娘出马决不走空，就她淘气，就她敢顶撞我，不怕我的鞭子。"太爷满是骄傲。姑奶奶拿出太爷照片，"这是我爸爸。"父女神情颇相似，自信。

太爷一家子没归合作社，仍以看病谋生，一些富人家不敢露富也赖开账了，年终就得跑几十里路外要账，老姑奶奶重任在肩。她骑着太爷的毛驴，背着布褡裢拿上口袋出发了。对方见是小姑娘就要要赖，我家花木兰当即站在院中开始讲理大战，一番风雨冰雹三千，撅出他家八辈祖宗但又不带个脏字，好功夫。债主们闻花丧胆，早早拿出粮食、鸡鸭，或瓢盆水瓶各种物什，口袋装满了，手上还提着鸡，姑奶奶带着弟弟小爷满载归家。一次口袋没系好，跑了两只鸡，钻田里不见了，小爷小，饿哭了，姑奶不干，她可山里叫、地里找，到底抓住了，高高兴兴回家。天都黑了，那年头要饭的、土匪多，不安全，太爷在大门口揪着心等候，结结实实骂了她一顿。

姑奶奶却有心。太爷给爷爷们讲草药，说病下方，她择菜缝衣哄弟弟妹妹都刻意离得近些，听来琢磨。烧火做饭也拿本医书看，不认字就查字典，遇着太爷高兴就念叨一些秘方。

姑奶奶二十岁了，太爷舍不得给她找主，她就铿锵上阵自己托人找对象，镇上伸不开胳膊腿，直接嫁到县城，也不过小桥流水拿不住她，鼓动姑爷一副剃头挑子闯荡热河省城，其凌厉之风、口舌之功，老母鸡一样把亲族都拢到身边的魄力，使她的花木兰形象更加深入。退休后一心传承家族中草药秘方，专治疑难杂症，宋氏家族中医药术在城里扎根了。

九十了身体还很棒，廊前晒着蜈蚣、蝎子、水蛭、蟾蜍等，墙角枸杞树橘黄满枝，姑爷正一粒粒摘下来铺在大太阳下；小婶廊下双足蹬着药碾子，姑奶配药包装，整个胡同药香浓郁。姑奶奶细细摸脉，听诊，说病情，聊天气，聊家庭，"百病之生也，皆生于风寒暑湿燥火，以之化之变也"。一问一答不计时间，彼此虔诚，舒适放松，自然渗透着心理疗法和对生命的体恤与珍重。

十一

我把弄一簇金银花。世间最贵重二色毗邻,亦名鸳鸯藤,初时白,渐变黄,白黄相间,既融洽又各自耀眼,若冠名中西医结合之道,合适。

中医原是根深蒂固的独头花,西医嘴大滔滔,几乎达到"灭祖"境地,中医从业者不乏苦痛波折。而现代疾病层出不穷,仅靠西医或中医单打独斗,都无法满足生命的需求。

新中国成立后,针对从上到下一边倒排斥中医,以之为迷信该淘汰的状况,毛泽东及时发声,"中国对世界上的大贡献,中医是其中的一项。唱戏的也得到了解放,但是中医还没得到解放。看不起中医药,是奴颜婢膝奴才式的资产阶级思想"。老人家言辞尖锐,认定中西医结合的核心是"学外国织帽子的方法,要织中国的帽子"。

我家族三爷、四爷、我父、大伯、叔叔考了省医专医大,接受中西医结合教育,在城在镇,一股子"下放"风把许多家庭吹得七零八落,出走的爷们儿都回乡了。这也是那个时代的福音,乡村亦有良医和资源。

这一大家子医生,纯中医,纯西医,中西医结合,以太爷为主导,彼此尊重,没有对抗,深知西医辨病治标,中医辨证治本,轨道无法融合,但诊疗上各有优势局限,可以互相借鉴,灵活运用,以及时治好病人不花冤枉钱为主。一旦遇到疑症或危重病人，太爷就主持家族医生们大院会诊，一起研究，辨证探索，采用更为合理的方式治病救人。

家族流传两个经典病例。大伯跟着部队东奔西跑，时常空腹喝大酒，引起胃大出血，说一盆接一盆吐血，止不住，吓坏了城里的医护人员，让准备后事了。太爷不放弃，长子长孙再有好歹，怎么对得起早逝的大爷，他命二爷、三爷、四爷、姑奶奶，并我伯、我父、我叔，集体探讨治病方子，草药加针灸并用，愣是赶走了死神，大伯活到八十六岁，念太爷一辈子好。

我哥三岁时病重，城里医院不收了，人中一扎一个窟窿，三爷、姑奶和我父商量着开方，灌药汤，施针灸，依旧昏迷，父亲把草席都备好了。母亲不放弃，摘下顶针，蘸水在哥身上刮痧，后背、前胸、胳膊腿、手脚，旮旮旯旯全不放过，都劝母亲别再折腾孩子了，母亲不停下，眼看小孩皮肤从了无痕迹，到出现血印子，再变成血道道，终于哭了出来。

西医治不了的病，中医往往可以"悬崖勒马"，我从小就这样深刻感觉了。

似乎时间就是金钱的观念毁掉了从容，输一瓶子液，挨一刀切，立取效应，人们全盘崇拜西医，不问损伤，不问根源，不待调理内环境，极易复发，而后不断地输下去，不断地切下去，耗尽人身。西医检查检验准确些，但只要同一病症，无论地球南北男女老少都是一方一种药，这点比不上中医。中医绵远内厚像太极，与疾病魔头很少硬碰硬，更多是化解风头，看人,看情绪,看地域,致力改变内环境,药味有增删,剂量有加减,君臣药互变,相宜相恶平衡,千人千方,莲开无穷。

中医气血学说、经络学说等是超越世界的,不理解,看不见,不等于不存在。疾病多非一日之寒,来如山倒,去如抽丝,想着立刻药到病除是拿命在拼。有时需急治,有时则要缓,激流猛止,奔车急停都不可取。

不怕伤身中医也能快治,但中医留有后路,就是活路,留得青山在。生命大于一切,治病,治未病,不伤身,就是好医,不论中医西医。中医自古纳天地自然之精华,有包容精神,西医也要谦逊。中医老祖会像河蚌裹住沙砾,以血肉和时间养育出璀璨的现代中医学之珍珠。

十二

当归,根入药,补气活血。

1968年初春,傍晚大雪,晚辈正围着火盆听太爷神侃,忽见他举起长烟袋锅子"当当"敲窗户:"快走开,别伤着我的孩子。"第二天太爷果断把家里人招呼回来说话安排,两天后离世。

"二大先生去世的时候,戴孝磕头的人几百号排到村口,四邻八村人多了,当大官也不一定行,就你家老太爷享受到了。"马大爷描述二大先生出殡盛况。

我以为是草药养人养心,村庄和谐厚道,村庄的文化里一定浸润了中医药文化。

悲歌可以当泣，远望可以当归。春风吹彻时候，我在文字里悲泣，在山野间遥望，二大先生率爷爷们、大伯、父亲回归了。像 20 世纪那几十年，大家族最生机勃勃的时代，太爷在本村坐镇，爷爷们、伯父、我父和叔叔们枝繁叶茂，笼盖四野，每人守护着三四个村庄，二叔镇中心医院，姑奶奶挺进城里，都有拿手的好医案，一群有担当的人、肝胆相照的人。

我骄傲，二大先生走出了一条绵长的中医之道，开始是一个人走，后来带了一群人走，这些人结草衔环回馈乡村，肋下生翅散播四方。每有一个人学习中医，中医将和此家族重获一次新生，并至少绵延百年。从一个村庄出发，从大地出发，必能使中医温润的初心遍及地球每个角落，有一天人们会像离不开西医那样信赖中医药，是中医的责任与梦想。

这芬芳之味正在归来。黄芩、苦参、桔梗、防风、远志、苍术，寂寂草药已然跨越了黯淡年代，我何妨做一颗中医药的种子，培植草木尘心。

不醉不休

且酩酊，任他两轮日月，来往如梭。

——元好问《骤雨打新荷》

酒　仙

塞外流行一句酒话：东走西行，喝不过丰宁；南来北往，喝不过围场；走遍天下，喝不过隆化；全国总动员，喝不过平泉。酒桌上若有这些朋友，人人都会喝爽了，喝透了，喝服了。家中有来客必是一天三顿酒，倒下再起来，不走不算完，让人发怵，但那份情意，实在又痛快。

四方大红木桌子摆在炕上，白底蓝花瓷胖肚小酒壶汩汩淌出热热的酒，同色小酒盅满得要流，小孩的筷子敲着老虎、杠子、鸡，大人们划着拳，吆五喝六，不管输赢，那叫一个快活，无拘无碍。晚间至月上树梢，客散，送出柴门，微风吹着残酒冷香，很舒畅。

我的小爷爷是酒场上出名的风流人物，为人豪爽，仗义疏财。上桌前，翘个二郎腿自拉一段京胡美滋滋地唱上一曲，悠闲静雅。上桌后立时变化，一定要喝个惊天动地、鸡飞狗跳。从这家到那家，下了这张桌，再上另张桌，说不完的话，喝不完的酒，红脸变白，热心变冷，过会儿就深仇大恨地吵闹起来，从炕上到地下，从院里到门外，再到街道上，继而跑到东山根、后梁上，一群人跟在后面拥拉抱拽，像娶亲一样热闹非凡，直到小爷美貌的小奶奶袅袅婷婷从镇上骑车来接，方才软下，服帖地坐在后车架上，搂着小奶奶的腰回家了。

村里这才寂静下来，人人都如醉了一样开怀着、感叹着，意犹未尽。我那时还小，简直把小爷崇拜得五体投地，小爷就是明星，就是侠客，一来便满村酒香，一醉就让整个村子都歪歪斜斜。

偶有醉后不刮风闹雨，小爷与孩儿们捉猫上山、捉鱼挖河，哪有爷爷的矜持。

一葫芦春色醉山翁。一葫芦酒压花梢重。

小爷喜欢我父，他的侄子。母亲备饭，小爷歪炕上要看书，我爬上柜子拿本物理。小爷盯着书看，一页没过，早山风吹拂柳梢荡月了。醒来一跃地下，说声天王盖地虎宝塔镇河妖，摘下墙上京胡，背倚酸菜大瓷缸，端坐凳子上，翘起二郎腿，吱吱校起音来。

"老乡！"小孩子排坐在炕沿上，大姐外屋烧火棍挑帘露

一脑袋。小爷摇头晃脑又拉又唱,眼睛瞪得铜铃大,一段标准的二黄原板:

我们是工农子弟兵来到深山,要消灭反动派改地换天。

寂寥的黄昏亦歌亦酒,有如枯涩的黄土坡上开了一树杏花。村里有热闹雅兴的,哪有我家的地道。

江山未曾老,儿又称好汉,小爷的长子更能喝酒。只可惜,小婶绝不是当年小奶奶的温良。当年小奶奶产后刚出月子,蒙着头骑车十几里到村上接小爷,小爷就有豪气,是个爷。而小婶自己还要耍出姑奶奶派头,二人往死里打架,破裂,走人。小叔没有个眼前人救命,胃出血,胃痿,再喝,死神不客气了。

别的恶习只是扭曲智慧,酗酒则完全颠倒智慧,而且打垮身体。蒙田老先生四百年前就说过了。小爷爷又喝得混沌了。他的厚望被酒精淹杀,悲哀在泡沫里招摇,拽着弱瘦的身子且笑且哭,"天运苟如此,且进杯中物"。

对着两个长醉不醒的酒鬼,日日担惊受怕,谁还有心情桃花面。小奶奶有时真要疯掉了,想下狠心整治下这爷儿俩,不让进门冻他们一夜,拿擀面杖擂得他们哭爹叫娘,还喝那猫尿不!但看着那老核桃一样的脸,想着小爷从前的俊逸,小奶奶的一滴泪落在核桃纹里。小爷上了年纪总还是乖多了,酒少了，喝酒回来后也讪讪的。

自知理亏，灯下和衣睡。

小爷到底蜷在小奶奶的沙发椅上，陪着小奶奶看花看草，看电视里的爷儿们得儿嗒（形容喝酒美）地干杯。酒都藏在地窖里，小爷忍着。二十年后又是条好汉，哥儿俩好啊，拳来了！

酒　花

于是爱豪饮客，亦爱酒。初尝酒味纯属年少轻狂，男生端杯斜睨：一口闷，行吗？切！哗啦倒上半杯，嘎巴一碰，扬脖吞下！一丛小火苗立时蹿起，萤火虫乱飞。酒缘一结下，绵绵无期！量不大，但敢喝，小品过，猛拼过，竟得"酒花"之称，每宴必饮，灯红酒绿，且歌且舞，好不畅快，我找到小爷当年饮酒的真谛了。近年沾酒少些，闲来读书写字，深闺淑女样。

一日却醉透了！老久不见的朋友聚会，酒瓶一拉溜排过去，看着就爽。大家一向以满族人自居，马背上的民族，驰骋草原疆场，挥剑长啸，饮酒纵歌，那是绝不含糊的。桌上不见菜下，只见杯碰，四周一瞧桃花朵朵，酒皇还在，个个不减当年勇，嘿，咱是冰冻玫瑰，忍住不凋谢，再来，漫长的夜……

酒如虎狼，有勇无力者莫与之抗。其实由不得，如鱼得水的快乐氛围，微醺简直不做片刻停留，激情勃发，只有卷入旋涡一沉到底，醉到深处，醉得心花怒放，醉成一种境界了。

听说某女能喝酒，酒桌上较劲儿，愣把男士们统统灌到桌子底下！大笑，好彪悍的女人，女侠，女霸天！一定是朵酒花了？答：酒花岂是这般容易。

酒花之意，能酒且貌美如花又解风情者。身旁必有一群舍生忘死肝胆相照的酒友，一旦酒桌相会，必能笑语喧哗，插科打诨配合得天衣无缝，你来我往如入无人之境，杯酒相碰如闻琴声鼓噪，纵横驰骋天地间任我逍遥……那气场那热度谁不感觉飞升，女人都如西施郑旦再现，男人都是铁马冰河龙城飞将，待酒酣耳热席散，女人自回那苎萝村浣纱去也，随他诗仙酒仙梦里追随。

该女腰身粗壮，脸布赤丝，声若破锣，为酒只求痛快，男人女人皆退避三舍，拍手叉腰大笑，是颠倒众生的快意。

好酒与豪客，相得益彰，喜欢这种干脆。但爱湘云酒桌上豪气云天，拈起针线能描龙绣凤，铺开纸墨即挥毫成诗。醉己亦醉人，那才是真的酒花。

酒　　辩

歌德感叹过："酒使人心愉悦，而欢愉正是最大的美德。"酒气使然。随风而来，如临花草田园，饮之就是折花踏草,浅尝激赏,浓淡相宜。一杯是初恋情怀,讲究格调;二杯渐入佳境,情谊渐厚;三杯就是烈火干柴,豪情顿生,难舍难分了。

一生不知醉酒滋味,就像一生没经历过恋爱,苍白。能酒而不酒者,简直是欢愉的最大敌人了。不被酒精点燃,亦该被爱情或艺术的烈焰燃烧一次,方是经了人间烟火。

如此,且深杯。从琐事探出头来堕入酒境,偶尔倾心一醉,日子顿时鲜亮起来。

谁说中国的酒里只有阳刚,没有浪漫?酒是辣的,但人能使酒变味。要豪情有豪情,要温馨得温馨。

李白的《将进酒》是大气磅礴人生豪迈,"与尔同销万古愁",狂得没边,只有"杯莫停"。李贺的《将进酒》则是红绡翠盖并蒂莲开,"琉璃钟,琥珀浓,小槽酒滴珍珠红",指间轻捻,便"桃花乱落如红雨",是花间情思,黄昏菩提。

谁说"举杯消愁愁更愁"是消极?清愁只得酒来消,什么沧桑沉重虚空寂寞皆一饮而尽,一销而空。但一醒来,仍只能中规中矩地在故纸堆里做春秋梦。敢于脱下靴子赤脚上路,才会"路转溪桥忽见"。

谁说"今宵酒醒何处"是一塌糊涂,偶尔这么问一声,多么率性可爱。"葡萄美酒夜光杯,欲饮琵琶马上催。醉卧沙场君莫笑,古来征战几人回?"又囊括多少壮士苍凉决绝的柔情。醉中影,笑中泪,都是从容不迫。

郁达夫乘着酒兴高墙题诗:"曾因酒醉鞭名马,生怕情多累美人。"酒与情仿佛都浅浅的,爱却是深不见底。

一定要面对佳朋才醉吗?一定要良辰美景才醉吗?一定要大啖数杯才醉吗?浅饮,独酌,斗室茅屋,田埂小径,醉天醉地醉日月风尘,实是对生活麻辣辣的热爱。

酒　品

妙玉说:"一杯为品,二杯即是解渴的蠢物,三杯便是饮牛饮骡了。"这只能适合茶道,或葡萄酒。威廉·杨格讲:"一串葡萄是美丽、静止与纯洁的,但它仅是水果而已……变成酒之后,就有了动物的生命。"浅尝辄止也许最佳,酒后还有无数节目,酩酊怎么甘心?

倘若一个美妙的夜晚,桌前停着这样一瓶酒:银莲花三五朵乍开,若即若离拥围着绿玉般温润的瓶身,与香槟若有若无的芳醇气息相回应,那般典雅华贵,惊喜乍现。

这时合该要郑重地品了:落地窗微启浓稠的夜色,凯文·柯恩的《绿钢琴》溪水般倾泻,迷离的眼神与酒杯轻碰,一次只呷半口,情怀和密语都是半遮半露……了不得的享受了。现代设计的艺术魅力让酒平添了奢华与品位。

但优雅绅士一直绷着,到底有些拘泥,呼吸不畅。豪情是人类的天性,西部牛仔的粗犷与烈性更让大家爱到骨头里。

新翻《拍案惊奇》,且喜读到此处:

日日深杯酒满,朝朝小圃花开。自歌自舞自开怀,且喜无拘无碍。
　　青史几番春梦,红尘多少奇才。不须计较与安排,领取而今见在。

有好酒而善饮者,就欣然举杯,想醉就醉,别委屈了自己辜负了好时光。好酒难遇,遇着,当豪情吞下,让它热辣辣滑过咽喉,芬芳奔涌。遇着,就要赴一次真正的盛宴,让酒精热烈地燃烧生命,让生命蓬勃地舒展幸福,让幸福像酒一样醇香久远。

那么走,趁着晚风就着月光沽酒去。不醉不休。

民间五月的风

一

晚饭时,哥送来大红端阳葫芦,塑料质地,金闪闪的,老妈这厢高兴起来。别人家五月初一就葫芦招展,割马莲买苇叶泡黄米包粽子,今天我家豆棚下,明天她家瓜架旁,大婶子小媳妇团团坐定指如削葱,"秋坟鬼唱诗"之类玄妙话本缕缕斜出,着实馋得紧。眼瞅着初四了,老妈的门庭依旧冷落,邻居送上一包粽子香远益清,她更着急上火了。

整个五月都算节,叫五月节。初一小端午,初五大端午,五月十三关公磨刀日,镇上清代皇家关帝庙披红挂彩,道士焚香祈雨,炉烟方袅,老树怀馨,对面塞外第一古戏楼歌管缭乱,也都斯文。村庄就浓烈多了,大锅炖肉烤全羊唱上三天大戏,凡赶集者任性吃肉喝酒上台唱跳,共演子民与黄土地的初夏狂欢。而五月二十五又是老妈诞辰,多福临门,端午为始,必须开门红,葫芦是急先锋,没有那还了得。

妈放下碗筷,摩挲着葫芦,"又新鲜又结实,禁晒,过去纸葫芦样式多,爱褪色,略微渐点儿雨,风一刮就坏了。"妈说好就是好。我搬凳子,哥给挂在外屋门口房檐下,妈绊绊拉拉偏还背着手指导,门楣左上方,高低左右了,要挂一年,不能随意。

黢黑屋檐下葫芦红澄澄地飘,接应了朱红门神画,尉迟恭与秦叔宝在夕阳里倒显七分慈祥,大概白日里是对人,当亲和,夜黑头对着山妖鬼怪才现凶神恶煞样。想起老成都宽窄巷子,门神极大,竟是直接从门板上抠出来,衣袂飘拂,长枪大刀可着高门生长呐喊,十分惊人,若摇曳起端阳葫芦,定然侠骨柔肠光景。

哥拽下旧年褪白小葫芦,西窗一把陈艾也扔灶坑了。一直挂着未觉有多破旧,新葫芦一飘立刻不堪了。我心疼那旧物颓废样,一把火全了它心。若心疼一些恪守的信条,日复一日簇新的劲风撞击,早形销骨立点点斑斑了,还拎出来亮相是可怕的事。明天会挂上结满露珠的新艾,所有的节日都是在提醒辞旧迎新,当断则弃。

我顺着葫芦望出去。菠菜墨绿老迈,生菜堪比娇俏牡丹月气涟漪,柴门石墙外榆荫遮没了南山,檐下这一抹红尤为深邃。从大门处回看老房,春联和大福字略褪了色,深红照浅红正是过着的日子,花有开落此起彼伏。若从南山腰俯瞰村街,厅堂瓦舍红绿参差,恰如归鸟高声枝头,表达复活的快乐。自然事物朴素时多,需要节日花花草草浓泼淡抹,云破月来,如清明,没个杏花村酒馆招摇,不好踱到千年光阴里。

葫芦是端午的额头，朱红一点，端午之神堂堂正正登门入室了。

喜悦如同生菜一波波卷着生，我反感塑料质地就按下不表了。年画原来纸质的，内容千般变化，尤其摄影的戏曲四联就是一出大戏文，来客文绉绉研究半天，再哼唱几句，宾主皆有面儿，新在丰润。后来成了塑料画，无非花好月圆牡丹富贵金银财宝之流，薄而飘，缺乏仪式感，颜色恶俗，红如败腐的红酒，绿是黄昏雨后泥墙边汩汩滔滔的蛤蟆，又坏在结实不掉色，擦擦又看一年，难受。该褪色就得褪，不然就是妖气。窗花也是，原来款色绚丽，自然万物都在一窗之中，随木窗下架，一码机器剪单色塑料花，倒应了万紫千红，非紫即红，少有别款他色，烂漫二字惨遭吞噬了。

非都是塑料，轻浮单薄，既不显富，又失庄重，藏在民间悠悠的贵气也不见了。

看前朝灯红人影里，塞上家家有剪纸能手，剪窗花、棚眼、云角，也剪端阳葫芦。葫芦象征女娲神，我却想着，还要象征萨满教里无所不能的嬷嬷神。端午辟邪避毒，就有蛇、蝎、蜈蚣、壁虎、蛤蟆五毒嬷嬷神彼此牵手了。我拿来想象，一排手牵手五毒葫芦，贴在东墙春联"抬头见喜"处，犄角旮旯五毒除了，见喜生欢；檐下五毒嬷嬷神则联手成圆，风吹日壮，单色或五种套色，层次分明浑然一体，五穗飘荡，美得高深烦琐又通俗易懂。

清《帝京岁时纪胜》载："幼女剪彩叠福，用软帛辑缝老健人、角黍、蒜头、五毒、老虎等式，抽作大红朱雄葫芦，小儿佩之，宜夏避恶。"绸缎葫芦贴心贴肉，孩子们簪花戴符斗草，我有姐妹花，你有夫妻蕙，他有并蒂菱，美得不像话。葫芦哪有雌雄，或威武之意。花分雌雄，雌花坐果后母亲在架下看着，不让人碰，说手有毒一碰就化了，偏有一童打着狠捏了一个，一顿饭工夫小葫芦就作古了。手怎会有毒，是植物觉察到威胁，自己放弃不送营养了，所以我轻易不碰幼果，也不碰婴儿脸蛋。葫芦藏福纳禄，为啥不挂真的葫芦？概要守住一个"新"字，总把新葫换旧符。

如今五毒一只不见了，江南江北一样单色葫芦，难见各美其美，节日愈发粗糙。城里小家也只在门楣上挂个葫芦，小嘟瑟下，他却不喜，一抖擞肩膀说这玩意儿怕人，会想到村庄白事。牛人，气到无话可说，也成，屈子就是一个写冤书的，况写过《山鬼》。但我晚上吃酒归家就惨了，无灯，风呼呼吹，一层层楼门上荡着深红葫芦绿桃枝，山鬼呼啦啦蹦将出来，"雷填填兮雨冥冥"，还大歌招魂？跟头马趴往上跑。

同生燕地，思想却恁般不同，可见寻常事也充满矛盾甚至悖论的。如塑料葫芦等，村里就图个热闹，新鲜结实第一，也省了木头造纸，算环保。再往前想，塑料百年不得降解又是环保硬伤，好坏凭谁定？只有一句可解："满目山河空念远，不如怜取眼前人。"我看还是纸质可心，雁在云，鱼在水，见那色温生动，就月光在牖了。

二

多年没人上山采艾，妈欲捉我当壮丁，我是熬夜小能手，晚九点就催我铺炕钻窝。

端午起大早是根性的。早，山清水净，晚就污浊了；早，能接纳更多福禄，晚就稀薄了；早，草木绿叶滴答水挂，可掐个头茬尖；早，才能在太阳出来之前返家，这是个铁规则。

妈趴枕头上看落子戏，鸡啄碎米般声色劲道，我艰难求睡，直瞪窗户。

老木窗。窗外两株树，一株梨，一株苹果梨，分对着东西屋，月明之夜，花枝横窗，缓缓动，雅得过分。刮大风则枝影扫来打去，万千脸谱哇呀呀吼起了戏文，窗纸呼啦作响急急如律令。纸出于木，木出自野，则日月山川林岫老味复融进五谷烟火，炮制节气之气，这一民间自古以来的生活之气，亦是大自然之气。只是委屈了我妈。有次大家一同进院她冒出一句话，"你们一个个高楼大厦就我住老房子。"那话像缝衣针突然刺入手指肚冒出了血珠儿，生疼，似乎只我听见了，我说"那跟我住去"，妈说哪儿也不走，"我不在家，过年过节你们回家奔哪儿？"我那只惭愧的小虫立时出没风波里了。我有私心，宁愿常回村接受我妈和大自然再教育，定期洗心革面。

父亲素有旧情怀，是好中医未到老时，黄土垄中一十五载，诸事一盏盏就上了灯花。夜是亘古的黑，大风也吹不断，暴雪也染不白，他背着药箱顶着犬吠咳嗽着回家，又或弯月初照梨花半残，他酒醉归来，不停少有地笑着，我们赶着搀扶，他以手推松曰："去。"自己扶着梨枝趔趄进屋，上炕大睡，古藤荫下了不知南北。我喜热炕头，正睡在父亲下榻之处，他的窗夏天要开到午夜，夜露是黑色的，砸在树叶上像小陨石砸地球上，忽然惊醒了神思。

我不敢实在在看窗外。尚没路灯，夜是星星和山鬼的。想起《阅微草堂笔记》一段鬼话，一家后园种了牡丹，主人白天赏完晚上又去，见一众鬼魅花丛中玩耍正憨，怒斥之，对方以牙还牙，白天你们横行我们躲远远的，忍着不出来捣乱，夜了你们还要占，鬼也有爱花之心，这是欺鬼太甚。一定有游魂的，此时祖辈们正从坡梁沟谷悠悠进村，喊喊喳喳招呼家长里短，撞着缥缥缈缈葫芦闪烁，这一夜好繁华。

我家守着后山根，紧东边，坡东大沟有老防空洞，小土庙，藏着诡异故事。一老人有个孙女极是疼爱，每日驮在脖颈儿上满村转，女娃杏核大眼樱桃小口没见过么俊的，爷爷脑袋粗硕髭须乱乍，下吊着肉墩墩巨大瘿袋，晃荡荡哼呀呀一露面，出奇得很。女娃三岁没了，他横抱着不让埋，要腐烂了才罢手，魔怔了，天天去山上挖出来抱，再埋下，确信七七四十九天就能暖活。岂料孙女遗骸被狼狗联合做了晚餐，几根红布条魂一样在松林里飘，他登时昏厥，六神缺主。

这一夜就是身怀六甲的魅妇，子时分娩，发出痛苦抑或兴奋的呻吟，把能想到的恐惧形象都生产出来，童年的妖精鬼怪老皮婆子蜘蛛精蝙蝠精一个不缺，原样候着吓唬人，各种诡秘叹息如小孩嘤嘤而泣或老人咳而笑之，惊悚不已，只好把个后背贴着母亲，且稍稍移开父亲下榻处，才安些。我怕，但我赞美夜，要是没有一丝响动才不对劲，要是没有这丰腴的联想跌宕起伏，简直苍白浅薄，敢叫端午前夜？

一时间意识枝节横生，碧云天樱花地，我又幻作忧郁的牧羊女，裹紧羊毛披肩，赶着羊群踯躅于大东坡上。窗上忽有湿冷气渗入，妈立刻醒来说下雨了。

我侧棱耳朵趴窗根听去，果是酥雨淅沥，塞外四百八十峰，多少村落烟雨中。突然就踏实了，雨丝密密结出喜悦，我分身数瓣，栽进凤仙花与朝天椒的大铁锅上、露天灶台上、菜地里，缩成菜心里的小小青虫。

三

凌晨四点自然醒，世间万般美好，窗外有大公鸡叫，枕边有母亲催，我立刻打死睡兽。想起昨夜种种浮想，我对自己嗤之以鼻，端午是神的日子，正大光明，山里当然是山神，关公模样赤红脸阳刚气，水边就是水神，宽袍大袖明眸浩然屈子是也，二神巡山当十方震动，青山也要兰汤沐浴。

开门，葫芦光闪闪下个腰，抖落水珠，漂亮，我找什么塑料邪茬儿。

大雾夺魄。想来家家燃香也不过丝缕之细微，怎如这大雾横流,阔绰个乾坤浩荡。虽然想要看端午日出,节气管大用。清明时我早五点起来挖地,山峦微黑,棱角泛金,凛冽之气如神佛出世。太阳吸魂,能与之对视,晨时紫外线是银针,三转两捻,把皮下胆固醇点化成维生素D_3,肌肉硬化、心内膜炎、伤寒之类致病因子悉数毁尸灭迹。

杏枝一身戎装探出来,搭在鸡窝上,往年遍身罗绮,今年花期强烈倒春寒,都冻没了,一垛金黄棒秸才添了情味。妈从河滩上捡来,驴子挦吃了叶子,烧火不暴土(东北有"暴土扬场"之说,叶多会扬起土),路上遇着谁就帮她扛回来,这棒秸有村意在。

打开鸡窝,头上触着金灿灿枣花。枣树是最沉得住气的,小杏能挤水泡玩了,榆钱儿饼吃过了,它枯枝上仍顶着去秋三五个枣,衬着蓝莹莹的天,火上房不着急的性子。原来端午到,杏子熟,枣花才夜半私语了。

大公鸡叫着跳出来,三只母鸡随后啄向地上的枣花,我给轰出门去寻虫。

柴门尚未醒来,吱扭一响,是老牛哞唤或父亲多年前的一声咳。我推来推去柴门从没觉得不妥,哥新栽的杨木门框,长出几簇新鲜的叶子,别有情味,更有那翠屏山色对柴门,相送月色柴门下,颇合我心。后来过年我发张图片,放炮五千响,柴门内外红彤彤卷起千朵玫瑰。一人冷冷说不如先修个门楼。瞬间古意坍塌,自惭了一小下。后来一个端午我发了几张图片,傍晚夕阳洒满老院,万古照耀状,我情不自禁拍了房檐、木窗、虎皮墙、石院墙、黄土坎,它们笼罩在宗教般祥和的光线中,勾魂摄魄。然有一人满腔怒愤:"这是老娘家现在的状况吗,扶贫怎么搞的,我宁愿放下我的扶贫户去管老娘!"我心里又惭愧又热乎。

我之蜜糖,彼之砒霜。老娘八十出头,一旦百年,这老院全是思量,若一律合并成万千村庄同类项,我何处望神州?仍是私心了,这许是母亲心病,她不好拗我。但端午早晨皮肤真又酥了一回,恰胡同口拐过五六头牛,犄角一抻一扬哞哞兴奋状,上山吃节气露水草去。坡下就是草径,苍耳、冬葵、苜蓿、锦灯笼绊道了,露水早被踢掉干松松的。

驴子嚼着棒秸叶,狗四处跑着嗅,二叔七十五六岁了,在挖地,要种油葵,女儿小玉放下半筐艾草,猫腰挖车轱辘菜,以围裙兜之,分明"采采芣苢,薄言采之",又"掇之、捋之、袺之、襭之"。扔筐里又去揪扁竹芽,过去在河滩放猪,猪也拱,铺地生的叫扁竹芽,细看赤茎有节,活脱微型竹子,学名萹蓄,花腋生,花被焦粉满枝,开了却是白瓣,满族人拿此药来驱虫,单味浓煎即可。竹芽尚小一揪即断,她又细细挖,一绺头发掉出软帽。小玉只一个姐姐,行二老疙瘩,父亲叫她"二老玉",她嫌不好,叫了便恼,现在想着竟是美的。老玉一代代人贴肉养着更剔透温润,老父疼惜之意,小玉当时不解,然而心疼爹娘孤单,嫁了人仍回村居住,一饮一啄老玉佳话。

我自愧弗如,脱口喊"二老玉"。小妇人愣怔抬头,黑葡萄闪烁，水边一枝野蔷薇。不待她搭话，我大笑往井泉跑去，想着若静待时间，一切皆现深意。

四

井泉水是端午之魂。早晨第一要紧事，去井泉洗脸、喝水，清肺腑，去顽疾，焕发精神。大河水是端午之魄。第二紧要事，要双耳夹着艾蒿叶多跨几道河，带走霉运，有个为难招窄处必逢凶化吉，遇难成祥。井泉水主内，大河水主外，人在端午，吉光高照。

早年村里孩子多，老奶奶说赶蛋似的（一个接一个的意思）跑，为了争早晨第一个喝井泉水，一帮半大小子就在山上窝一夜，睡醒一觉还听见林间长啸。夜凉，在防空洞笼火说鬼故事，小眯一觉，凌晨鸡叫二遍，他们辨着微光冲下山坡，喊叫着往井泉跑，其中就有我家二弟。好生猛烈，那精气神，整个村庄立刻嘎嘣儿新了，人人感到振奋和喜悦。待众人陆续去井泉，孩儿们早在半山腰找到一大把花草了，不时快活尖叫。待众人上山，他们已回家了，胳肢窝夹一抱长秆大叶艾蒿，耳朵夹着嫩艾蒿叶，蹦着高跳过大河，手里掐着鲜红粉白，让人眼煞。

井泉在东山之下，松林群鸟，野草杂花，常年雨雪渗透，山根处多水眼，叫空山水，夏天沁凉，冬不结冰，微掘一桶余深，以石垒成井形，井底铺碎石，水满则流，叫井泉水。

说"井水不犯河水"，是村西辘轳井水，心比天高愣翘不出二郎腿，任那"扑通"两声响，春夏复秋冬。而井泉是长流水，水道不盈二尺，透迤而去，蒿草繁盛，近村南又引一井泉，水仍满，汨汨溢出，直犯大河。汇合处泾渭分明，井泉水清冽冷硬多石偏青，有草野之香，大河水风微尘软多沙泛黄，有鱼虾之气。井泉水初时桀骜不驯，抓紧青草溜边走，大河凶猛不断熊吞，几度零落只得认了。

井水、井泉水、大河水都是自然之水，只感应天地恩赐，声色气味随节气各有二十四般变化，显微镜下晶体如花，貌美色正，可以将养身体。而城里自来水加了消毒剂，干涉水相，已失了自然之味。

《本草纲目》专有《水部》单论井泉水："井水新汲，疗病利人，平旦第一汲，为井华水，其功极广。和朱砂服，令人好颜色，镇心安神。新汲水，消渴反胃，解马刀毒，解砒石、乌喙、烧酒、煤炭毒。"每天第一桶井泉水就是井华水，五月初五又是节气水，"重午日午时水，宜造疟痢疮疡金疮百虫蛊毒诸丹丸"。重午甚是好听，正月建寅，第五个月为午月，午月午日谓之重午，即端午那天日中之水，大好。我家中医祖爷爷熟读《本草纲目》，专在这一日午时嘱爷爷们担水回家，奶奶和姑奶奶们碾草造丸，颇有奇效。因故端午大家抢喝第一口井泉水，男人挑水，女人则端一脸盆水曳着丰臀回家，专给腿脚不灵便的老人洗脸明目，心极诚了。

"泉眼无声惜细流"。井泉旁几位婶娘小媳妇遇上了，抢着说各自男人或孩子,打工怎样,有对象没,诉诉苦乐。大娘穿白底灰条上衣,二婶着黑底牡丹花裤子,毛巾香皂搁在石头上,绝不敷衍。先在井外小溪洗脸揉眼,再以手捧井里水喝上几大口,甩甩水珠上山采艾去也。一拨走了再来一拨,一出出生动的"井台会"。

一少妇蹲水边洗脸,用香皂反复地搓,冲净了再搓,把手指一根根掰开细细地洗,像洗一把生菜,每个皱褶都摊在水里浸泡,水瓦凉瓦凉。洗完坐在湿漉漉的石头揪一段"黄瓜香",一叶叶吃了,那是有黄瓜香味的荚果蕨,长精致的羽状复叶,先苦,后齿舌生香。她有几分姿色,曾遭到村霸多次凌辱,丈夫从外地赶回家与村霸理论,反被打成重伤,甚至强迫男人烧火炖肉。他在炕上欺凌妇人,家里老人气到脑梗,打不过告不过,夫妻二人只好远走他乡,几年后那村霸进了监狱才回村。端午井泉之水,会洗净屈辱霉运,还一个山清水秀给她的。戏文里结局云开月明,生活里也多是美的,妇人俱各坚韧,盼来小富贵添丁进口,享受弄璋之喜弄瓦之喜。

天旱尚冷,此处艾蒿矮小色暗发干,我只掐了两片尖叶夹耳朵上,先跨一回泉水,拔腿上山,去寻端午花"十九花"。以为这花玲珑小巧,排行十九小仙女,原来学名是石竹子花。满药里这花自古煎服,轻身明目,疗痔调经,还叫洛阳花,概因花在尖顶,枝枝惊艳有小牡丹之意。只发现几根细枝细叶,不忍糟蹋。透过几棵蓬勃老柳回看村庄,哪儿有痕迹,浓雾撒泼,翠色翻滚,"隐隐飞桥隔野烟,石矶西畔问渔船",是张旭《桃花溪》仙界，桃花已遭流水，洞在清溪何处？

奔大水眼去。三奶奶蹲河边洗手，耳边亦夹着艾蒿叶，她整日和三爷爷在山间薅苗锄地，草木门儿清，唯她的筐里支棱着几株焦粉的石竹子花，脸上真加了三分俏色。

大河边有高壮的艾蒿，新鲜肥胖，味浓如花，密布露珠，见之欢喜，我称家艾。城里卖的便是山艾了，体瘦色青味辣，纯是蒿，还没有河可跨。我掐下两片尖叶换去耳朵旧叶，跨过大河，对面阳坡野花多。老婆子花白头了，像爱俏老妇人钟爱的白发，才梳洗过顺顺的。泥胡菜花如粉球，也叫一点红，叶全裂梗长，小时上山挖菜累了，就坐山坡上撅下一棵泥胡菜，抡着长梗快速抽在鞋棱上，花头立时飞出去，巧了，正打在坡下人的脑袋上，瞅吧，一场追逐滚爬。还拽来蟋蟀草，口里含一下贴左手腕上，右手从草根处对挤皮肉，挤呀挤呀，草就顺着胳膊缓缓上爬，看谁家草爬得快，忍着细痒彼此盯着不许玩赖。还摘下一把槐树叶算卦，问你家几口人，从下面数一遍揪掉一叶，直到够了人口数，两侧剩下的可不就是几男几女，尖顶叶是高高在上的父亲。也会比谁摘的花多而艳，有女攀上高壮坟包挖出大花根花，十多头橘黄花朵，十多年的花姑奶奶妖气离离，立刻强势胜出。

这就是古代说的"斗草"游戏，年年玩却不知晓，斗草的姑娘小子都哪儿去了，快来吹马莲花比赛。地头马莲花一蓬一蓬滚着露珠，深蓝泛紫，鸢尾科这么贵重，凡·高画过的鸢尾不过再大些，颜色再深些。亲戚托我整一些马莲籽，要煮汤治疗便秘，我特意寻找花籽，没承想是细长的豆角，尚未成熟。我掐一朵花吹起来，又两朵花一起吹，啾啾同幼鸟唤母，童心忽来，一口吃了。马蜂草一节一节地长，叫问荆，接骨草，薅一小把。猪毛菜成垄生，娇娇嫩嫩焯了可吃，薅一大把。猛见雾花松弛，太阳要出来，怕草药符咒失了效，赶紧拽几棵开花打籽的车轱辘菜，遍身紫珠兼白花的扁竹芽，快速下山，又跨过两道大河家走。

桂花婶才颠颠跑过井泉，应是给天天浓妆的懒媳妇做好了饭，不敢惹，"要不上山，这一年要有个病灾呢？"哏哏的腔调，她笃信风俗灵验。又遇两个小女孩带着一个小男孩，皆八九岁上下，兴冲冲争论着往山里走，亮晶晶的小太阳，我停下打招呼，并留下他们和美羞涩的表情。唯有孩子们喜欢参与，古老乡俗才不会消失。这一早老中青少都有，满满当当。

为啥强调太阳出来之前回家？就好像夜有噩梦，只要赶在太阳升起之前说出来，就破了，现在装的是福禄，当要严防死守，破了就降效了。听老人言，人生顺畅。

五

柴门大开，瓦上细烟，灶上住了火，母亲在铲鸡屎扫烂柴叶子，枣花簌簌落，墙角刺玫一夜间紫了数朵，香气氤氲，是丰子恺漫画扇面意：今朝风日好，或恐有人来？

"妈，闻闻新艾蒿味。"我掐两片胖艾蒿尖夹她耳后，衬得灰白头发也绿个莹莹，她笑着继续扫。扫帚是她自己种的扫帚苗，大多小时掐尖吃了，留两棵到秋天，好壮硕，一大抱搂不住，全株捆扎摔掉籽粒，实用结实。

我把车轱辘菜等放窗台上，艾蒿挂在西窗上，艾蒿在夏天熏一两回蚊子，多数直晒到第二年端午。就是借的草药气韵，家里有药神不怕病欺。至此端午第一项圆满结束。

第二项开吃。早先一众孩子采艾回家，炕席上早滚着一堆煮蛋，大白鹅蛋，中大淡蓝鸭蛋，小的肉粉鸡蛋，每人一大一中俩小，八口人，三十二个蛋，我们爬炕上抢去。我把大鹅蛋揣衣兜里留一天，真想拿去小卖部换支铅笔。为啥要吃蛋？端午时节母鸡要抱窝了，蛋孕育鸡鸭鹅，生生不息。

粽子个儿大瓷实，一个能管饱。我以为过去的妈妈无所不能，我妈却不会包粽子，家里大小黄米就在腊八那天煮粥。中午多添水大锅煮开，晾一两个小时，下午再加糖文火煮，到黄昏一大锅黏粥紫红翻涌，就着青绿腌芥菜梗炖白豆腐，还腊七腊八冻死俩仨？大红炕桌都是热乎劲黏糊劲。也烙豆沙年糕饼，蒸黏豆包，用苏子叶裹住，苏子香入得心神，是春心萌动迷幻香，一掀锅盖闻去吧，准得好梦。寂寥隆冬，整整一下午时间熬出的一大锅黏粥，一锅锅黏豆包冻起来存在瓷缸里，如今想来都是盛大的饭事，无比庄重，全无对付。

节日好，好在里头有旧忆，千年前的也有自己的，酸甜苦辣，滋味上头。有一年母亲决定请舅母来家包粽子，让我们姐妹学习，我们姐仨八九岁参与家务事，缝衣、纳鞋垫、刺绣等女红也不在话下，说将来嫁人不憷手，省得大针小线让人笑话。妈却没教过我们编结五彩绳、刺绣五毒荷包，可见风俗在她那辈就衰减了。

　　舅母来了，晚上择米浸泡。大黄米颜色金黄黏性差，小黄米色浅黏性强，按比例掺和。第二天舅母检查米粒松弛度，抓一把湿米闻闻，放耳边搓着米听听，说好，声再大就泡发了。我们立刻把大盆抬在枣树下，拿几个棒子卧儿编的蒲墩。米粒晶莹，不散不黏也不硬，闻去是湿软的植物清气，搓来听是细雨落在木器上密而脆。一旦泡涨，味就塌了。舅母左手摊开粽子叶，以手挖米，顺着小鱼际漏到掌心，问声吃大的小的，就灵活裹成锥形筒，米踏踏实实坐紧叶子，加上枣再灌米，压实拽紧，裹裹裹，绑马莲，绕绕绕，牙齿一咬勒紧了，活扣还不松，都是手艺。父亲一向不问饭事，也凑过来包，米多个儿大，还算囫囵；我们包的不成个儿，舅母都拆了，怕煮成一锅粥。她嗖嗖自带节奏，指尖闪烁，啪地扔在盆里，好大气富贵。

　　一年清明我带母亲去医院输液，有个憔悴妇人始终一人，说有两个女儿，一个嫁外地，一个小儿麻痹，老头儿长年卧病，她独自挺着。每年农历四月中旬她就包粽子，米是山上种的，羊粪是赶着毛驴车拉的，薅苗耪地，掐谷穗打场，全是按老方法来，好米好火候，一天包一大锅，到镇上一会儿就卖没了。"人家包一个我能包俩。"她说一包粽子就想起姑娘时光，干瘦黄暗的脸现出红晕。我说端午要去街头寻你。她有诚心，我惦记那份意思。

饭后哥姐弟们上山祭祖，这也是雷打不动的。雾气稍小，阳光逃奔出来，田埂青绿，婆婆丁、羊妈妈黄花簇簇，山地野坡上都是祭祀的人家。我第一次在端午上坟，父亲当会惊诧，我在虚空里握住他的手，冰凉，像某个夏季他才浸过泉水捧着新土豆的手，满是红光。

节日之味，多半是存着食味。"中午烙饼吧。"我说。有年端午妈烙饼，大锅赶趟，一锅五六张，油酥松软，吃完还想再吃，没了。妈说还擀着一盆面条，也好吃，我们噘嘴撂碗。父亲埋怨大过节的不多烙几张，妈说那不费油嘛，还留着来客人时用，省得曝瘪子。哥姐赶忙挑面条上来，茄子丝卤，好吃。一过节二亲就爱吵架，好容易没吵我们又拱火，一群没眼力见儿的崽子。

非要吃烙饼，不吃能馋死呀。我向妈检讨，妈说早忘了，前阵子烙过一次饼，太硬给狗吃了。节是从前的节，妈不是从前的妈了。我没见过她大辫子一甩年轻模样，却也偶尔听她唱戏，"垒起七星灶，铜壶煮三江"，忙着粗粮细做，烙玉米面高粱面薄饼，卷酸菜；玉米面高粱面大蒸饺，酸菜或萝卜馅，那么香，蹲炕上吃，下地还偷摸掀开大锅盖捏个大饺子当街吃去。八口人都是虎狼，临时来两三客人都可吃饱，一顿饭就能把半生力气用尽似的。

下午收拾园子，菠菜大叶肥硕，母亲留着打籽，我看说明种不出来，全部薅掉，热水焯了放冰箱。生菜籽小而扁，说许多人家都没种出来,种深出不来,种浅风吹去,还不能硬踩,我掌握得恰好,扎堆出,妈常薅一把把送人,生菜有了空间长得开,两下都好。就和老妈这样絮絮叨叨说话,割韭菜,摊鸡蛋,包三鲜饺子。

晚饭后太阳还高着,妈在树下石磴上坐着,鸡在跟前抢菜叶子。正诧异三只母鸡背毛怎地秃噜皮了,大红公鸡又尖叫着"踩绒",芦花鸡咯咯挣扎着,后背手掌那么大块蹬出鲜红的皮。明白了,妈家的鸡蛋价值高,一半天准有缺公鸡的人家来,和她换鸡蛋抱窝。

我让妈给我照相,她踌躇着接过手机,一顿按,经历半面墙角、一绺衣服、半拉身子、歪的、飞的、模糊的,终于有一张清晰的我立在门口,红裙长发望着她笑。

唯一老妈给拍的照片,是2014年,有小长假了,我高中之后第一次在老家过五月节。

六

初六阳光大好,早起看井泉的野蔷薇,昨天雾浓无日照,怕露有毒性。时珍说,百花上露,令人好颜色,该指"日初出处,露皆如饴"。

日照之,露皆五色。我查过太阳刚冒头时的樱桃露,红白樱桃间缀着同样大小的露珠,岂止五色,百般芳菲。野蔷薇枝枝热烈,单瓣比重瓣刺玫香浓而冲,密滚着露珠,紫气东来。

珍贵是端午，我直接脸贴花上承接露珠，默念"使我好颜色"，舌尖舔一滴，味甘，深嗅，吐尽胸中浊气。三天两早晨能有什么用，就图个心情。说"番国有蔷薇露，甚芬香，云是花上露水"，就是此时此花此露。如果指明是"蔷薇花露"，则是蔷薇科植物多花蔷薇花的蒸馏液，能疗人心疾。都是花的本事，人来榨取，萃过精华的花惨被抽了血，不如《红楼梦》全瓣捣碎淘制胭脂膏子，也或收集花朵腌制，一层花瓣一层糖，紫红沁香，看着就美。

端午看花，中秋采果。刺玫果球形，成熟时半红半黄像原色玛瑙，红透了就是南红。颜师古有标注："珠之尤精者曰玫瑰。"原来玫瑰之名是打果实来的。两天后刺毛硬朗飞出来，就吃果皮，甜腻黏滞像果脯，那花也叫刺毛果花。

井边二头毛驴，日日看花听鸟鸣，守着老柳和菜地，真五柳先生、柳泉居士也，打着喷鼻冲我走来，眼光幽绿，嵌入诗魂了。心思是符咒，可化万物，驴子的心思我不猜。

我跑上梁头，站巨石上伸展胳臂，太阳从后背搂住我，下巴搁我发上，我偏过头迎着，浮生若梦，是太阳梦。玉米半腿高了，人在苗肥蹚地，五月是忙月。仍有两头驴闲着，三只灰喜鹊戳在驴背上凝视远方。三百多只大羊群穿过河滩爬上北坡，千多只蹄子踏在石子路上，如同下一场急雨。

羊和牛是移动的炊烟，见那安详就想，泪水是有用的。从没想过有一天母亲要走了，节日怎么办，村庄与我怎生相处。远山近谷，一片青芜，且酩酊。

七

　　就到了2019年端午，五月的风多好啊，可母亲病重了，七郎八虎都回来，一起过个好端午。端午前夜她却病势如跌，忙各种事，了无况味了。有妈的最后节日，我不想辜负。

　　到井泉喝水洗脸，没人。野蔷薇未开，驴子不见了，老树下赫然两座新填高坟，太过幽僻。逃向王八盖梁，两头驴子在，对面羊群正在爬坡，无数次梁上奔跑，山头洒下的阳光如神佛摸顶，后背热乎乎，黄芩马莲打碗碗花笨笨地开，母亲若不在，我还能说出"浅红欺醉粉，迎面是杏花风"那样快活的话吗？抱艾回家，静如旷野。摘下艾蒿尖给老妈俩耳朵夹上，令小邪小灾们多带走她的痛，她参着灰白头发正像一蓬隔年的艾叶，已褪去劲头了。

　　大旱壬月，中秋回来，见路边庄稼都是半截子，惊悉井泉水干了。我不信，二百年流泉，1997年大旱，避暑山庄水都干数月，小井泉还汩汩流着。待跑去看，一洼跟跄碎石衰草，连湿润之气也无存了。更糟心的是，上头大水眼也干了，大河道像得了贫血症。

　　大水眼水也有限。原只供本村人喝自来水，近两年下游村庄也引了管子，有福同享，都往好处奔。但浪费多了，夏季常断流，一些人家菜地里接了管子逛街打麻将去，不管不顾。河道沙子被下村沙厂一车车拉走，拉了十来年，河床漏了，水喘死爬不上来。

端午依水生,此后井台盛会没了,耳朵夹着艾蒿无河可跨,檐前一挂葫芦成孤岛了。似乎写得足够长,最后就到了悲,节日会骨质疏松,晒太阳也无补。或者我想多了,不是每个村庄都有水眼井泉,不是一样风生水起过五月节?若再等上十年二十年,悲一准会变作了喜,少了什么一定也会多些什么。

因母亲逝于端午之后,我们必将端坐老家,采艾,过河,怀念,多富饶的遗产,母亲用心了。嗅那夹杂着亡灵之味的艾草与粽香,直到能够嚼出藏匿其中的愉悦与精神,好风日就荡漾了。心意即如艾草,如苏学士的诗,"彩线轻缠红玉臂,小符斜挂绿云鬟。佳人相见一千年。"河山苍苍,端午泱泱,那一款旧日红年年红出新意。

蜀葵女巫

那年雨水壮,送母亲回老院住,推开柴门,妈呀,蒿草忽悠悠挤满所有空间,下脚就踩着伏地野花,刺菜甘菊蒲公英燕子翼,敢是来到奶奶们老故事里的荒郊野外?

"一个人走着走着天就擦黑了,荒草没棄正害怕,一片金灿灿的黄花地里冒出了厅堂瓦舍,灯火亮堂堂的,住着狐仙还是女鬼,月亮一圆就烫上一壶小酒,翘腿坐门前,葱心绿的裙子雀白的脸梳着大如意头,别着一朵谁也没见过的大红花,香喷十里,什么长虫精蜘蛛精蝎子精耗子精都直勾勾哈喇子流一盆,她大眼皮不抬一下,专等着勾引过路的俊书生……"

花妖木魅定然藏着些了。艾蒿、青蒿、白蒿、角蒿、茵陈蒿都全了,但干不过横蹿竖长的七千姑(苋菜),姑姑们头顶嫩叶胳膊腿都结满了穗,志得意满;七千姑又干不过灰灰菜,"灰灰菜,菜灰灰,你妈养了一大堆,大的会走了,二的会扭了,你妈肚子里又有了"。母亲教过,别瞅它细巴连纤的,花序多籽粒多,关键扎根最深,双手勒出血条子贵贱薅不动。哥拿镰刀砍倒,又拿镐头一棵棵刨了,这才清出一条小径至屋门口。窗檐下易积水，蒿草更盛，长头肥爪扒着窗户要上炕了，顿觉老屋可怜被欺，或许白天黑夜都有灵异们横躺竖卧的。

忽见乱丛之中挺出几株壮丽花朵，冠如大碗，焦粉若牡丹，须尖上仍打了无数花骨朵儿，已然超出房檐奔炊烟使劲儿了，好一出惊喜。端详花瓣是大熟季花，我家只种过典雅的江西腊，臭烘烘的小万寿菊，染指甲的凤仙花，金凤蝶般带黑点的卷丹百合，邻家是有大熟季花，但浅粉单片并无惊人之处。

"肯定是大风刮来的。"我妈断定。是谁驾的仙风？总之好花落地天降祥瑞，留下了。花有宿根，第二年窗下原地长出枝叶，从六月中旬一直火爆到十月，是我家独享的花生活。

东邻梳髻的奶奶立花前久久看，她是种花能手，经年不见的村花都在她家篱笆墙处闹妖似的开，但此花籽到她家就是单片浅粉，她不气馁，来年再种，仍不是复瓣色深大花冠，她叹息着说这花有洁癖，择地儿。

我表示不服，种在城里小区，第一年只生叶，不长梃不开花，原是二年生草本，第二年它就长梃打骨朵儿了，我焦急盼望着枝头粉团团，花开却是小朵单薄色浅。算它有适应期，第二年再看，结果花色上浓些，仍是花貌不扬。猛见很多叶片从叶缘底部卷起小筒，玩的什么猫儿腻？眼看叶片一日日变窄，就剩叶柄处粗条叶脉了，这才发现是小青虫捣鬼，关起门来吃香喝辣。我恨恨地揪掉一卷卷叶子，可高枝上子孙后代早布下重重埋伏。我把叶子揪剩光秆，新长的叶子几乎同时就卷了。我打药拯救，许是浓度有点儿大，花很快被毒死了。不怕，有

· 175 ·

根，果然第三年绿叶又支棱起来了，但那些小不死的仍密密潜伏卷来卷去，奈何，我不想花受折磨，连根砍掉了。后来查知那虫叫棉大卷叶螟，小虫是怎么使出蛮力把厚实的大叶子卷起来的？我憎恨卷叶螟，又敬佩它的生存智慧。

但我家的花从未招过虫，年年高烛照红妆，多各色，是有花妖撑着吧？

20世纪90年代初期父亲还在，深秋，家人炕桌上吃晚饭，见梨树下突现一女，好像地里蹦出来的，白衣长辫，青裤子带襻鞋，特地转过头看一眼屋里，白净的圆盘脸，没说话，径直西边走，走路无声。摘梨吃还是怎地？二姐追出去，那人呼啦没影了。不是村里人，邻村也没有相像的，大家心下狐疑，第二天傍晚吃饭都紧盯着梨树下，那姑娘又突兀出来了，父兄立刻追出门，还是跑了。树妖？鬼魂？

母亲请了香头看，说，这地方不是很干净，房后紧挨着后梁，野树参差啥精灵都有。父亲立刻想起，盖房子挖地基时刨出过陶罐，还有一个小扇子似的肩胛骨，都酥了，当时怀着诚意远远地埋到山上，仍在此处盖房。香头打量下我家出院门的小路，说位置不太妥当。这小路是从房后幽幽折出来，贴着东山花墙和东院墙根，一线天般窄窄地伸到前院，再贴着东墙根穿过梨树出大门，而这条路线正好压着那女人的墓门前小路，我们老走动就扰着她走动了。有这么吓人的吗？还好她并无害人之心，只现身几次警醒。

父亲从不迷信，但亲眼所见灵异，于是改道，从院里并排两棵梨树中间开路出门，两边靠墙开辟成菜园，以后白姑娘再没出现过。

想必父亲去世母亲离家，院子荒芜，那姑娘以为夺回领土，与众草寇们日夕饮酒为乐，又独裁了大红裙袄妩媚唱歌，不料女正主突然推门回家，她来不及收缩身子骨，像织女被牛郎偷了仙衣，只能一身粉红人间度日了。

读《阅微草堂笔记》，有类似奇事。说："大学士温公以仓场侍郎出镇，时阶前虞美人一丛忽变异色，瓣深红如丹砂，心则浓绿如鹦鹉，映日灼灼有光，似金星隐耀，虽画工设色不能及。……余以彩线系花梗，秋收其子，次岁种之，仍常花耳。方知此花为瑞兆。"我家惊现此花，别家别地又种不得，恰如良禽择地而生。父亲是赤脚医生，脚步遍及乡野，虽人离世而殷殷灵犀长驻，我家院落应有慈土慧根，故花仙显灵兆示吉祥。且那花生在西窗下，正对着炕头父亲卧榻之地，如同守护，亦如说着悄悄话。忽然了悟，这花是父亲遣来陪伴母亲的，这份心意怎么能移栽别处？

熟季，当时不知哪几个字，我依音加想象叫它"柔荑"花，后查柔荑是植物叶芽不是花名，而熟季花学名蜀葵，是蜀地最早种植，信了。近来有研究者发现蜀葵曾叫"戎葵"，应是戎地所产。我塞外丰宁凤山古镇就是三千年前山戎民族的故乡。山戎民族善骑射，突兀来飘忽去，顽强对抗自然，一旦会种菜种豆就安生农耕，种出冬葱与戎菽，戎菽是大豆，花就是戎葵了。

· 177 ·

戎葵概因花茎挺直，到尖顶还开花，像极红高粱，高粱秆叫秫秸，此花又有"秫秸花"之称，秫秸叫长了，熟季花就叫出来了，熟与蜀也谐音，焉知不是词语的偷换。《述异记》："茂葵，本胡中葵，似葵而大者。"胡当然指塞外。因其花可观赏，花托可吃，茎秆纺麻织布，烧火做饭，"藏火，火久不灭"，因而流浪蜀地大量种植，"胡"字叫顺口变成"蜀"，并记载流传，这也说得通。由于北方少数民族不善书面文字，荒凉塞北直到清代开拓热河，《热河志》方提到"是此花之种本出塞外也"。

那么光临我院的大熟季花，我就当成山戎民族遗落的种子复活，常出没的白姑娘就是山戎民族的后裔魂魄。瞬间，戎葵之名霸占头脑，山戎民族彪悍之美跃然眼前，化作奇花摇曳。有大熟季花，就有小熟季花，学名锦葵，这么美还是源于花色，雨后上百朵五瓣小花开出来，白瓷质地深紫条纹，或紫质黑色条纹，的确精致华美。我当即拽下花籽，种到老院去了。在古罗马时期，讽刺诗人马鲁提亚力斯尝试过，锦葵花茶叶能快速提神恢复活力，甚好，我也积聚些力量，能发出好的声音。锦葵更好种，当年开花，犹如繁星闪烁，与大熟季花形成对立之美。

门外大坡上还有野生冬葵，成片生长，开豆大点儿紫花，不中看，但嫩叶子可吃，《山家清供·鸭脚羹》记载："采之不伤其根，则复生。"忽想起"青青园中葵，朝露待日晞"名句，过去以为必须是向日葵，除了向日葵我也不知别的葵，原来是冬葵，过去像种菜一样大面积种植，帮人度过饥荒年。

我妈与这些能吃能看的花葵亲戚们朝夕相处，彼此呵护。但有一天她觉得房檐下那一大丛蜀葵碍事了，越长越壮大，立在窗户前遮光，底盘大叶堆里要卷一两条长虫吓一跳，且隔一屁股距离就是夏天的灶台，蹲那烧火也嫌窄小，于是学村里某妇实施驱花仪式。

一家子有块山地年年长满苦荬菜，串了根一茬茬生生不息，挖菜者多，容易踩踏，这家妇人遂薅了一筐菜回家，大铁锅上热油爆炒，同时念动咒语，驱使它们赶紧回去报信，统统挪地儿，要不把它们祖宗十八代炒成干。第二年春天，她家地里的野菜真真都搬家了，皮毛不剩。妇人的母亲就是野萨满，独居在离村二里地外的大山湾，也不害怕，天一亮袅袅婷婷过河出村去镇上逛，天飘黑了，妖里妖气折回村里，蓝黑大襟褂子，挽髻插簪戴金耳环，到谁家去就上炕盘腿坐，叼着两只长大烟袋，细长眼睛两颗金牙闪烁不止，说得云山雾罩，那法子如此管用，难道她真能沟通了植物灵息？

我妈偷偷默念咒语，令花赶紧挪地方，不然也架锅热炒。第二年房檐下那丛蜀葵该发芽时愣没出现，我不知详情以为天旱，刻意浇透了水，也不出来，我不甘心又挖开看，哪还有根，溜光化为土了。我妈得意说出根由，我不禁倒吸一口凉气，以为此花在我家绝迹了。

可是不久，从屋门口西侧出了几片小叶，不是蜀葵是啥？花真懂人语，让人欢喜，一年生二年开，更比从前茁壮。但我

· 179 ·

妈烦恼未了，既然挪地为啥不挪远点儿，大门口或牛圈那儿多好，偏偏还是房檐下，还堵住门口，出门往西走挡路，下雨则水淋淋扑到身上不舒服。她下决心与花斗争到底，割过茎叶，刨过根脉，念动咒语，甚至真灌了一壶开水浇上去，但，愣不管用。蜀葵绝处逢生，蹿房越脊活得很好，竟有竹子的品性，"千磨万击还坚劲，任尔东西南北风"。老妈才算罢了。

这倒给我提了醒，这花淘气任性，又决绝冷酷，万一全体撤离，我哪儿找去？必须发扬光大了。我第一次收了花籽满院里院外靠墙边种植，隔一年，粉色爆炸了，在牛圈鸡窝墙头马上吞云吐雾，炽烈翻飞，天黑了仍旧一团团粉红透出来奔腾而澎湃，那样的盛景极稀，仿佛花神、花仙、花妖、花鬼都到了。因花冠硕大，顶端花朵呈"赵粉"（牡丹品种）态姿，胸腹处别有"酒醉杨妃"品格，犹是一个冷傲女人见着死命里爱着的男人，心下慌乱，开得跌宕起伏，语无伦次。

"没见过这么拼命开花的，有巫性。"我妈终于接受蜀葵的疯狂示好，一株花的热闹也能减少大院的寂寥，我更相信这是父亲的化身，不是窗前就是门口，往死了整也不走，谁能这样不离不弃？

那年中元节，月亮地，父亲又回家给母亲挑水了，他忘记村里早吃上自来水了，他前脚挑上水桶出门，后脚久未出现的白姑娘就现身了。

大姑娘幻化红棉袄小媳妇，挑帘进屋，熟门熟路，直奔柜盖，一屁股坐上去，翘着二郎腿瞅我，亦是绾髻插簪，一绺头发顺左脖颈儿绕下来，别样妩媚。我在被窝里大着胆子盯住她的脸，生怕她瞬间化成鬼怪，遂指着炕沿的火盆和火筷子道：别过来，不然扎过去。而她依旧微笑，挑衅？不，她和善温润。这个美丽少妇到底是哪个年代，是何花神、有何故事、又有何启示？难以揣摩。

也许就是蜀葵女巫？她携来远古山戎民族的精神与魂魄，一直在沟通父母的灵息，搭建我与先民的认知道路。喂养我们的好山水曾经沉浸过先民的精血，得着这份滋养，我们未必不沾染他们的脾气秉性，血液里融入山戎民族的性格，所以民族性既是独立的，又是交相辉映的。

蜀葵有别名"一丈红"，很形象，也定然指她的忠心。端午母亲病重，蜀葵枝叶已葱郁，我勤恳浇水施肥希望它早点儿开花，但直到花期，直到给母亲办完大事也没开。出来进去人多，蜀葵碍事被砍断了、踩没了，它是跟着母亲去了。三月后再回家，蜀葵重又长出一丛大绿叶子，像忠厚的狗蹲在门口等候主人，等着她折腾或疼爱。花梃始终没能蹿出来，二十年来第一次房檐下的蜀葵没开花，匍匐着似乎刻意纪念母亲而"降下半旗"，素身素年。

母亲是最后的撤退者，此后老院真的荒芜，会回到木妖花魅的手里了。几百年后村庄也许回归从前的空山静水，蜀葵则回到更艳的戎葵，一个崭新的民族性格又开始酝酿。

次第春风到草庐

一

仿佛在那底下的世界仍有光明，有石头院落木门窗纸，也需要针头线脑缝补浆洗，奶奶交代走时要带的一卷物件，说用了一辈子魂儿都丝丝络络缠上面了。书里的老奶奶老下前会掏出老玉手镯、老银耳环给孙女戴，母亲说做梦，她对奶奶门儿清。

那年腊月嘎嘣儿冷，七到八级大风能刮丢人，好容易歇个响，我们扫房糊窗户，把西屋奶奶请东屋坐会儿。奶奶哮喘严重，大把吞吃麻黄素还憋得哎哟直叫，冷风一灌还得了。奶奶一步三颤挪到门槛，抻着脖颈儿喘口气，两岁小弟一见大哭。奶奶讪讪地说："我的样子肯定难看，都吓着孩子了。"说临去之人会脱相，连旧日的照片也会脑壳肿胀，小孩子眼真。

一周后奶奶去世，锁着的红躺柜被打开，掏出长毛的槽子糕和干瘪的小苹果，找到奶奶所说的物品，分别是报纸剪的鞋样、牛皮纸绣花样、顶棚花和抱角云子熏样，剪子、笸子、梳子，一件蓝黑斜襟大褂，腋下衣角刺着两朵艳桃，隐隐陷进墨色里。这些都卷在蓝灰包裹里，放在她的手边。

几十年后我陪老妈过年，除夕炕头坐定，窗花、年画、春联、相片镜子、黄均工笔白描《采莲图》镜子都在，就顶棚光秃秃，有点儿素。心血来潮，找来大张红纸，欲剪顶棚花云子，绞尽脑汁只闪现一个大荒儿，后知后觉呀，当年若把奶奶的剪纸花样留下就好了。再一澄清有了点儿眉目，棚眼盘长节，八条鱼戏莲花，因下面对着火盆烟气升腾，鱼鳞纹更显灵动，缠枝荷花与四角云勾此起彼伏、呼风唤雨，是奶奶最后的杰作。我好歹粗勾慢剪贴上，顶棚立刻生动起来，母亲说像那么回事，就是太整了，有形无毛，倒是会挑。整就是阴刻多，支巴老挺，丰宁剪纸是阳刻为主，劈毛纤长，剔透玲珑，我就图个新鲜。

"你奶奶顶爱剪棚花云子，也不画样，掏来掏去剪，富贵牡丹的，喜鹊登梅的，一剪一堆，拜年的来了啧啧称叹。"

母亲倚着被子垛唠起旧事来溪水叮咚，有时陷入草丛凝滞了，待会儿又跳出来，茬口儿暗里接着，一会儿呼噜声来，老胶片电影般时断时续闪着雪花至午夜，鞭炮早响成一锅粥了。

"你奶奶民国初年生人，大姑娘小媳妇都会剪个窗花，描龙绣凤的，日本人一来强迫种大烟，吃的都缺，哪有纸，有钱人用棉连纸剪，老百姓就白乎乎过年。你奶奶忍不了，就用糊窗户纸剪花，去山上刨黏黏角根（金雀梅）煮出焦黄的水来染色。"这我信，姐姐也刨过，扒出黄根剁碎了熬汤，扔进白背心白袜子白线手套,我丢进一绺细白线,染出黏角花的金橘色,枕头皮"刹花"用。黏角花,也叫小叶锦鸡儿,锦字大好,在黑白年代染出了一片锦绣。

"你奶奶染完线就拿来染纸,铺在大榆木桌子上,拿细毛刷子刷,破棉花吸水,跟'打袼褙'一样拿面板压实了,平展成浅金色纸,剪大挂旗儿,叠元宝,在保家仙牌位上用。你爷种的一大墩刺玫果做药用,花开好了一朵朵剪在小笤箩里,搁大门洞穿堂风阴干,也拿来加明矾捣碎,将窗花棚花染出了浅粉色,屋里都是香的。还余就又研末淘胭脂,还送我一小包,过节匀脸涂唇,又细又香。

"我也给你奶淘杏核油,山杏核仁泡去皮,拿纱布包起来挤、绞、攥,半盆也就出一小瓶,苦香苦香的,剩下的杏仁渣再泡一泡熬粥吃,又香又去火。你奶头发白得早,涂杏核油变黑了些,绾上纂罩上黑丝网,光滑油亮,关键是把虱子药死了。隔年夏天就用枝灵草(指甲花)给纸张染色,染出来近橘红。"

"留得溪头瑟瑟波,泼成纸上猩猩色。"简直薛涛笺了。过去奶奶叫有招儿,现在叫创意。我拿酒盅捣过枝灵草花染指甲,母亲刻意加进明矾,固色用,小时候在匣子里翻到以为是冰糖,舔了一口,涩得半天舌头失味,还不敢说。

铁青色的奶奶脸还有这般桃艳李浓时候,我确信棚花云子里,奶奶的魂在听着,脸上渐有桃色,听入神了,就从云勾上轻手利脚跳下来,是不咳不喘的少妇,绾髻插步摇,盘腿炕

· 184 ·

头,我为她点上长烟斗,一起嗑瓜子守岁,曾有的隔阂都化了。或者我一直期待这样的夜,听奶奶讲鬼怪故事,教我们剪纸刺绣做小玩意儿,再慈爱地摸摸头扎个小辫子。

但没有过。奶奶三十出头失去了爷爷,后来的寡妇时光艰难万分,叔伯婶娘闯荡城里,她又依次养大伯家姐姐、老叔家姐妹,与我们隔河相望。奶奶的老故事之夜、小手艺儿潜移默化影响着她们,我们则耳室空洞,指尖苍白,耿耿于怀呀耿耿于怀。

二

正叹息,母亲早另起一行了。说奶奶天生不会"挣攒着"过日子,"有柴一灶,有米一锅"。手里有钱,袋里有面,那就可劲吃、造,没了啃咸菜喝凉水也能扛,就是顾头不顾腚。若从后面看也幸好她率性,跟爷爷过了十来年有滋有味的体面生活,爷爷三十三岁时没了,她后半生就是枯木黄花。奶奶有诗人潜质,"人生有酒须当醉,一滴何曾到九泉"。

这一性格让大姑完美得传。大姑是个神秘的存在,大家庭里几乎没人说起她,直到她七十多岁我才见过她,与老照片里她高挑清秀又厉害的样子合不上。大姑太任性,自己找主嫁坝外去了。坝上就远超出我们的想象了,坝外就是天边了。高原、金莲花、蘑菇圈,过去遍地马贼,大姑一定是跟着有匪性的男人私奔走了,甩着大辫子穿着红绫袄,目光坚定。后来搞清楚了,大姑父是抗美援朝立了功,被安排到镇上粮库,惧怕大姑的铁嘴暴脾气,一发工资大姑即刻展现擒拿大法与大手大脚功夫,常带孩子们排上街头,兜里瓜子果么掏着吃着下馆子,成为一道风景,你道为何?从大人到孩子穿的"破衣烂衫",片片的还春风满枝头,见着熟人亲戚连拉带扯一起去,一些借钱糊弄的也凑上去,她下手大方不计后果,简直是丐帮重现江湖。剩下一句就盆朝天碗朝地蔫了头,幸好大姑父在粮库有底气,奶奶接不上吃的,大姑还遣姑娘送棒子面去。镇上大戏一开锣,奶奶先得了信,拽上大孙女在关帝庙大戏楼前款款坐,奶奶美得水袖翻飞。

  但这个大姑父重病故去了,大姑的生活跌下风头。不知怎的,受到媒婆蛊惑,大姑带着一家子去沽源了,风雪连天一封半年,鸟都飞不过去,死活都难知,索性信也没有了。

  奶奶灯下左转右捻剪个花朵弄个小动物哄孙女,一针一线刺个钱包做个肚兜,或坐在黄昏的大门洞口直直地望,啥也不说,似乎她就是憋气厉害多喘一会儿。

  我有点儿明白奶奶爱剪顶棚花了,顶棚大花就是核心,年年有余五谷丰登;孩子们就是抱角云子,若即若离呼应着;云勾浮动如草原细浪,如蜿蜒跌宕的高原上都河,纵拐上九百九十九个弯弯,也能弯到家门口。大姑打小就跟奶奶学剪纸,高原人家的窗花棚顶也飞出了花朵,刮出了春风。棚花云子上行走着千言万语,两地不同栽,一般开。

三

后半夜正睡得香，有啜泣声，母亲早坐起来，望着黑洞洞的夜练习"怨腔"了，"你们哪知道我当年受的那些苦？"稍搭上一句半句，她立变控诉大会，太爷、奶奶、父亲，都欺负她，对别人我们会嘲讽"老母猪想吃万年糠"，对我妈只能说陈谷子烂芝麻，那年头谁身上不压着几座大山，现在都"掼下去"了。她仍遵循老鼠偷油的程序将圆咕隆咚的悲伤，去了皮儿，去了一半，一扫光了。而奶奶妖妖道道的刻薄形象业已形成。

老太爷上八十后做了寿材没搭棚避着，恰好奶奶上城里住上一两月，太爷让母亲住奶奶屋，把寿材寄放到西屋去，母亲哪敢言语。老太爷看淡生死，母亲才二十出头，草房子间量小，为防流弹窗户也小，本幽暗乏光，出来进去戳着黑紫的大家伙，夜夜惊吓坏了。

母亲为何不去城里找医生父亲，而在刮"下放风"时硬让他回乡？老婶就死活跟着老叔走，在煤矿住窝棚也决不走，到底得了安排。这根源于母亲与奶奶的矛盾，父亲恨不得把所有钱寄回家，破棚子也租不起。奶奶把着钱，说多少是多少，说没就没。母亲怀着哥，闻见老太爷屋里炖猪肉，香气冲冲的，她怯怯求奶奶炖一次肉，奶奶怒撅了回去，那一点儿钱还想吃肉，馋死。父亲寄的钱二人生活绰绰有余，奶奶逛街花了,或多半打小牌输了,母亲挨了骂仍执着地渴望肉片,做梦也大碗肉嗞啦冒油,母亲都骂自己怎么那么馋,要死要活的。哥出生后眼珠中间各有一条红线,满月后红线才消失。

那时的婆婆唾沫都是钉,村里一少妇逛门子赶上别人家炖肉,吃上一片,回去说了有多香。不得了,婆婆一声令下,公公招呼小妇人丈夫和几个小叔子,俱各五大三粗,将她捆起来绑电线杆上,拿横条抽打得嗷嗷叫,趴炕三天。

奶奶倒显小巫了,仍刻薄,说家里没吃的,非撵母亲回娘家生去。奶奶当太爷、父亲的面说得天好,一走就锁起了食物。天寒地冻,母亲怕饿死,挺着大肚子回到娘家,攒的十多个鸡蛋也没让带走。"你姥姥哭了一通,家里也没吃的,她拿上口袋,走几十里山路去黄旗镇她娘家借米,回来时后半夜了,深山老林荒草没棵的,一对绿眼睛直晃,要不是带着火把,差点儿被狼掏了。"姥姥饿得走路绊腿,脖颈儿托不住大脑袋,前俯后仰,这是多悲凉的事儿,母亲说的时候竟然笑了,说那样子真招笑。我吃一惊,原来再悲伤的事经了些年都会变味了。满月后姥姥送母亲和大哥回家,奶奶还耷拉个脸,没吃没喝回来干吗?哪怕装装样子稀罕一下孩子,没有。母亲灶前院里忙着,孩子就是哭岔气了,奶奶也不应个声,反气哼哼说扰了她清静。当妈的也是捡老实孩子欺负,硬气的她才不敢。

奶奶自己买点心吃,饭桌上刻意吃得少,母亲还奶着大哥吃多些,要盛第二碗奶奶的脸"当啷"二尺长,马上锁碗橱了。母亲刷锅见有锅底子铲了吃掉,恰被奶奶瞧见,劈头骂:"不好好吃饭扒拉锅嘎巴,让人看见还以为我苛待你呢,长个草包肚子,多大家业也吃穷了。"夺过铲子浇一瓢泔水喂猪去了。

四

"一群讨饭的羔子。"我们"吵儿巴火"过了河,奶奶赶紧关屋门嘟囔一句,认定我们土里刨食上不了台面。母亲侧面知晓了这句话,并不去辩解,因为父亲孝顺。

父亲生六个孩子,赤条条给不了奶奶几个钱儿花,纵然种地挑水干粗活儿累个臭死,她也嫌弃,没多少好脸色。父亲给奶奶耪一天地,奶奶做了晚饭,父亲抱着大弟去了,奶奶竟没给加一双筷子吃上一口菜,就让大弟干瞪眼看着。父亲刚强,快扒拉一碗走了,奶奶一句话没有。父亲脸色戚戚,回家放下大弟吃饭,就趴在柜盖上蜷成一只伤兽。

但我们姐妹仍抓个空儿就欢天喜地跑过去,抢着帮奶奶扫地拾掇,去井泉抬水,一路掐那角蒿的粉色小喇叭花,清凉的水花在缸里奔涌,奶奶像菜园里老棒棒的西葫芦种,通体金黄七分慈祥了。

奶奶说不能动弹就喝耗子药,死也不会来我们家的。但最终她到了鄙视一辈子的我爸家来。奶奶有点儿愧疚,"他二嫂别计较过去,看孩子吧。"母亲说老人落到谁家是福分,是得了济。

奶奶身体"糠了"。她抻着脖子嘿喽一声,尾音哆嗦不止,夜里微睡,看她披着棉袄光着瘦腿下地,影子骷髅一般强支着,开柜掏苹果点心再锁了,捂在被窝吃,我们不馋不看,因不懂也未曾害怕。奶奶最后一刻是恐怖的,她跪在炕上捯气,父亲端着强心针过来,奶奶上身忽地蹿起,脸有脸盆那么大,嘴有小碗那么大,想捯回一口气,身体却像漏气的口袋迅速塌顿了。

而父亲还不到六十就上山侍奉奶奶去了。我们曾怨母亲目光短浅,非让父亲回乡,改变了我们的命运,忍过了奶奶就是大家的好日子。但这正像我们也说父亲再忍几年,我们宽松些好好给他治病享福,但怎么能等,有多少不能忍不能等,是无法左右的。

多年后忽然看出端倪。我后来码字了,得益于一个阔大的乡野滋养,父亲就需要回到耕稼生活,如此父亲的委屈、奶奶的凉薄、母亲的背锅,源头尾端都在我这里。看似个人选择,一饮一啄皆是前定。而爷爷退场太早,奶奶站到主场,都替我们阻挡了残酷的烟尘。

你和疙瘩之间总会有一把剪子一剪而通,我和奶奶之间就是一帧充满热望的剪纸,妩媚、丰饶,让我问鼎来路,梳通纠葛。这时候再看顶棚,繁花涌起,枝枝有光,正如一句春联:春风化雨雨已来。

五

我对剪纸的迷恋不是三早晨两晚上,是源于家族的根深蒂固的喜欢。一想起棚花云子,被淡忘的奶奶即刻返青了。但因为爷爷的悲情命运,奶奶必是悲情的人。

奶奶家是八旗留守驻军后代,镶白旗,耕种生活,冬天开着剪纸小作坊,奶奶懂女红也能识文断字,才会嫁入中医香草大院。爷爷师从太爷,号大先生,又是邻村村官,算有名的乡绅,奶奶作为长房长媳,过了门就接连生下一女三男,太爷喜欢,大奶奶的生活也过得有棱有角。两位前老太太离世,奶奶打理大院一切,也有雕花手镯,梳过如意头,杏核油抹得锃亮,侍候太爷饭后回房里,也叼过二尺长大烟袋,千层底上磕得咚咚响。奶奶极会配色,哪怕大小盈掌的钱包也精致细密,刺着一枝并蒂莲,后来我见着喜欢,把攒了多日嘎嘎新的十张一毛票收进去,可村里炫耀,回家一摸兜钱包没了。

炫耀的结果是诞生了贼。比如狗,家家都是笨狗,你家突然有了黑背,还全村带着跑,一些人面上夸赞暗里磨刀霍霍了,把狗骗出来拴到松林子里,再看到狗已剩下半拉骨架子一撮毛了。树大招的风,出头椽子淋的雨,都是匕首,即使低隐着,风头也能打进去。

一伙人嫉妒做扣诬陷爷爷,爷爷决不认下,受尽酷刑而死。这些苦后人几句话就说完了,奶奶日夜心痛,如她刺绣,一针一针都刺透肉里再拉出血丝来。爷爷竟没弄个衣冠冢,奶奶千秋后仍独自一人眠冢上。奶奶上山下地跟大老爷儿们一样挑粪,一路不歇直闯山梁顶,红彤彤的"铁姑娘"号就扣上了,那么大口袋你扛,顶风冒雪去山上喂羊喂牛也当仁不让,呛出了肺气肿也要豁出命来。夜晚插上门一摊铁水自行呜咽去,苦跟谁说?下有四个十岁左右孩子,上有老太爷,比她还年轻的三老太太又陆续生了六个孩子,得上前侍奉。二爷在镇上行医,时常骑马回来看太爷,奶奶总要接到大门外,拿小笤帚细细致致为其扫尘,抻一抻皱褶,殷勤问候。二爷怜悯大嫂,多少能填补点儿银子。

小时候听了"铁姑娘"直想奶奶英姿飒爽,现在极其反感"铁"字,愣把一枝花朵般的民国少妇锤炼成铁,或以铁形容女人就是戕害,是压榨、逼迫与欺凌,我看见奶奶被锤扁的痛苦、扭曲的肌肉,听到不堪重负的骨头欲裂未裂的脆声。

冬夜漫长,奶奶就去赌个小牌,屡败屡战,她们看中了奶奶的手艺,故意整局,奶奶实诚,钱输光了撸戒指耳环,奉上二尺长的铜锅大烟袋,夏天把两垄烟叶子晒干也顶账,秋后一升米一升豆地往人家送,还不够,人家慈祥地说,不如做些针线活儿和剪纸顶账。

爷爷去世后,奶奶早没心情剪纸剪窗花了,只得再拿起来,白天累到吐血,擦擦嘴角血沫子煤油灯下飞针走线,绣鞋帮、纳鞋垫、绣大袄、肚兜,拿高粱秆钉盖帘、做笆斗。用黍子篾绑扫碾笤帚。年前就拿彩纸剪窗花,带气眼的大顶棚花,对称四个抱角云子,剪着剪着伏桌号哭。账才还清了,奶奶的手又刺挠了。

我喜欢抱角云子之名,应该来自置石的"寸石生情"术,减少墙角平板呆滞,置石于外墙角称抱角,置石于内墙角称镶隅,云子在屋内,似乎叫"镶隅云子"更妥帖些。它们填补了棚的寂寥,是捧月是配角。但云子或吞吐,或缠绵,或激荡生发,与中间顶花遥遥呼应,便觉眼前生意满。正如戏台上武将后背的四杆大旗代表千军万马,纸上亦能剪出江山大河,焉能没有寄居的魂魄。

纸上有魂。比如葬礼上就有招魂幡、托魂纸。母亲说父亲老下后总回家看她,大脑袋撑着门要进来,大白天他喝水的茶缸自个儿摆动。香头说得送魂。拿啥送?纸,黄色剪纸画符,我们姐妹仨夜间十一点燃纸符,绕母一周,请父亲尽快去往西天投生,父亲的魂就转到托魂纸上,由我们送往村西小庙启程西天。星辰幽谧,唯有深信,薄薄的纸符能托得住魂魄,也托起阴阳之间神秘的灵息。

下了剪子画了符,纸就召唤了自然与神灵,沟通了阴阳两界,确是寸纸生情,纸上传奇了。

六

旧年常跟母亲去镇上,一家家看窗花、揭窗花也是美事。窗花成品一摞摞用针别满黑色大布,挂在墙上,叫窗花帐子。

多美，想去就是一幅热闹的戏曲红尘，"红花姐，绿花郎。干枝梅的帐子、象牙花的床。"嘎嘣脆的幸福感。大帐子窗花款式达一百多种，小帐子也有五六十种，态色翩跹，一帐繁花，人们互相挤着讨价还价，指头冻僵了还一帘帘捻。

窗格太小显不出格局，因少了留白，窗格大窗花小也抠抠搜搜，总要适应才春风荡漾春水多情。一年除夕夜，母亲忙得上不了炕，令十三岁姐姐贴窗花，村里小姐妹们穿红着绿一拨拨找她玩，她哗哗掉眼泪，费了好半天才粘上了，花叶扭着压着，母亲看看笑开了，好歹也叫一室生春。除了风雨侵蚀不可撕掉，小孩子扯坏了要挨骂。

一家城里媳妇回乡下过年，见家家都贴窗花春联，愤愤说，多烦琐，咱家就不贴不行吗？婆婆白睐一眼，绝对不行，多少年传下的规矩，老祖宗的眼睛都看着呢，谁家有老的去世才不得不过个素年。她打了个激灵。

不知不觉间窗花捎色了，捎去的是旧日子，这一年的苦辣酸甜，换新符时会有重重感恩和振作。贫乏年代，人们竟有本事令满屋都回荡着春天味道，完成心灵的修补，剪纸里就有一种精神，承载喜乐，击退漫长冬日的枯冷、空虚与惆怅，是神在满足我们的情感需求。

后来腊月再去镇上，满大街都是俗艳的印刷体，竟没有一帐窗花了，我不甘心四处打听，才在古戏楼后墙角找到一挂，青黑帐子冷清清挂着，一对老年夫妇守护，有五六十样，欢喜，两元一对，经典款都拿下。清瘦的老先生保镖一样帮腔，

"明年贵贱不刻了，费神费眼睛，弄不动了。"没有需求没有承继就消失了。老太太颤颤地捻出一对对窗花，仍用写过字的作业本纸卷好，多年没变，亲切。怕以后没有了，兄长又给我买了六十对窗花，那婆婆乐了。

纸薄，思想是重的。就如我们要消灭肿瘤，改变环境让肿瘤细胞活不了是根本。对于窗花的美，至少留几个窗格，一个喘息的气孔，方可绵延下去。但往往是外面呐喊鼓噪的人多，少有人真正走进去。

糊窗那天风特别狂浪，窗纸才对好窗格，大风哗啦暴贴上偏左了；揭下重对格，又呼啦扑打偏右了，或咣唧翻上面去，还好窗纸柔韧没有损坏。粘好窗花，老妈审视一下说，都没早已的"碎活"了。但仍有味道。除夕与母亲守夜，窗纸恰似清白透粉的帐子，鱼跃，狗旺，鹊鸣，花弄影，凤凰于飞。"此日此时人共得，一谈一笑俗相看。"正合了杜甫诗。

2019 年春节我年初一回家，一进屋觉出不对，窗纸上白荡荡，竟然没贴窗花！那种空特别扎眼，窗户没魂了。窗花呢？原是我都拿走纪念了，市面上也没了。那么寸，老妈春天病重，端午疏忽辞世了。

奶奶概已知晓，早拿出家伙什剪好窗花、红双喜、棚花云子布置新房了。

七

似乎窗花式微后，剪纸一词才火起来。正如米开朗琪罗说雕刻，形象早在石头里隐藏，只等凿子凿出来，纸上早有自然万物，等待那个剪刀手。

一扭一抖腕，"才下眉头，却上心头"，那一阕独特的"丰宁弯"，像大拇指随意那么一掐，像青衣回眸一摆荡的小蛮腰，使那劈毛根根窈窕，不凝不涩。剪刀深入纸里，心神合一，驱动曲水流觞，成思想的田园、精神的图腾，剪刀不屈不挠，纸下山河辽远，细小亦庞大。

剪纸玩到大气磅礴就得数清朝，瓷器书画上，棉布衣物上，都有精湛的剪纸形象。比如"室上大吉"，石与室，鸡与吉，谐音美好，古称"鸡王镇宅图"，我家进门玄关处就有一大幅红色剪纸，巨石上大公鸡精神抖擞喔喔高叫，牡丹花卉亦蓬勃怒放，驱邪避灾，富贵吉祥，民间求的就是这。

民间文化符号犹如生活的包浆，承担人的内心供养与精神，一旦它连根失踪，那一代人的内心就会没着没落。但我也相信，剪子最能左冲右突，会在纸上寻到多条路径，柳暗花明。一次在非遗剪纸坊间蓦然看到，顶棚团团鱼戏莲花，四角云子风生水起，如获至宝。

奶奶复活了。糊完棚后，奶奶端坐炕桌前，叫孙女拿"起灯"点灯，铺纸折叠，掏掏剪剪，兜兜转转，展开一片锦绣。

一摞子顶棚花与云子托在奶奶手里，过长廊给东厢西厢的太爷、各房爷爷、叔伯家送过去，小阳春的暖光落在她蓝黑色大褂上，衣角两朵桃花不事张扬，过个时辰各屋窗户、顶棚就鲜活起来,仿佛素身穿戴了凤冠霞帔,端庄妖娆了。

奶奶的茅屋一直黑漆漆的,但在梦里始终灯火通明,窗户大而亮,窗花灿如桃李,棚花云子鱼戏莲叶东,正是那句最好的诗:"严霜烈日皆经过,次第春风到草庐。"

八　升　命

一

老婶说，托人淘腾到一个"臊挠子"，接骨最好。这东西矿上出矿难时用得多，小煤窑乱开采那些年早市常卖，周边快吃绝了，煤矿下马后少见了。老婶说，等炮制好就给大弟送去。

老天爷怎么老盯着瞎家雀使劲儿啄？亲戚们叹息着。大弟的人生简直就是战场，险象环生，仿佛有个隐形对手不服输，总揪着他掰腕子搞袭击，他一次次被撂倒了，但最终鹞子翻身、兔子蹬鹰，反败为胜。

大弟三岁得病，人中一扎一个窟窿，父亲已备好了干草卷，他这才吧嗒睁开眼了；大弟不爱念书，被父亲拖地上打，棍子抽两截了，不躲；春天种地，他打死一条草蛇埋进粪堆，吓着了施粪者，又挨一顿暴抽，发高烧三天起不来炕，输了液才活过来。这些磕磕碰碰都是小皮毛。因特能吃苦扛重，二百斤大麻袋玉米一个人撅起来就走。

大弟十八岁成为光荣的煤黑子，在掘进区二十八年，中间出了一次严重坍塌事故，整个人被压进煤堆。巨大的煤块仿佛隐形人的黑拳头，重重擂在他后背上。他艰难撑起，又一巨拳擩着擂下去，往下按压，要压扁了，压进土里去，他使出能使的力气往上拱。就是再撑数个二百斤重大麻袋，就是王屋太行压顶，脊柱弯了，劈缝了，肋骨一排断了，也不趴下。强造出一个呼吸的小窝窑，他内心怒吼着。煤友不顾死活救援，他成功脱逃。

但从此大弟身体成了废墟。前一秒妥妥当当大树一棵，后一秒逼退成杂草里的弱苗，要被欺死。仍下井，干点儿轻活儿，工钱少，但需求不多，以为就此养老。煤层却提前刨空了。

迷茫着，他刨了两年药。山快刨空了，他被安置到一个水泥厂。大弟住厂里，得空骑摩托车往家跑。两年后的一天，暑期上班路上，前方突然横蹿出辆小轿车，大弟划着急弧闯出去，大腿骨沿着一个震动波断裂了。

这啥命？他说八升命呗，怎么也求不了一斗，总是欠那么一点儿。世人多不过是八升命，所欠一二升是什么，米粮？运气？健康？

八升也是脱贫了，小富可安，这一撞就不及格了。小家庭秋霜洌洌了。对方全责，可锛子儿没有。又可幸厂子及时过话，定工伤，好了上班，背后"欻"地立起一堵暖和和的墙，化去繁霜。

煤城的亲戚们疼他,大娘八十六七了,一定要亲自到现场慰问才行;老婶七十多了,一身病,腿脚不好,还要出一份力,亲自为他炮制民间偏方。因为信,就会产生治愈的力量,养精气神,击败隐形对手。

臊挠子是什么东西?我第一次听说。他们这般信,眼睛闪着热望,好像臊挠子真得了天地间神力,蕴含最丰富的钙质,助他一臂,碎裂的骨头就像黏米面包饺子,一捏就成了。

二

我从"臊"字回溯,自行脑补该是猪尿脬一类动物器官。

小时候家里杀猪,师傅会取出猪尿脬吹成肉粉大球,我们踢着玩。猪尿脬踹不坏,臊不噔噔的谁吃它。但一个小表弟就吃过,他是尿炕精,说大点儿自然好,十岁了也不改,半夜被舅妈笤帚疙瘩抽起来,褥子呱嗒呱嗒湿,撒出去晾,小表弟半迷瞪半委屈蜷缩着,被子连铺带盖睡,料不到成吉思汗马蹄太疾,第二泡又在被子上"开疆拓土"。那一条炕都快尿塌了,屋里的湿臊气不断,招来老蟑和鼠妇。我去姥姥家住舅妈那儿,半夜起夜,骤然一亮灯,地上的虫,互相惊了又惊,它们碰撞着溃逃了,我硬憋着不下地怕咬屁股,看别人呼噜呼噜睡得香,好功夫。不老不小老尿炕不是法子,舅妈求了一道偏方,腊月家家杀猪就去要些猪尿脬,一个个炮制起。

残液留着,塞进两三个八角、茴香,以驱臊臭味、利疝气,系紧口备用。生泥火炉，细柴文火，上置一片瓦，铺展开猪尿脖，倒扣另一瓦片，慢慢烘，翻个儿焙，至透酥，研末，不臊反有一点儿肉香。早晚就水服用，一出正月彻底好了，赶紧拆炕重搭。民间有语，小时尿炕大了出息，小表弟后来果真混得好，还养老人，舅妈九十了，叼着烟卷而坐，尽享子孙的福。

只是，这猪尿脖虽然臊气重，不是臊挠子。

三

婶婶描述模糊，臊挠子像耗子，又像小猴子，松树林子、河里沟里有。原来是小动物。

想起一则小文《猱之爱虎》："兽有猱，小而善缘，利爪。虎首痒，辄使猱爬搔之不休，成穴，虎殊快，不觉也。猱徐取其脑啖之，而汰其余以奉虎……久而虎脑空，痛发，迹猱，猱则已走避高木。虎跳踉大吼，乃死。"

这则故事还真是搔痒挠痒之意，聪明又狡猾的猱就是搔猱子，古书里的一种猴，也有说是南美洲的狨科软毛猴子，称之为狨。自然不是民间的臊挠子了。

直接否定家鼠，有鼠疫危险没人动。也否定黄鼠狼，黄大仙声名远播，性子很贼，人和它对峙多年闹不过它。上天给动物生命，就给它活命的本事。关键黄大仙，满族人的保家仙，受香火朝拜的，哪儿好意思吃掉。黄大仙还记仇，不厚道，躲着点儿好。

那是不是花狸棒？花鼠，松树间的小精灵，跳跃敏捷，筋骨貌相绝佳，孩儿们的欢喜。

盛夏早晨，我在东山根水泉逗弄一头驴子，坡上松树林子鸟鸣啾啾，我随即扔下驴子水汪汪一对桃花眼，钻进松林寻鸟。最近的一只早踩动枝柯往南山飞走了，是常在驴背上念经的长尾巴帘。仍有鸣声，遂坐树下听，阳光照进来，脚边一枝金簪子花，幽林里烛光一样，舍不得掐，捡了两个松塔，瓣瓣紧致，顶端微开状如花朵，抠出一粒松籽，油油的棕黄米粒，剥开小仁，愈嚼愈香。

此坡都是落叶松，年少时我参与过植树，是我同龄的亲人，树形高耸，松枝锦绣，松塔排排坐，仿佛一角角飞檐蹲满了吻兽，凝视我的出发与回归，非常耐看，我折了一枝玩。

正在此时，对面密密的松针间冒出一只花狸棒，黑黄相间条纹，尾巴蓬松弯翘，眼睛闪闪发光，小爪灵活探进松塔瓣内探究，蓦然发现我，蹿到后面树杈上了。远处一棵老杏树下，一只地花鼠隔着几枝桔梗花捡杏核，腮帮子鼓嘟嘟了，贼亮的眼睛四处瞄。我不敢动，它也唰唰穿过草丛遁迹了。

当年大弟腿快手准，捡蘑菇时徒手抓过一只，给小弟当宠物，溜溜喜欢了一天。它瞅个空子逃走了，没人祸害它。

但臊挠子身上没有花棒棒，饶过了。

四

我家后梁还有一种大灰鼠，叫山耗子。

山耗子身子扁，比家鼠大，棕黄色毛，两腮有嗉囊，是偷粮能手。山耗子有小分队，夜间先派探子打探，熄了灯，山耗子排着队跳着芭蕾舞下山了，到棒架下咬食玉米棒子，小碎牙比人手利落，装满嗉囊太沉了，腿撑不住，只得爬行，好像拍地上了，老辈子就叫"地拍子"。

南方把山耗子叫田鼠，据说肉香。国外有个民族甚至抓山耗子当彩礼。想娶我家姑娘，先拿来四十根耗子尾巴来，考察新郎智慧与能力，完全齐整的不要，大小粗细不一，有新有旧，才证明亲自抓的，这人能养家糊口，姑娘就嫁过去了，还陪送一头牛。

北方没有人吃，凡鼠类，都冠以鄙陋肮脏，见之喊打。家老鼠吃粮食小打小闹，山耗子下山就可观了，每夜棒架底下一堆棒瓢。几乎家家下老鼠药，猫狗也药死了，鸡也给药死了，家老鼠没见少。父亲下了铁夹子，半夜听到吱吱叫，血淋淋在挣扎，有时留下一截断腿跑了，能消停几日。棒架打完了，一只山耗子冒险进屋找粮，沿着柜底下出溜，家鼠不干了，与入侵者掐开架了，都不肯撤，大弟啪啪两弹弓打瘸了。任它逃，尾随上山，在地边发现了山耗子洞。它们智慧，洞口两到多个，地面上的出口叫天井，先堵住，再从其他洞口挖，一窝内四五只害鼠。地洞七拐八弯，储粮间有榛子、橡子、玉米、黄豆、高粱、土豆，人种啥鼠有啥，装了半口袋五六十斤，回家喂猪了。挖过几次，绝不走空。山耗子未雨绸缪，值得表扬，北方冬天太漫长了，人鼠大战也是体力游戏。

山耗子也不是臊挠子。

五

忽想起我端午回家拍的小松鼠,给大弟看,"就是它,大湾、洞里、大石头底下多了。"

豁然明了,臊挠子就是扫毛子,大名岩松鼠,说白了,跟臊味没丁点儿关系。

端午早起去大湾采艾草,河滩上杨树林成势了,梗白叶翠,巨石横亘,溪水漫进草丛,岸上艾蒿密生,硕大肥绿。我拔出一枝长蒿甩着走,喝咧喝咧唱着歌,突然与石头上一只松鼠对眼了。松鼠挺胸抬头,不像耗子尖嘴猴腮奀拉眼,小耳朵立生生,小爪搭在胸前,深灰色,尾毛稀疏而蓬松翘上去,成为自家屏风。我傻愣愣往前闯,它大眼嘟噜盯我半天了,有点儿嗔怪,小嘴气哼哼,突然一个跟头翻下去,毛烘烘的尾巴扫过石头坡,钻缝睡回笼觉了。我往前找,挨肩两个石头盖上赫然又现三只,瞭望着讨论着,客从何处来?说声一二,同时折下石头,再不出来了。

这就是传说中的臊挠子,单纯萌傻,不靠近也不躲人,自然放松,我手里若有弹弓一石子过去就玩完了。

六

臊挠子骨是动物药,左腿伤了吃左腿,右腿伤了吃右腿,哪段有骨伤就吃哪段，大弟全身都有损伤，全入药。老婶说臊挠子特不出数，一百五十元钱一只，剥皮后就弯弯一小坨。

连骨带肉切片，阴干，柴火炉最好，没有只能用煤气灶小火顶着，仍需瓦片上烘焙。在城里找一片瓦也不容易，买臊挠子时特意请人家带了两块瓦，一铺一盖，老婶就守着，翻个儿，不糊不焦，直至肉骨都酥了，整整焙了三个小时，年轻人哪熬得住。偏方用的是心血，虔诚老婶像待自己的儿子一样用功夫。没有药碾子，就在面板上，拿擀面杖压成粉，小细罗筛面，渣子再磨再筛，鼓捣一天才得一瓶。

把那么多情用在药里面，尤其老人的疼爱，难怪会管事。

臊挠子粉需用黄酒调配，味甘、咸、辣、冲，多像生活的滋味，一天两顿，一包五克多点儿，白天吃，晚上停，多了上火聚大包，有劲。

都吃完了，身体里就住进一只完整的动物了，神魂都在，像一棵树枝丫伸展攀爬，打通了各处关卡，这就是力量，活血化瘀。眼睛上眼睛，脑子归脑子，思想入思想，胳膊腿脚给出岩石般的健壮与伶俐，腰腹柔软而有弹性，还会带进那片山谷的草木本心，潺潺水汽，皑皑白月，它的自然圈、小宇宙。想想不管你走多远，哺育你童年的动物，甚至你打杀过它，但最后它参与了救命过程，修修补补重塑你，这就神奇。

好像穿了内铠甲，是最深切独特的契合，你要多么感谢它的奉献。

但也许是另外一回事呢？一只臊挠子跟你前世夙缘未了，

想进入你合二为一，这才诱发一场祸乱，唆使一辆汽车失去控制，在你必经的路上，使你的骨头裂缝，它就得着了机会。万物关联，谁能说得清。有时一种机缘，更像是一场阴谋。

或者说某一阶段，人的精神更契合某种动物的习性，狼还是狐狸，羊或牛，有时会像一匹马，有时是猫，人有意无意或杀或吃了那么多动物，受点儿伤病也不全是冤。

而臊挠子，原来它籍籍无名，现在高于河谷草木，它以粉身碎骨拯救人的骨头，比人更加无辜。

寻找臊挠子的历程，就是我重回自然的旅程。我以为知晓村庄够多，但仍是浅薄，一条沟谷的鼠类都这么丰富，也各有快乐悲伤，没注意的又何止千万。自然是恩师。

七

大弟说，花狸棒、山耗子、黄鼠狼，甚至家老鼠也都治骨伤，黄鼠狼接骨最佳。为什么非要臊挠子？一辈辈传下来的，必有其独到处，信就是了。有金色的颗粒正在注入，骨缝间密密地出芽、生长、接引、融合，有大希望，重新锻造一个好汉的筋骨。

不只臊挠子骨，凡是利于接骨的东西都要用。

黄瓜籽、黑芝麻、生菜籽、扁豆、芸豆们，也从各条溪谷走来了。热血沸腾的，混炒起酥，在蒜臼子里捣成面，借月宫捣药的神力，早晚冲成糊吃了，补充钙质和维生素。药可以疗伤，食物和情感却是更好的愈合剂。

弟妹坐床头细心剥面瓜子仁，臊挠子骨破淤开路，其他营养也要跟上，前前后后剥了五斤多，一粒一粒滚在一起，成把，成堆，这就是细碎的生活，是地久天长，都吃完了，骨头就长好了。

八

满桌子佳肴饮料，一围人笑语寒暄，小女不吃东西、不看人，就握着她父亲的手，蜷进父亲怀中，小鸟一样唧唧哝哝，眼睛心里只有身体支离破碎的父亲。这是为父的重要支撑，是他的光明和快乐。

他在纸上写道：经历了撕心裂肺的痛，也收获了家人的温暖。大难不死，必有后福。但行好事，莫问前程。

他是被命运反复搓弄的人，也是精神明亮的人。很多人经不起一点儿折磨，仅仅失眠几个晚上，就连篇累牍生嗔怨，说痛苦，而真正一身苦难的人却在风雪中行走，坚韧地抠紧生命的筏子，渡自己过河。

一日煤黑子，终身有煤的光芒，他身上长着煤魂。

九

煤掏空了，大地在自行愈合。

大地有的是时间，人的一生有时不够疗伤，如果是精神的坍塌，就更难了。

在大弟身上我一直看到那个重量级的词、信念。他要种地，也是最好的农夫、五谷的亲人。他要在乡村，别说臊挠子类动物，整个山野都是他的呼吸。

飘出去的种子飘不回原地，动植物们反倒是给人上了课。取之自然，也得自然关照，一个人的命运就有了历史纵深。苦难分泌出闪亮的盐分，委屈也就不那么过于悲情，我们也就摆脱肤浅的伤感，放松拳头解析生命。

八升命才是生长的状态。一个盆栽，土太满就无法容纳水，就得欠一些，水、肥料、风都到了，植物愈发蓬勃，上下求索，活脱一斗的丰采了。

生命就是一个容器，不能容了，才是真的悲哀。

戏 文 时

老戏是我的妖。着红缎小袄,乌发碧眼,油亮的绿檀木簪,嵌硕大夜明珠,自童年的梦境冉冉来,青枝绿叶盛开了。

等着等着就成了皇后

九月回乡小住,一进家母亲眉开眼笑,说赶得挺是时候,村里要唱大戏了,河北梆子,剧团都来了。那表情好像她是戏团主人。竟是真的,开天辟地头一回,村里人二十多年戏毛子都没见了,万没承想大戏台呼啦就搭在了家门口,三里地,遛个弯即到。村庄情绪上来了,像过去念的歌谣,"电影车,刚来到,大人小孩齐欢笑"。

唱大戏自然有个由头,是村里在安装自来水,又是头等欢喜事。拖拉机拉着工人轰隆隆碾过河滩,钩机开到大湾,蓄水池砌好,玉米地系上了红绸带,放炮祭祀水神,许五天大戏。

这一天早晨,老爷爷奶奶们拎着马扎远远走在前头。一个妹子说要打麻将,锣鼓响起一骗腿上摩托车飙下去了。街头溜光，鸡狗也不见，是大撤退。

戏台是新砌的水泥平台，就在村部玉米地旁边，翠菊热烈，三马子、条凳左横右杵，四邻八村风闻后投亲靠友来了，一场比一场人多。关键老人都懂戏，闭着眼也知道下段是啥。

首场《大登殿》，开得好。河北梆子唱腔就是高，高处的行云流水，句句力拔山兮上房揭瓦，十八甩后荡上云霄仍格外圆润，抽枝、结蕾、满庭芳菲，突然凌空大雕发现了什么，摆翅疾速俯冲下来，陡峭处紧张、刺激，然后妥帖地扎住了猎物，腾飞而去，锣鼓铜钹胡琴拉起了凯旋曲……你跟上一段转一回，五脏六腑陈年积滞的霉坏情绪都甩出去了。

少时上山坡放猪，猪沉迷于虫草，我按老戏打扮。掐两枝幽蓝翠雀花插在高耸的牛角辫上，再插两枝长翘的狗尾巴草，脑后飘摆雉鸡翎，耳朵挂一根梃儿"兔子酸"，长梢开满密碎的白花，也叫狗尾巴花，正是胸前双搭狐狸尾，再撅一根长荆条踏着细草走将起来，凤展翅，踩云霄，咚镗来个卧鱼儿式回枪望月，"天门一百单八阵，阵阵有我穆桂英"。正美，母亲拎着菜刀站当街长喊："猪都跑回来了，赶紧回来推碾子去！"什么，让穆桂英放猪就罢了，还要推碾子？跟头马趴跑下山，撸掉满头植物，不忘唱一句"推碾子，我不爱，我为将军下山来"。却不知还有一枝花鬓边斜插，颤巍巍就是不落，母亲灶下烧火同时哐哐切菜，愤愤然拎刀骂着臭美冲过来，扯下我头上花枝扔进灶膛了。

看豫剧《穆桂英挂帅》电影，等啊等，终于她头戴金冠压双鬓上大妆了,"我不挂帅谁挂帅?我不领兵叫谁领兵?"好,吊足了,"辕门外三声炮如同雷震"了,上阵投枪大战几轮呀,幕上飘出一个大字"完",不信,不走,这叫啥挂帅,光炫耀不来真章,气得一夜睡不着。

豫剧实际听不惯,河北梆子曲调高昂,却不是声嘶力竭掐脖子,它有回旋余地,放纵又收敛,悲里有风声,呜咽里有刚强,喜欢了得意,得意里也有温煦、有体谅,有人世的善在。王宝钏破瓦寒窑一十八载,挖的就是山上的苣荬菜,本来菜是甜的,王宝钏哭哭啼啼对着大地说苦啊苦,菜就苦了,饶是这样,民间也不埋怨王宝钏,反说苦菜去火治病,反为她打抱不平。她的悲欢也许正是她们的,王宝钏有了出头之日,她们也成了皇后,得意呀。

猛想起二月二来龙抬头,梳洗打扮上彩楼
公子王孙我不打,彩球单打平贵头
寒窑里受罪十八秋,等着等着我做了皇后

母亲路上讲戏就说了这段唱词,脸上欢喜,好像她二十出头少妇时。但她又说民间流传结局并不好,王宝钏苦等不到男人回家,祈求道:受了十八年苦,哪怕做十八天皇后也值了。果然王宝钏十八天风光后就死了。当然戏里不会这么演,皇后桂冠一戴一夫唱二妇随就完了。谁能闻出一丝悲凉?倔强背后的委屈说不尽,《大登殿》有多欢喜她就有多辛酸,没孩子也不能再生了，后宫生活还是寒窑一样寂寥荒冷。

乡村戏台的好就在于台上明明在演，台下仍觉得是真的，是可以掺和进去的。王宝钏挖的苦菜就在山前梁后，她们也挖了几十年，是直接蘸酱吃。她会不会做酱，可有做酱的面？没有，那一定是热水焯了剁碎，加点儿盐和些玉米面贴菜饽饽，如此台上种种把人家当成自己，人家有出头之日了，咱也要好生期盼。城里的大戏院光景不同，我坐第三排正中位置看《龙凤呈祥》，北京京剧院板板眼眼都是教科书级别的，但孙尚香绝不会是我，她下不了台，我也深入不了戏，她们母女后宫里哭得长吁短叹，却感矫情。是我上了些年纪骗不得了？看乡村戏台上，刮过玉米地的风刮过观众也刮过王宝钏，王宝钏往天上看是她们的天，往地下看是她们的地，眼神之间有交流，她哭她笑她得意原都是对着你来倾诉，她举手投足里的刚强，她断不把委屈当筹码的那种平和，你心上都有震动的。

如此台上演的并非前朝事，简直现世的生活了。南村大丫就入戏深了，她的前夫打工之后人间蒸发，五载没有音讯，大丫也几乎到了吃糠咽菜的光景，破瓦寒窑无比凄凉了，也做着薛平贵的梦，有一天他能扛着一袋子钱攒在她面前，一日三顿骂也行，天天给他洗脚烙饼猪肉炖粉条也行。但她是又嫁人十八年了也没有消息。

台上王宝钏"苦啊"，大丫先哭倒了。我特意盯一下她的脸，眉毛短而散淡，眼角像鸟窝，皱纹攒得细密，颧骨高，嘴唇厚，苦相。乡村枯守劳作的女人都是半拉架子王宝钏，却没有个西凉王送上桂冠,武家坡上,丈夫假装破衣旧袄调戏妻子,其实透着满满的心疼。

听过京剧《武家坡》,特喜欢那嘎巴稀脆的词,薛平贵微服访妻"调戏"道:"腰中取出了银一锭,将银放在地平川。这锭银子三两三,送与大嫂做养奁,买绫罗,做衣衫,打首饰,置簪环。我与你少年的夫妻就过几年!"王宝钏相府千金小姐,志节在,水平高,利落反讽之:"这锭银子奴不要,与你娘做一个安家的钱。买白布,做白衫,买白纸,糊白幡,落一个孝子的名儿在那天下传。"抓一把土扬过去跑了。一十八年,早把娇滴滴的小姐逼成邋遢的村妇了。

说大丫一直在家守着,婆婆咒骂她是个背兴鬼,一天哭丧个脸妨了她儿子,她走了大门清静,她儿子就穿金戴银地回来了,骂着骂着公婆二人冲进屋来,夺走孙子,插上大门再擂不开。这出苦戏是家母和婆婆家商量好的,要她再嫁也有个奔头,她也拗不过。

戏演到王宝钏昭阳院做了皇后,嫌贫爱富的爹爹也得靠她来拯救,这一番命运改观大可盛气凌人,大丫反是平和的,那不是她要的。她无数次恍惚,男人偷偷回来过,见她的家院墙半塌屋门长锁蒿草遮天,长叹而去。或者这是她一直以来的梦魇,她更加羞愧,也曾回去看望婆婆,儿子早不认了自己,她的良人真是没了,她再不能嵌入从前的光景,梦也不得做了。她忽然趴在二奶奶身上呜咽起来,二奶奶陪着掉泪,劝她好好过现在的日子。

· 213 ·

我见了也并未诧异,戏曲人物的命运无非取了一段前尘旧事,但经了演员沉入式演绎,尤其乡间舞台与自然山水的无缝融合,台下真情实感的参与,戏已经超越了故事,给出现世的东西,人们从中发现了自己,这是不隔。而剧院大舞台隔多了,或者给不了更多,辉煌的舞台看的不是故事,是唱腔、身段、拿手绝活儿,走出剧院觉得空荡荡,连故事、人世都闪了,没有日月山川大自在。

而乡间台上演员谢了幕,就坐在玉米地边扫帚梅旁,抽支烟喝口水,讨论烧棒子熬豆角喝两盅的事,戏里戏外不待转换,才下眉头就是平和的烟火气。观者散去也不过是从前山挪到后山,二道沟拐到了头道沟,都是山川本色,世道安稳。耳朵里还高调响着:"金牌调来银牌宣,王相府来了我王氏宝钏!"一摇头一耸肩,真想嚷出去,那就嚷呗,没人说你神经,能穿透一十八座梁坡,那才解气,眼前尽是清风明月,王相府就是母亲家,埋锅造饭去也。

二十年不看大戏尽管村文化如荒漠,根性的东西并未丢失,风吹野荡,新鲜活泼,我心头和村人一样明亮着,升起一股股的喜悦。

我与二姐陪着母亲慢慢走,说起大丫,原来她的生活早变了。后夫是个憨厚大叔,四十出头才说上个媳妇,又很快生下一双儿女后,他特别快活,也是街头女人的玩笑靶子,怎么逗也不恼,踹一脚给两杵子还乐呵呵,老鸹嘴子、烟袋油子讲得快活,嘴边天天挂着俺家大丫如何好,也知道疼她。后来大丫颇有些魔怔，或说癔病，做活儿丢三落四，时常自己絮絮叨叨。男人待她渐渐差了，每日把她带到山上，画出圈圈，让她刨小片开荒。如果她都刨了，黑天才回家，他就高兴，给她炒菜做饭；如果她老早跑回来，他便不高兴，便拿起手中够到的物什，烧火棍或鸡毛掸子、扫帚或镐头打她一顿，没得手的家什就拳打脑袋，她的病愈发重了。后来的几场戏《四郎探母》《忠保国》愈发热闹，再没见到大丫。

晚上则是孩子们的世界，流行歌舞晚会，代战公主连唱五个不让下台，不喜欢的就轰下去，乡村人率性，叫嚷、吼唱甚至上台跳舞，皆因这舞台是戏里的，也是他们的，可以纵情。我站前山上看村庄，还是偏远清贫，可是怎么看不够呢？大戏也是，从小就看就听电视里常看，怎么就看不够？是那里面有创世纪。

三天后我回城了，给母亲打电话，她说下午唱《蝴蝶杯》，多好的戏呀听不上。我惭愧了，母亲快八十了还能听上几场戏，我有啥急的。我忙说等以后再来大戏，我陪你从头看到尾。但两年后母亲去世，其间大戏再没来，我上哪儿找一个蝴蝶杯，倒入酒后蝴蝶翩翩呢？

戏文里拉上大幕，或喜或悲总要结个尾，但多好的大戏是演不出结尾的。

秋天回乡路过大丫家，院墙颓废亦无大门，似是破败相，原来她人已没了。说有一天阳光太毒，她又渴又累昏倒了，就在日头下晒，也不知多时醒来，快晒抽巴了，连滚带爬把自己折腾到一棵柳树下,是老坟地,还插着艳极的塑料花,她也不知怕,躺那儿慢慢等。

等着等着太阳落了,北斗星就在头顶,忽然金晃晃地砸脑袋上,头剧痛,她野兽般抱树撞击号叫,正赶上后夫来寻,以为她又犯癔病了,劈头盖脸一顿踹打,要把那个癔魔打出去。后来查知是脑瘤晚期,还真是身体闯进魔了。

春天,见那家红色院墙垒得四四方方,大铁门装上,显出了阔气,显出窗子里的红灯喜被,却早有个半老徐娘入住了。好戏原来是不断地生发,除了舞台谁也截不住。

古戏楼遗味

那晚的霞光里就是一场戏。巨阔的粉紫花瓣如山如河,从墨黑的山根喷上去,纵贯长空,浩浩汤汤,车辚辚马萧萧,路过啥,啥就壮丽了,古戏楼和关帝庙更添了尊贵与震撼。

民国初年,北京的戏班子来凤山戏楼演《定军山》,吕蒙陷害关羽,关羽手拿木质大刀紧追吕蒙,鼓点擂得紧,见关羽手起刀落,人头亦落了。血腥味传出来,我奶奶拽着大孙女挤向台前,吕蒙的脖子上,刀口还齐刷刷地冒血筋儿。

我奶奶倒吸一口凉气,多年后那声长叹还冰着了我们。镇上一旦有商人请剧团唱戏,奶奶一准撸胳膊挽袖子贴一锅圈玉米面饽饽揣上,黑丝网髻,抹杏核油亮光光的,换干净大裰,领着孙女颠颠地走了。不花钱不设围幔,人越多越吉利,有钱人高兴也是穷人的好日子。

漫天荒草的塞外黄土川突现一座古戏楼，本身就充满了创意。坐南朝北，明风清骨，九层石条台基，歇山棚顶悬山挑檐，青砖砌就的梅花丁到顶，万字点缀，五脊六兽。台面宽阔，倒八藻井，层层斗拱，木雕、砖雕、石刻、绘画，塞外第一古戏楼叫得自由奔放。

戏台底下八口大水缸，壮汉"呀——呔——"那么一叫板，青衣"呜——哇——"一声悲调，十里开外人家的瓦片也颤动了。台上那都是名角，谭鑫培、杨小楼、白玉霜、高玉倩，叫得响。天兵天将真是从天上踏云而下，下地狱真是地陷七尺，杀奸臣铡刀口就按在脑袋上，真真的血流。穿绫罗绸缎的摇扇公子，提笼架鸟的富豪商贾，坐小轿的官家小姐，骑毛驴的绾髻村妇，南来北往的商号，背筐提篓的百姓，杂耍卖艺的老江湖，人擦人，整条街巷那是密不透风了。

五月十三关老爷磨刀日，大型庙会铿锵开锣了。舞狮弄幡，二贵摔跤，二姑娘骑驴，小车会，吵子会，落子舞，抖中幡，细听"十不闲"小词儿十分有趣：

一阵狂风真叫大，碾子碌碡飞上天。
一口井刮到庙沟里，两头牛刮到北京边。

衣食未必饱暖，惯会穷欢乐，这是苍生的活法。闲了就去逛小吃街，那可是宫里传出来的手艺。芝麻油酥烧饼一层一层揭着吃，糖稀可别烫着舌头，再来一碗豆腐汤，豆腐必须卤水点，嫩滑清香拿得住；煎饼薄生生又脆又韧性；发面的烙糕暄腾腾烤出好看的花纹；千张道道手工青石压制瓷实有味，撕一片边走边嚼咂去吧；糖瓜一咬一粘牙，就爱那个咬劲儿；要粘劲儿你找驴打滚，就是黄米年糕，蒸好后趁热擀成饼，再撒上炒熟的黄豆面卷成卷，但在凤山你可不能说"来块驴打滚"，要说豆面糕，否则直接找骂；坝上的莜面窝子是纯拇指一窝一窑捻出来的，吃的是温度和耐心；木制的饸饹床子机枪一样架在沸腾的水锅上，经典的酸菜卤，那股酸香犹如蛇吐出三寸长芯子，勾出你的条条馋虫来。这一角正熏猪头肉，刷一层蜂蜜再来一层熬好的红糖汁，皮朝下放入熏炉，熏料可是秘密，有丁香、陈皮、肉桂，特别又加了柏木的锯末，出炉了，香、红、油、烂，切一盘下酒！石桥东胡同口突然甩出一嗓子"羊肚羊肝儿"，馋虫又振翅儿高飞了。

彼时百多头骆驼大队、骡马队从远方来，大车店哪儿还住得下，小二敞亮地吆喝，驼铃声声回应，路漫漫水纵横的绰约。待戏听足了，茶喝透了，买卖一宗又一宗谈得妥妥的，也有街头偶遇的情缘，这厢一月已过，鸣锣收兵。

但打我记事起，没在古戏楼上看过大戏，飞檐上蓄了鸟窝，啁啾鸣叫，倒不寂寥。有一年中秋前夜在镇上吃酒，说戏楼有戏，我立刻踏着大月奔过去，高跟鞋敲得街头咚咚响，心底花旦招摇。待离近些，却未听见撩人的腔调，电子乐轰响着，心知没戏了。仍想看一眼月下的古戏楼与关帝庙，广场上满了，各样条幅推车兜售商品，台上孩童在舞蹈。谁说戏台就只唱戏？

只可惜了那晚的月亮。大戏盛况在20世纪八九十年代已到尽头。初秋，庄稼尚未开镰，古镇一年一度物资交流大会开始了，历时半月，那人海了。

百多个村庄倾村而动，布兜小筐，牵牛赶驴，从沟沟岔岔挪将出来，人与物像流水淌进镇子的歌管楼台、曲街幽巷，又花红柳绿蔓延到大河上下。牲畜交流在河滩最下游，驴马骡子待价而沽，挨着的是林立的小饭馆，河西小商铺两排长龙，卖衣卖布、烧饼麻花，农具产品，还有摆个碧水荷花假船的照相馆，我母亲欢欢喜喜照了相。顶头搭起大戏台子，紫幔半开，挑长枪的男人和插满旗帜的女人对打练功，女人顺势来个《铁弓缘》里的十八转，惊着路过的一群呆雁！

两家名马戏团，河间、吴桥，各有路数，俊男靓女骑着高头大马，浓妆艳抹花衣彩旗，到主街上游行。狭路相逢了，初时各不相让，男郎女宾唇枪舌剑，剑拔弩张。待人越聚越多忽然绅士起来，各自退让，一队拐进西边茶馆胡同，一队侧身上了石桥东，人群亦分两路，跟着喜欢的队伍走。一家女人眉眼忒风情，离十丈远也灼心，娴熟自在叼着烟卷，不紧不慢吐出好看的烟圈，两手左抓右挠，一串串的彩带从手心飘出来，没完没了呀没完没了，她就仙子一样立在云霞中了。另一家十岁小女孩表演吊小辫，粗长大辫子编结在头顶，缠绕在一根横梁上，女孩吊在下面优美地伸展、劈腿、唱歌，掌声喊声不断。

近了，看她的泪窝窝水流也不断，满脸横肉的胖男人拎着棍子盯着，孩子吊在杠上撒着欢儿舞蹈。

戏更揪魂。台上的生死爱恨都搁心里装着，小姐书生员外媒婆包公奸臣，唱词道白一转一扭都门儿清，甚至演员的眼角眉心皱到什么程度，今年穿的戏服还是去年那一件，水袖上的斑点折痕还在那儿，更兴奋了。正演《杨八姐游春》，老太君要财礼这叫痛快。

我要上一两星星二两月，三两清风四两云；
…………
蚂螂翅膀红大袄，蝴蝶翅膀绿罗裙；
天大一块梳头镜，像那地大一个洗脸盆。

台下人乐得直拍大腿。母亲爱女心切，勇斗昏君，但母亲生了七郎八虎，八姐九妹一生不曾入得洞房，终是误了女儿身。锣鼓一收，包公铡了陈世美，刘金定收服了张小二，春草闯堂侍候小姐相公拜了花堂，苏三哭一声整个洪洞县就无一个好人，寻夫去了，玉堂春空，珍珠衫凉，西厢月冷，再向梦里添酒回灯。可是明儿锣鼓一响，列位又随着铿锵的鼓点，摇晃着雉鸡翎，抛撒着白水袖，红光满面、青枝绿叶地出来了。

那样长卷轴的《清明上河图》现在抻不出来了，原地盖了商铺会馆，人与集都化整为零分散到乡下，大戏台也跟着一路搭到村庄去了。

我更愿意倚着关帝庙前的老石狮子，看对面鸟巢般的古戏楼，远一点儿凝视，雕梁画栋就流出京腔老韵来，我就回到了青春时代。高三了，别人恨不得撒尿时间都魔魔怔怔念纸条，我坐不住，那边"转轴拨弦三两声"，我心魄都给吸干了，一脑腔子锣鼓吟哦，周末到底一个人溜出去，端端正正听了好几场戏。刻意选正中靠前的石座，能看到台侧乐队吹长笛的小生，以为他亦看得见我，俊眉秀眼一直晃了好几个月。

戏　　魂

戏装间无窗，阴寂，有淡淡的灰气和霉味，数十箱戏服饰品叠满几间屋子。那些安静的衣物裹着几千年的人和事，欢笑、哭泣、呻吟、呐喊，有数不清的风云人生，刻骨、飘逸、神圣，不可捉摸。悄悄进去，便觉各样灵魂出动，丝竹管弦伴着长腔短调，从角落里甩出来。

她踩低爬高找寻女驸马朝服，我跟在她的后面左看右看，每一件戏服都牢牢盯住，每一件都是我年少的绮梦。她展开一套公主抑或皇后的服装，堆金摞凤，披我身上，镜子里的人立刻变了。她摄住了我，戏服有魂。

我摩挲着长发，水一样泻下肩膀，在光滑的戏服上软软凉凉，蓦地，耳朵深处响起幽幽的道白：冤家。

冬天极冷。我读高中，女生住在低矮的瓦屋，睡两个大通铺。晚自习后一节，先有两个人回来生炉子。那晚我先回，听到屋里有低婉的歌音,细听是京剧。

妻本是峨眉山一蛇仙,只为思凡把山下,与青儿来到西湖边。

《断桥》。真个字字句句都像是收音机里的唱段,班里还有这样的佳人?推门而进,又一个愣神。偌大的棚屋灯光黄暗,只她一个端坐门口小镜子前,用一根燃过半截的火柴棍细细描眉,披着薄薄的青缎纽襻棉袄,长发全部散开,梳成光滑的水,在肩下松松系个发带垂下去,白的脖颈儿,白的脸,失了魂的细眉细眼,兰花指还挑着,被突然进来的人惊住了。

她洗发后,至少两个小时端坐小镜子前,腰肩挺直,长发根根梳了又梳,结在后背。又拿两个小镜子一前一后,左照右照,眼神一会儿望月一会儿看星一会儿又淋了雨,一会儿是喜鹊上树,一会儿是鱼翔浅底。又不满意了,捋了发带再梳再结,魂都锁进镜子里了。接着又是描眉,斜俏俏地搭上眉梢,若有脂粉,她定能涂出个国粹来。她叹气,又对着镜子笑,纤指腾挪,忽然哀怨,哼出一句道白:冤……家。

寻个机会探她的底,总算蹦出几句来。她家镇上有个大庙,平时黑洞洞的静寂,过年就唱戏。白蛇有点儿年纪了,身段不妖娆,许仙假情假意。她跑到后台看许仙,许仙眼睛亮了,散戏不卸装,一招一式教她唱念做打,教她梳头,梳成水,散散地结在后肩上,套上白素贞的白衣。她就成了小小的白蛇，妖娆地缠在黝黑的大庙柱子上。那时她十五岁，"一枝枝不教花瘦"的年龄，闹着要跟戏班子走，父母锁了一周，直到戏团远远离开。

我傻乎乎拎着两块长纱巾当水袖，走碎步。她瞧了瞧，该这样，起身，扔下棉袄，在过道疾走、扭腰、摆臂、甩头、亮相，身段婀娜。老师刻意叮嘱她不要打扮，她就素面简衣，头发草草抓在脑后，可是美依旧散出香味来，桌椅间荡着迷人的曲线。下课就青丝窈窕，婉转在镜子里，或许那里有个许仙来着。

天暖了，冤家哪去了？可有机会画戏妆，穿戏服，成为真的白蛇桃花扑面？如我也一直不能放下，实在都有个深爱老戏的童年，时光如珍珠。

电影《花为媒》在河滩上演，才两集，天降大雨，遂停，第二天晚上两集之后雨更大，停，第三天撤了，直到十几年后电视上才圆了洞房花烛梦。为《白蛇传》愣是跑了三个村庄，黑漆漆来回三十里。月光满炕，二表哥刚结婚，我和姊姊大唱"巧儿我自幼儿许配赵家"，表哥隔着月光大声说好。村里有了第一台收录机，专门为我录了《报花名》《秦香莲》，屋里屋外安静听着，仿佛一个人的戏台。就想着一早醒来枕边绫罗珠翠，做个千金小姐，躲在绣楼假装刺绣，其实与丫鬟盘算钓个金龟婿。戏曲片段也总是唱，没有红装水袖干巴巴，直到《女驸马》能来评剧团借服装了，几十年的珠围翠绕梦，披上不想脱。

她连连摇头，"绝不可，这身衣服需配凤冠，若戴上状元帽，不伦不类，不能容忍。在我们这行，不怕穿破，就怕穿错。"

"小演出，热闹红火就行。"我辩解，我舍不得，我要凤冠霞帔。

"女驸马是女扮男装，必须穿男服朝靴。要么不穿，穿就必须对。"公主做不成了。

她抖开鲜红刺绣的亮丽状元袍子，我乖乖伸开双臂裹上，系上同质花色玉带，显身形又提起了袍子，但我三十六号脚无论如何穿不上大号朝靴，衣服是男式的，"脚微露，穿自己的鞋不碍事。"她又给我系好宫花帽子，头一摇一颤动，她端详一下，说很好，笑了。大镜子前，我立刻又被一种魂附了体，显出英武之气，完全不是我，是谁的皮囊？

她是唱老旦的，长得结实周正，青春饱满，说只能去乡下唱戏了，还得会流行曲、二人转，才得生存。如她所说。不怕穿破，就怕穿错。我是镜中人，善良、勇敢、聪慧的冯素珍。

衣服是人，是戏，有流动的生息，错了则是闹剧。依此推之，不怕贫穷，就怕嫁错。所以冯素珍宁可舍了富家公子逃之夭夭，干净利索。比祝英台强，祝姐姐都女扮男装上了学堂，也旁敲侧击表达爱情了，"书房门前一枝梅，树上鸟儿对打对"，美得迷离婉转，后来却不出逃找山伯兄，化蝶怎如"你耕田来我织布，我挑水来你浇园"来得更鸳鸯戏水。

不怕没有才华，就怕遇不对人。不怕没有好人，就怕生不逢时。冯素珍找到了亲哥，遇到了善良的公主与皇帝，她合该圆满。智慧和勇气能够弥补缺憾，还希望幸运围绕，到底省些力气。

后来上台自己买的厚底高靴，浓妆、艳抹、娇憨、时尚的女驸马。中状元，着红袍，帽插宫花好新鲜。自信流畅，吐字清晰，曲调婉转，水袖利落。整个舞台，一个人的绰约。我感知冯素珍遥远的欢喜，觉得是她，也是自己的状元了。

嗓子疼哑，为了亮相，连续输液加吃三种消炎药，几被毒晕，虚脱了也挣起来走几遍水袖。夜深，一面红袍怕惊着窗外猛然一瞥的路人，帘幕深垂。生活是真，常需要糊涂，做戏是假，却丝毫马虎不得。

两杯咖啡活力陡升，莲步上台，状元郎秋波一转，挑出兰花指。一段活的历史，一种叫根的东西从少年长到今，开花结果。

马车夫注事

一

一匹蜗居村庄的马无比忧郁，它没事就看人，人不如马磊落，明明命里缺乏富贵，人却说是选择，不好那一口；若真得了立马是蹄花怒放，奔山坡上嚎去了。马看懂了人就俯视人，不像牛那么谦恭，《太平广记》说马笑如嘲，听听就知。马粪和驴粪不好区分，一头瘦弱的马常被当成一头驴，一头健硕的大驴常被当成好马。马不叹命薄，落身不落魄。村庄里头头脑脑它都不应景，只听命一个人——年轻的马车夫。

青云！有人喊，马和马车夫一起答应。马车夫是村庄的异人，恰好姓马，叫青云，并把这极好的名字赐予了马。一介马车夫承载了一匹好马的全部灵魂重量，马因为坐实了人名而无限忠诚。喊谁都一样，反正两个青云互为影子，交头接耳说些人与自然、马与世界的密语。马车夫因知道得更多而表情郑重，因为无人理解他的梦想而自叹孤独。他以为前世是个大将军，上马杀敌旌旗一片，死也长剑拄在血泊里。

一日上山放马，马车夫发现了一颗手榴弹，他拍拍马背，青云，大炮来了。一面美滋滋地笑着研究，扯开手榴弹的导火线，眼前腾起千军万马，他骑着它的驽马，挥着大刀冲进风车里去了。轰，手榴弹炸了，几乎同时马猛一抬蹄踢走了他。他打个滚站起来，满眼金光，还在冲杀，刀锋闪过，血肉横飞，他竟然射出了两发子弹，打着呼哨"敌人"倒下了。哈哈哈哈，他一手叉腰，一手搭上凉棚，英雄一样俯瞰烟尘滚滚。突然惊呆了，手上都是血，两截指头空空了，血像一对山泉眼汩汩蹿出去。同伴吓得哇哇哭，一捧一捧的土盖到断指上，血柱咻咻又冒出头来，像砍不断的枝条，欲写出自己的大字。

村庄截断了马的蹄子，手榴弹斩断了马车夫的信条，两匹落魄的马达成共识，今后彼此就是对方的理想，安心人马生涯。马车夫和马一起踏露水，踩草径，看夜色，送粪，拉粮食，走与停只需要眼神和抚摸。马车夫从来不打马，甩两鞭子是提神的，相当于歌声。牛羊驴都叫牲口，难听死了，他的马就是马，绝不会有这等恶名。青云马感激他，别人坐上车辕子，它立刻尥蹶子，抽不中用，疼死也不听任驱使。马不会摇尾乞怜，也不会听风是雨，马的沉着与懂得，一条狗学不来。马车夫一坐上车辕子，马立刻安稳了，柔顺了，不待指令就去该去的地方，该用力就用力了，只需上坡的时候，马车夫给它喊声号子，它就无比精神了。

马车夫因马的信赖产生了荣耀感，谁要想坐马车那得他同意，他停下才行。他爱这马，也和马一样只听命一个人，媳妇儿。

227

二

　　媳妇儿是马撺掇来的,老马识途也识女人。马青云赶着马车去镇上,青云马看见别的马灰头土脸,身上有伤,庆幸自己遇到了好主人,它决定给主人一个艳遇。另一辆马车歇在大河滩,两匹马搭上话了,是母马哎。青云马内心狂跳,与之头碰头尾对尾亲密拉家常。马只觉得世界上两种动物最好看,牛头,马面。牛头代表诚恳,马面代表智慧。至于人,男人是性格不同,女人是屁股不同。马觉得马车夫的媳妇儿首先得爱马,不能对他说马的坏话,要不一个枕边风,马的日子就不好过了。青云马和母马说话,眼睛瞟向车上的姑娘,头大肩宽,身体粗壮,屁股不小,一扑腾能占半个马车,生一马车孩子算个屁事,关键她看马的眼光是慈祥的。她给母马喂草,马像它怀里的兔子,关键她也悄悄塞给青云马一把草。青云马大眼一瞪,好一张宽阔的麻脸,密布高粱粒或米粒大小的坑儿。

　　马咴咴地笑了。马青云想走,青云马就是不走,那就歇会儿。马青云就和对面马车上的姑娘眉目闪烁了。赶车的是她父亲,当爹的眼睛贼。赶马车的人眼睛都贼,不贼跟不上马的心灵。老爹顺着姑娘的目光转到年轻的马车夫身上,小眼巴叉,厚道又精明,差不离儿,能赶牛车就不错了,能赶马车的人脑袋都够使,通晓动物灵性,也必疼女人。

　　马蹄疾驰,春风得意。马青云赶着宝马香车兴冲冲接回了母马、姑娘，两匹马各铺各的红灯喜被。马车夫这才看清姑娘的麻脸，有点儿不适，一介马将军，娶不着穆桂英怎么着也得是烧火丫头杨排风不？马太狡猾了，他拍着马背埋怨。但是马不这么看。麻婆脸上的每个小坑都曾经住过星星的，是天上的灯官，是天使下嫁马车夫，命中注定的。再说马车夫的手指不是也有深坑吗？人家也没嫌，还心疼盯了很久。

马车夫郁郁的，晚上才撒蹄子尥蹶子。麻婆人高马大的，马牙大嗓的，上山下地比他壮硕，比他能干，一次就生俩胖小子。马车夫一扫忧郁，直夸青云马会看面相，够在全村乐上一回子。麻婆又马不停蹄，生一堆丫头，转眼就坐满一马车了。青云马也制造过几个小马驹子，村深不知处，一腔父爱只好投给马车夫的孩子，它温柔地蹲下，驮他们过大河，在村庄不时地扬个马威。

大旱天求雨许愿，本要杀一头牛，牛在健壮期，青云马老了，要变成村里人的腹中餐了。马看不起牲口的奴颜，到老了才知道，长了这张马脸就逃不了牲口的命。村里人懂得怎么吃一匹老马。大锅的水沸腾着，以防马肉中毒，又都备着苦杏仁。青云马不落泪。马车夫和麻婆陪了它半夜，它不耐烦，尥蹶子撵走了，它只想静静回忆戎马一生。

马青云把青云马的四蹄埋在村庄最高的山坡，栽上一棵松树。马青云躺在炕头上也能望见山坡上，火烧云上来的时候，乌云翻滚的时候，青云一定腾空走了。

赶过马车的怎么能再赶驴车，放过马的怎能再放羊。马车夫空落极了,他失了一个马友,扔不了马鞭子,放不下马架子,身心无处释放,就独宠麻婆了。

三

麻婆是村中唯一没有挨男人揍骂的女人。归功于青云马,麻婆深切懂得,宠惯了不宠难受。那些没有被宠的女人到底是缺了一个仗腰的,反抗不出来了。

街口九爷,因为女人多剜了那谁宽阔的后背几眼,也可能钻过一回高粱地,就把九奶的腿打残,半年没下了地,而他满山星河,女人才吭一声就遭遇灭活。

后山台上四奶奶,家里来了人四爷四奶都陪着说话,四爷突然就把四奶拽进屋里,拴了门,外屋人只听到啪啪啪啪一阵以掌击肉的声响,每一掌都来得沉实怀着愤怒,但是出手的人和挨打者都沉默着,没有咆哮没有告饶,随后门开,四爷四奶一起笑着出来,倒水说话,表情就像倒出的那碗水,白灿灿的,没发生任何事一样。

打与被打的最高境界。是一直以来的规矩,只要四爷以为四奶说错了话,立刻关门打,不许四奶做任何辩解,不准叫嚷号哭,求饶只能更惨,就踏实受着,四爷有板有眼打够数就停了。还有个底线,就是不打脸只揍屁股,脸还得出来见人呢,屁股肿了就老头看见。

麻婆心想,当一匹挨鞭子的瘦骨嶙峋马,也不当那些人的肥婆。

老马能欣赏老婆,是出了名的好脾气,从不会高声大嗓。有人说他是受气包,一辈子没见过女人,带眼的就是宝。马车夫却正大光明地说:"女人这一辈子最累,累草鸡了,那一大家子,没完没了的活儿,抬不起头来,还得侍候男人,男人家的老爷子老奶子,男人不高兴还要揍一顿,也没个哭的地方,男人不疼,还不得喝药?"他心甘情愿疼麻婆,下了地就回家做饭洗碗喂猪喂鸡,从来不串门。

有老马宠着,麻婆愈发爱惜自己,终于爱成一个传奇。

生完老疙瘩坐完了月子,麻婆还不想下炕,吃喝拉撒仍在炕头,也不起炕穿衣,就大背心裹上花被子,也不给小孩吃奶。老马竟不觉得过分,侍候着,麻婆肥白的身子越发蚁后一般盘在炕头。只苦了孩子们,老马上山劳动,姑娘们踩着板凳去大锅捞饭贴饽饽,去河套洗涮,好歹缝上棉衣,薄处两层布,厚处棉花包,大针小线里出外进,缅裆裤有多长,人都出当街了,裤腰还在炕头甩着。

麻婆自认娘娘,令老马叫,不叫不吃饭哄孩子。老马就娘娘长娘娘短地叫,夫妻二人默契着。开门过日子哪有不来客的,来了麻婆也不起炕,不开窗户挂窗帘。客人先羞走了,主要是屋里臊臭味哈喇味过于浓郁。

麻娘娘以为远近泉声,母仪天下了。妇女主任尖细的小嗓子来劝,她都没动雨夹雪,就给哼出去了。直到村委会亲自上门一阵雷雨一阵柔风,吓唬她要扣工分,开批判会,这才起炕

· 231 ·

了。这才明白她只是炕头娘娘,尚不能母仪村庄,扯着花被子号哭起来。

四

但麻婆很快挺起来了,还染了新毛病,爱哼爱扭,神神道道天上地下,给马大爷整得五迷三道,麻婆除了生孩子还潜藏着艺术天分,有灵根!

麻婆在院里又扭又唱,马爷侍弄菜园隔着篱笆看,高兴了也扛着铁锨扭,这一配合不要紧,麻婆忽然哈欠一打鼻涕眼泪流下来,更狂了,一会儿老鹰捉小鸡,一会儿饿虎扑食状,一会儿昂首向天祈求,吐出一串串他再听不懂的语言,很痛苦又很迷醉,完全进入另一种境界。马爷看明白了。神道也不是天生就懂,也需要学习演练,功到才成。

孩子们再回家,发现外屋东北角设了香案立了堂,一个巫婆绾髻插花,花是院里的粉红蜀葵花,盘腿坐蒲墩上正训导爸爸。细看巫婆脸上麻子坑,好好的妈怎么成神婆了?

小伙伴们在大月亮地玩得起兴,一晚渴了,大家闯进马大爷家,进外屋门唬一跳。一般家外屋不点灯,可那桌案上明晃晃香烛高烧,红联黄纸撂着艳艳的,吓跑了。晚上睡得正香,忽听河套传来悠长的喊声……在喊魂,谁家孩子夜哭了。白天果然看到村口树上贴着一张粉纸,写着"天皇皇,地皇皇,我家有个夜哭郎,过路君子念三遍,一觉睡到大天亮"。说小

·232·

孩五岁之前没根,是上天的神,魂随时都可能被摄走,五岁后小苗才扎根凡间,一些人家就找"出马仙"看看。

民间跳大神的也叫出马仙,剪一串七个或九个连起的"嬷嬷人",叫招魂嬷嬷人。当然是过去人们对抗难以克服的灾难时发出的祈求,现在成了旧纸堆里的符号。我去土耳其旅行,大家在车上睡着了,忽有异样声调传来,叽里咕噜嘎达玛哈,寻音看去却是一女对着电话在讲,旁若无人,陷入一种异度空间,那些奇特的符串不经思索地冒出来,如叮咚响的长流水诡异迷人。我立刻想到这个妖娆的年轻女人是个女巫,在传达着什么,又突然恢复汉语状态,力劝对方要自信,要想开,要随其自然等,并不是多玄幻唬人的话。嬷嬷神也像希腊神话里的赫拉女神、基督教的圣母、佛家的观音菩萨,关注女人生育和孩子健康。

那小孩据说招了"污鬼",一到午夜就闪着绿眼睛蹲在墙角。麻娘娘用黄纸包了药,画了符咒,也许就是"招魂嬷嬷人",压在孩子枕头底下。麻娘娘暗里火了,孩子们嫌丢人,马大爷却许她成仙得道,膜拜不已,妥妥的二神助手。

其实孩子夜哭多半身体有病,缺乏维生素 B_6,致心神不安;或患蛲虫病,夜间在小孩屁股产卵,奇痒难耐,致哭闹不止。就医才是安全,恐耽误有生命危险。

五

儿子有公职,若不停止迷信活动,就开除。且儿子谈婚论嫁，女方的条件就是未来婆婆停止跳神，麻娘娘这才撤了香堂。

但顶着仙哪能说歇就歇，不跳手脚嗓子都痒痒，像犯了大烟瘾哈气连天，麻婆没忍住，在豆瓜棚下扭着唱着，锻炼身体天也管不着，偶然飞个媚眼，马车夫欢天喜地鼓掌叫好。突然孩子们下学下班推开大门，麻婆立刻摘掉头花藏起手帕，老实坐窗根儿底下，马车夫掩饰说俩人在活动筋骨。一次神舞时入了迷，准儿媳来看二老，门外察看多时，二人浑然不觉。姑娘退婚了，但麻婆不退定情物。女方家兴师问罪，一进院就接上火了，女子的尖声与麻婆的公鸭嗓铿锵对抗，嘴巴都够溜够狠，麻娘娘再次出名了。就是把好事搅和黄了，以致孩子跟她决裂，那又怎样，老娘不需要向孩子道歉，你走你的阳关道，我在独木桥上扭我的老腰。

透过玉米地往天井样的小院探去，见她顶着黄手帕，簪着花，像巫婆一样生动地扭，小姑娘一样羞涩地扭，就扭给马爷看，也说不定扭给逝去的"青云马"看。她的歌咏听不懂，似乎释放着压抑，试探着进入一条幽密的通道。她舞他赏，已是两人默契交流的方式，不扰外人，自得其乐。

我在街头偶遇胖乎乎的麻娘娘，七十多了身体挺得溜直，悠然散步。"啥活也不揍（做），年轻时都揍过的，老了还揍？白活。"有马爷侍候，说大话有底气。有人宠有人托着，她才敢兴风作浪。

马爷前半生被一匹马降住，后半生被女人笼住，认命，都是前世贵人。

六

"咱身上有道行,顶着仙,咱都不会得病的,绝不能吃药。"

麻娘娘临终前一直叮嘱,不要干涉她的病,也不对孩子们讲,顺应天意。

都是低保户,没钱去医院也能先治病,但麻娘娘不想受那个罪,不能动了不能跳了就没劲儿了。马爷含泪点头,都依她。马爷、麻娘娘和马在灵魂上相依为命,现剩他一人了。

孩子们接父亲去新房住,马爷不搬,怕麻婆下山找不到家,腿脚不好嫌远骂他不疼她。一条炕上摸爬滚打几十年,彼此都是对方的信仰,一方倒了,另一方也塌了。但一年后,马爷突然变了人一样,话多乐和,也东家走来西家串,恢复了马车夫的诙谐健谈。

原来他不只爱马,爱老婆,也爱村庄,爱闲扯表达他的观点。我坐在老家炕头上看书,马车夫穿过庭院菜园子,坐炕头跟我唠得不亦乐乎。"现在的马和女人一样,享福,顶多驮驮人。那年头马跟女人一样拉大车上大梁,累草鸡了。咳咳。"

马爷害了青光眼,小手术,但他牢记麻婆的话,不治疗,不吃药,家人强行送到医院,他趁人去厕所的工夫拔下针头逃回家了。

人们吃惊中纷纷笑他,中老婆毒太深,让他跳碴子他也会跳,不分青红皂白就是愚。马爷抿嘴一笑不辩解。

但马爷一脸的精明,他确乎被加持了一种力量,对女人好,世界宽广。说马大爷笃信老婆蛊惑,不如说他忠于老婆本人,情深入骨,知她有错舍不得纠正,许下的诺言当然要遵守,死也不能背叛。而他兴致勃勃过了一段自由的生活,也倦了,毕竟一个人的山坳孤苦伶仃。

马爷终至双目失明,一出门就撞得头破血流,家人只好锁起大门,轮流给他送饭,那一角落时常传出他莫名的长号。白天一叫,孩子们就会跑过去,送上一碗炖肉,说几句话,天黑了万古寂寥,还叫。细听那腔调,像他当年赶马车时刻意拉长的吆喝声,嘚儿……驾……也像他的青云马嘶鸣回应,夹杂着麻婆的马牙大嗓。

某一天那个天井般的院落无声无息了,马车夫的往事成了甜蜜而忧伤的符号。

马爷透露过秘密。马娘娘年轻时有天半夜突发急病,身体都抻直了,他把老婆卷上大花被子扛到我太爷家,路上发誓:"只要救过来,一辈子就侍候到底了,啥样都扛着。"我太爷给她针灸扎活了。马爷喜极而泣,说此后马娘娘吐口唾沫都是个钉儿,怎么做都认,他必须站在她的身边。

草药香里眠冬至

一

老家是坝下村庄，说日子都是农历"今儿几了"。一查墙上的日历牌，"冬子月快过去了，冬至数九大腊月，天寒地冻喽。""咔嚓"，旧页撕下丢灶坑烧了，新日子光鲜立起来。

冬至，隆冬呼啸而至，九九八十一把刀枪剑戟，飒飒的冷，刺入大地每一条皱褶，冰有冰包，窗有冰花，大地怀孕隆起。

隆字好，茂盛，昌荣，扎实，丰硕，只有冬可以享用这个词，同盛夏的盛。可见，冬不寡淡，不薄情，内蕴之足非其他季节可比。那三季是外露，是地使出去力气，使尽了；是耗子们不断偷盗，消耗粮仓；植物越壮美，大地越虚脱，只剩下骨架，眼睛深陷。但是秋日它开始收租子，小斗出，大斗进，它就笑了。走了的，都会回来，还会三妻四妾，雨夹雪，落叶加尘埃，覆盖它，填充它。冬是个貔貅，只吞不吐，悄悄地丰沛，藏有双生子。

这样的冬夜，守着半盆火缩在被窝里沉沉睡眠，任大月把覆雪的梨树枝搁在木窗上，薄薄的纸阻遏了狂风万千花脸哇呀呀怒吼。

可是有人扒着墙头晃动柴门，急迫地喊："二先生，老奶子心口疼得厉害，快给瞅瞅去！"

父亲睡觉一向轻，对着窗户粗粗应了一声，点灯穿衣，背起药箱出门了，冷风一股子呛进来。

二

近年来冬至过得既俗且雅，效仿古人消费漫漫长夜。

早三粒阿胶金丝枣，晚一丸同仁堂乌鸡白凤丸，均是老牌子古法炮制。万物都在涵养自己，我亦得九九八十一天韬光养晦，调理的是身体，嚼的是文化。

一天一朵梅花。取大张宣纸横纵叠出九九八十一格，依《芥子园画谱》梅花画法，研墨，毛笔点画，日日月明梅下美人来。父亲忌日，笔墨突然花了。惊蛰那天，果然浓艳欲破，待八十一朵梅花开罢，雪顿春生，把一冬花事卷起收藏。

睡前读一节《黄帝内经》，1982年素花蓝版上下册，又老又美，文辞凝深，意蕴千重，懂则入心，不懂囫囵一过，读古代医者那份殷殷情怀。恰是九九八十一节，读完春气生发。

一节一节推倒夜，他穿着黑色长风衣来了，微笑又自信，拉我的手绕过石头瓦块，在大道上坚定地走，是我从未见过的年轻父亲。醒来看窗外,月西斜。

是父亲雪夜凌晨出诊回来的时候,柴门一响,花狗冲出去,端的是"柴门闻犬吠,风雪夜归人"。

三

乡下的冬夜更漫长。饭后有看病或串门的踱进院,稳稳地坐炕头,搂着火盆同父亲聊聊病,说说药方,卷上一两支烟,走了,父亲送出大门外,我们铺炕睡觉。一炕的孩子脑袋挤脑袋睡,母亲在窗台点灯做棉衣,父亲靠在红柜子上低头冥想。

母亲也要睡了,父亲接过灯放柜子上捻小一点儿,翻中西医结合杂志,读几节《黄帝内经》,而后合上书继续对着灯思索。没有人与他分享探讨,我睡醒一觉,见灯影还在顶棚微微闪烁,父亲手肘撑在柜子上,头盯着墙角成了雕像。

一夜一夜姿势不变,冬日就过了大半。

一年一年,父亲已然空缺了二十个冬至,但二十年不回家他也不会进错门。母亲穿里三层外三层,生着火炉,还是木头窗,墙上老画挂着相片镜子,两缸腌酸菜,两头沉的写字台下堆着萝卜土豆,红柜子还在,红十字药箱子还在。

药箱用了总有三十年?雪扑过雨淋过,风打过夜黑过,月亮洗过太阳暴晒过,一只狗吠过它,一头狼关注过它,裂口处麻绳穿起来,安静地坐在柜子一角,布满忧伤,像父亲。

里面有针灸包,鹿皮外套,里头一面红梅一面牡丹,奶奶的老绣，内插各种型号银针。我看见一次悔过一次，不曾跟父亲学习针灸，背诵汤头歌诀，辜负一门慈心。

四

被窝凉透了，母亲赶紧起炕烧火做饭，提早扒上半盆火，暖洋洋映红了熏黄的年画。

父亲是赤脚医生。老太爷是慈悲闻名的郎中二大先生，爷爷是大先生，二爷爷是二先生。父亲行二，称小二先生。

小二先生一身汗水进院，房檐挂上锄头，未及水米沾牙，屋里早有人哼哈等着。小二先生马上转成一个老医生的面容，榆木桌子上摸脉，听诊，问询，说病，低头思忖，开箱包药，认真解说吃法，如家中没药，小楷写出工工整整的药方来，嘱其去镇上买。

父亲给病人瞧病，定有老太爷的风范，不分贵贱，不拘结着怨。有个无羞无耻的姑娘，昨日还红口白牙骂天骂地骂八辈祖宗，今天就大言不惭地来看病，父亲照样拿出十二分的庄重，面对的是病人。父亲倾听病人倒出一碗碗苦水，再说出他可能有的症状。父亲解释，节气的阴晴燥湿，遭了悲欢离合，一日三餐或积或化，等等。虽是一病一方，而剂量有增有减，君药或变作了臣药，相宜许就变了相恶。小小方子千斤重，这过程就如作歌，几味药掂量来去，虽依律献韵，但也有着千般变化，应治不同病症，是一个好中医的莲花般若。

五

每晚画梅花,吃丸药,读《黄帝内经》时,父亲就悄悄坐过来,我轻轻读给他听,他露出少有的微笑。我读到《九针》之解,虚实之道,他随即抽出一根银针。

父亲最拿手的是针灸。村人身子骨发紧,愿意找小二先生来一针,松松筋骨。小孩蔫头耷脑,父亲拉过来看看舌苔厚薄,拽过手脚,拿三棱针朝鱼际部位就刺,不深,挤出黑血珠子,再刺下一个,一会儿工夫手脚活动,玩去了。

一女中风,腿脚瘫痪。父亲说,两个选择。一个是急治,一针我能给你扎好走了,但是如果再得一次中风,就不能治了。一个是缓治,慢慢针灸扭转过来。她选后者,扎一个月能走了,稍有一点点趔趄,与瘫在炕头比是天堂了。

几个人抬来一个大男人,肚子胀得牛大,憋得犄角都快顶出来,老牛般哭叫。父亲不慌忙,取出银针颤颤地扎下去,"轻拢慢捻",一时三刻,病人放屁连连,腹部眼见得瘪下去,一会儿站起来,说说笑笑回家了。

一男眼底出血,多家医院不治,最后找到父亲。父亲说,我给你看好了,你别高兴,看不好,你也别怨我。他拿出最长最细的银针,顺那人太阳穴颤颤地扎进去,周围人大气不敢出,看着都害怕。结果扎好了,那人一生眼神清澈。

号脉,父亲也是高手。

沟里急匆匆下来个毛驴车，车上的人号叫不止，要拉到镇上看病。父亲正好在门口，说快停下来看看。父亲一搭脉就知晓了，急性阑尾炎。父亲很严肃地放话："镇上二十几里路颠簸，人就穿孔了，赶紧抬我家去，缓解了再说。"父亲拿出三棱针，对准阑尾穴位扎进去，立时痛减，竟是不疼不叫，下地走回家了，分文不收。

一女婚后多年不育，没钱看病，走很远的路来找父亲。父亲摸脉探出宫寒，不易怀孕，有胎也坐不住。用个不花钱的法子，田间地边有那小小的紫花地丁，全草熬药，吃上十天半个月，果然后来抱大胖小子了。

有母忧愁地带着女儿瞧病。父亲一搭手，脸色凝重，说这病不大不小，不轻不重，但不好说，还是到镇上再诊诊吧，要尽快。那母亲面色难看，似怨父亲不给确诊。第二天那母亲又来谢父亲，说了一车医道高明的好话。父亲其实一下就摸出那女孩怀孕了，但她未嫁，不忍说出。

给人面子，是医生的含蓄有礼，他们自会揣摩父亲的良苦用心。父亲看的是病，心里却是对人，是安抚村庄的眼睛、温暖的火盆和回春的草药，颇合现代行医观点，可贵得紧。

六

父亲是民间的医生，赤脚大仙，守护村庄这头麋鹿。

但是父亲到死也不想认命，一生都在找机会抗争，挣脱赤脚医生这个名，哪怕离村六里、十六里。他好学，考试屡次全县第一，却种种原因进不了医院。他像一只蛹努力挣脱，几次眼见就飞起来了，暗处的一阵风一场雨恰好打下来，打得痛彻心扉，他趴在炕上三天不思饮食，暗暗流泪。父亲的理想终于像半只蛹蝶，吊在枯树上任风摆荡了。

但是父亲，因为你在，我们多么安心，邻居多么安心，老人小孩多么安心。敲下门，隔着墙，在河那边喊上一声，你就在了，整个村庄多么安心。

以后的村里，再也不会有一个随叫随到的医生，不会有一个二哥、二大爷解脉开方。人们都念着你，多少年了，你听，他们还在说，那晚的月色，那天的霜雪，那日你两脚泥，披着塑料布在雨中疾奔，西边的大奶奶病重了。

七

暑假我去异地，和求学的女儿一起生活了五十天。离开那天，早晨到小区跑步，上早市买水果，做早饭，送女儿下楼学习，一切都自然从容，但为女儿准备午餐开始，别离的情绪像低处的水悄悄漫上来，越来越猛，终于身体这个木桶装不下了，炒菜，焖饭，拿包下楼，坐出租车，进站等车，都无法阻止泪水出没。第一次体验这种小别，来得猝不及防，无以应对。

后来想，很多无以应对的时刻，泪是最自然的安抚与出口。那一刻我突然意识到一件事。

1997年的冬至，好久不遇的冷，父亲感觉身子沉重，总念叨老太爷、爷爷叫他去，他意识到了什么，说这冬怕过不去了。我常以为中医钻研日久，人心都生出神测，果然大年初二他就走了。

　　宿疾难养，他知道还有几个九可以数？心里有一万只麻雀慌张地飞叫，一炕的孩子们都飞出去了，思念的秤砣压出巨大的空洞，他去冰凉的西屋搓棒子，眼泪停不下。母亲劝不住，只好把火盆端过去。

　　二十年了我才突然醒悟，那屋子原是我们姐妹仨一直住着的，枝枝丫丫都散发着我们少女时代的气息。

　　父，我们都是你的花，花的果，不等你吆一声，都走了，远远的。我听见你在风中哭，在墙根下哭，在柴门前哭，在灯下、在炕头哭，在冬天冰冷的玉米堆上哭，泪水敲破了窗和外面的枯枝月色。你喊，快回来都回来！可那时我们听不见，听见了也不曾及时出发。

　　我们现在回家了，窗台下一溜坐着，你认认吧，都是你的瓜果，老成的，刚熟的，还有你不曾见过的青瓜蛋蛋，都欢欢地叫着一个名——家。

　　你走得好慢，才从山上回来，扛着锄头，喘着粗气，都是草药味。

八

　　爷爷早逝，父亲那时才七岁，没吃的，大雪天穿单裤上山撵兔子，下夹子，是个出色的猎人。

但也冻出气管炎的病根，宿疾难调，若好生将养，绝不至他壮年逝去。

漫山大雪，一头灰狼被夹住了腿，它咬伤小腿挣脱了，父亲和几个壮小伙子翻山越岭围追堵截，那个撵，到底活捉老狼，抬回村里。老太爷怒道：赶紧抬远远的，狼死绝地！

离村一里处死狼，家家锅上吱吱响，狼肉极其鲜美的味道混着酒香飘了半夜。沉沉梦中，一声声嘈杂凛洌各种声部的长号响彻村庄，胆大的扒门缝看去，乌泱泱的大狼小狼围着那摊狼血冲天哀号，连续三晚。后来那块地十年寸草不生，像鬼剃头。

那年头的雪一冬不化，父亲根据动物脚印、粪便判断其行踪，白天挖陷阱夜里埋夹子，第二天凌晨三四点上山搜寻猎物。父亲下夹子像给病人针灸，稳准狠，主要猎获的动物有六七种：身形像矮鹿一样尖嘴的狍子，酷似猫样灵活可爱的狸子，长着一副猪鼻子的獾子，还有像狐狸一样的貉子，至于野鸡、野兔更是出手就得。红狐也成了囊中之物，头吊在门头窗上，尾巴扫着门槛，臊味那个冲，瞬间灌满大院。

猎手医生，那么冷的寒夜，父亲背起药箱就走，眼神发亮，就像挎上猎枪上山追狐狸。医则欲其活，猎则欲其死，皆是他手中的绝活儿。

可是不几天父亲后脖颈儿长了大疖子，压得头都抬不起来。这似乎是个警示。一日大雪后，父亲又上山埋了三个夹子，凌晨去遛夹，果有一只闪亮的黑狐过来了，走到第一只夹子前，停停闻闻，大摇大摆绕过去了。父亲呆了。狐又蹿到第二只夹子处，示威一样挺起尾巴扫掉了夹子。父亲惊了，见那狐三蹦两跳，忽然在第三只夹子处消失了。父亲赶忙追过去，却怎么也找不到夹子，像受了蛊惑原地打转，突然惨叫一声倒地。他踩在自己下的夹子上了。

那像一个暗示。他一遍遍研习孙思邈《大医精诚》："杀生求生，去生远矣。"或许了悟，渐渐静心揣摩医道，让猎枪生锈去了。

后来看屠格涅夫《猎人笔记》，总会想起年轻的父亲提着一杆土枪穿越丛林，内心却怜悯那些被追赶的猎物。一日读到俄罗斯作家普里什文的作品，他把大自然爱成亲人，同时又兴致勃勃地扣动扳机：我们猎获了它们，但同时自然也在猎获着我们。释然了。

九

父亲灯下冥想的内容到底是什么？是个谜了，他自己的世界很少透露，他也只是冥想九九八十一晚。春日一到，耕稼之事滚滚来。

他的一生那么多的矛盾。热爱打猎，善于在丛林和雪野奔跑，但他是医生；他是医生，满腹的知识却被拴在深山小村庄，无法靠行医挣钱养活家小，必须在土地上拼命劳作；想自已开门诊，一大家子榨光了他最后一滴热血；当可以有机会做事，他的寿命临近终点。后来他坐炕上看电视，直到无信号屏幕雪花出现，也并不睡下，拉灭灯端坐炕头看窗外，遥想他的一大把清梦寸寸作古，被西风吞没。

那以后漫长冷寂的隆冬，半卷的《黄帝内经》上，总是滴着并不老的父亲的眼泪。父亲带走了村庄"赤脚医生"的最后一片云。

草药香里眠冬至。隆冬去，春三月，天地俱生，万物以荣，他端坐药堂微笑。

姑奶子的风流图卷

一

正月初六、初九是吉祥日，姑娘们往往要去男家相亲，双方兜里揣着一方新买的手绢备用。门外一堆人眼睛闪着光，"递手绢了吗？"来人撇嘴道："没递呢？怕是够呛。"或者媒婆出来一脸兴奋，"递手绢了，大喜了。"

男方的手绢里包着一沓钱，女方的手绢包着一支钢笔，愿意了就互换。而后在三媒六证保障下，大姑娘坐着蓝篷马车嫁过去了。婚后生活不如意时就会抱怨，"当初怎么就瞎么糊眼看上你？"转头看一炕孩子，还就得瞎么糊眼过，今儿上吊明儿喝药醒了继续吵吵，孩子们有的漠然，有的惯于忍耐，但总有一个想冲出洞窟，戳破那薄薄的铁手绢。

用什么呢？青枝表姐说，头上长角身上长刺，挑出去。

舅舅声音粗犷如吼，骤听以为打个炸雷，我第一次到姥姥家就被轰蒙了，谁抱也不上桌，躲外屋门旮旯后扒一碗饭，逃了。舅舅是优秀的木匠，一个人能放倒一搂粗大树，一个人能给旧房子换大柁，能把粗简的窗框做成多宝格、菱花窗，贴上舅母剪的红五星，红粉窗花，一阁一山水，一鸟一梅花，真觉得好过世上人家。舅舅竟还锦心绣口，唱样板戏音色圆润，天生的革命者秒杀全场；会刺绣，用劳保手套拆出的线以"剁花"形式绣出了毛主席像，眼神炯炯，才上墙几天就被上头来的人要走了。但二亲似乎不合窑性，为着什么都可以乒乒吵起来，未必是贫贱夫妻百事哀，三天硝烟五日火药的，说不伤筋动骨那是扯。

青枝做啥都拔尖儿，除了学习。她传承舅舅高亢的歌喉，舅母的婉转如莺，她的歌声就是她的角与刺。父母又开战了，青枝和姐姐站门口劝不住。她疑惑，穷乐和也是过，马勺非得天天碰锅沿吗？她像只精卫鸟，快被争吵的海洋淹没了，衔不到一个石子一个树枝，要有破庙她就当尼姑去，要么快点儿嫁人，但嫁得再远不过多翻几道梁，一样穷得手心透手背，要憋疯了。舅舅吼声震得窗纸都颤抖了，母亲难道是豺狼非打个不停？青枝忽然破口大唱高八度的京戏来，"祖祖孙孙打下去，打不尽豺狼决不下战场。"二亲立停都冲她吼去了，青枝马上收起高举红灯闪闪亮的英勇架势，蹿丫子了。舅母对着门外斥道：这小姑奶奶厉害得很，将来谁敢娶？

一根葱花也要切出国色天香来，嫁哪儿都抢手，青枝怕什么。

蝴蝶找蚱蜢，屎壳郎找猪尖兽，饭后到黑天时光，年轻人能玩个天昏地暗。大道旁有驻军某部，周末晚上部队放电影，军民唱歌比赛助兴,士兵一出口都是受伤的群兽,青枝袅袅唳出来"妹妹找哥泪花流",都傻了。"意欲捕鸣蝉,忽然闭口立"。待一声长长的"啊"寻寻觅觅,百转千回,穿破长夜与星光,唱得泪花扑簌,勾起士兵的还乡之情。这个嘎呼呼的小姑娘,能量可不小。

一个面孔憨憨的男兵站起来唱道:"浏阳河,弯过了九道湾。"浑厚男中音也荡人心魄,荡进了青枝单薄的胸上了,她柔而优美地融入了合歌,这一配合停不下,大家起哄唱《天仙配》,青枝与憨憨大大方方地唱:"树上的鸟儿成双对,绿水青山带笑颜。"情愫就种下了。

憨哥要退役,时间紧迫。青枝和家人说了处对象一事,立时投放了一颗氢弹。

舅舅做事像木匠吊线,讲究横平竖直,外圆内方,有规有矩,他的青枝姑娘却旁逸斜出了。炸雷恨不能炸飞房顶:"你姐才递了手绢,老实排着,再说那老远山西的嫁错人咋办?一步走错,百步俱错;不听老人言,吃亏在眼前。"但他忘了还有老话,杀一百个人容易,说服一个人难,尤其一个早有主意而果断的人。

憨子部队敲锣打鼓送走了老兵,十八岁的青枝同时不见了。舅舅慌了,四处亲戚家寻找,没有,忽然意识到了,户口本,一查青枝那页没了。

青枝跟大兵私奔了!地震级的新闻。那时打工之说还没出现,流言焰火一般燃遍四围村庄,老兵把柴火妞拐跑了,姑娘太疯没准搞大了肚子,少调失教,等等。聘则为妻,奔则妾,媒妁之言还没到,亲家之间尚未推来搡去议上几程,好好一个大姑娘就丢了,还被泼了一吨污水,"断绝关系,永远别再回家!"舅舅向舅母和远方开火。

乱糟糟都扔给家人,青枝早坐车崇山峻岭之外了,雪雾弥漫,爱情是草船,她得拿来借箭。她是自己的摩西,明知充满荆棘也必须走出去脱胎换骨。隆冬固然凛冽,草根已开嘴啃食荒野,谁也不能漠视这绿牙齿的吞噬力量。

二

人选合适的衣服穿,鸟择高大的树搭窝,青枝冒险了。男方在大村庄里也算有头有脸的人家,突然多个陌生小姑娘,没有三媒六证,以为憨子拐卖人口,也很尴尬。其实抛开青枝的坚决性在前,憨子绝不敢也不可能带走小枝,因此对青枝也有微词。但看小姑娘既不哭天抹泪,还勤快嘴甜干活儿利落,天上掉下的好媳妇,烧高香还不一定来得了,欢欢喜喜办了婚礼。

进庙门,随寺院,她按当地习俗做好新媳妇。一闲下来蚀骨地想家,偷偷哭,一封封写信给姐姐,报告外省的家事:男家重视大儿子,意欲同女家相见;生女儿了,婆婆很照顾她;又生儿子了,全家高兴;说外省新潮意识风生水起,个体户雨后春笋,她要学裁剪了,做村庄第一女个体户。说村庄离城市近发展快,打工做生意没有闲人,老家太落后了,人懒还特牛性,劝姐姐妹妹早些走出去闯闯。

姐姐传递着消息,舅母骂着枝子心狠,也颇得安慰,在老家哪儿有这红火的日子,还能出去学技术,都土头土脸靠墙根晒太阳唠闲嗑。舅舅沉着脸,但支着耳朵一字不落听心里了。

裁缝铺子开张了,就叫"枝子花开",上千户的大村里她青枝绿叶盛放了。在设计衣领袖口时揉进母亲的剪纸花边,舅舅的刺绣针法,时尚别致,一开门收一堆活儿。女孩们凑过来想学,她免费带,还传授家乡纳鞋垫织毛活儿技术,她家的灯火最热闹,嘲讽渐变成了赞叹。

想家,一夜夜干瞪眼,不如做针线,她先给婆婆一家人做衣服,再给娘家人做,过年每人寄一件新衣裳。除了舅舅,家人都穿上青枝的手工衣裳,等于小枝在眼前晃来晃去,倒也慰藉了舅舅想念女儿的心。可他还是倔,寄来的钱不花,衣裳不穿,一提枝子回家就吼断。

马有垂缰之义,狗有湿草之恩,她早有打算,学裁剪就是想以一层层的暖意包围父亲的冰山,总有一天冰一层层化了,姑奶子就可以堂堂正正、风风光光回娘家了。一次舅母依青枝主意,故意早起把舅舅衣裳都洗了,舅舅着急出门做客,破天荒穿上青枝做的唐装,摸着得体剪裁、华美的布料细密的针脚,绷不住笑了。

贵妃也得省亲,舅舅终于吐口了。那边青枝漫卷物什喜欲狂,恨不能腾云驾雾家去。老家那阵势:爷娘闻女来,出郭相扶将。阿姊闻妹来,当户理红妆。小弟闻姊来,磨刀霍霍向猪羊。姑奶子我回娘家了!不贴红挂绿不放炮,也比过年还要新鲜喜气。

酒到夜深,话到鸡鸣,天下的事就是这悲喜交集,分分合合。看人家过的,跟城里人似的,真有眼光有魄力。看热闹的琢磨事去了,他们还疙瘩溜秋停在原处。斯时,故乡才开放搞活儿,姑娘小伙们胆怯怯出去打工,山河处处春风起,父母也鞭长莫及,再没有私奔那样撕裂的痛楚,却又染上别的心病。

青枝秀发披肩,皮肤光洁,还像个待嫁的小姑娘,两个娃像她的弟妹,憨子像一家人的大哥。梨树下静坐,星光漏到我俩身上,我才捞住她问:"你一个小姑娘最远到镇上,却不顾一切远走他乡,为的什么?"她羞愧说岁数小,太莽撞了,家里的伤痛挺深的,那时就想找个哥依靠,天不怕地不怕的,他一拱,敢不敢跟我走?就跟问喝酒,敢不敢一杯干了?直接干了,她偷了户口本走了。

小时候吃饭拿筷子捏得远,总挨骂,还真是嫁得远。青枝说,我不信命,就信我自己。

三

夜里安静下来,憨子躺病床上说疼,忍不住,青枝就去找医生开药。青枝前脚走,憨子就起床,疲弱不堪了,腿绊在一起,缓缓挪向十楼顶花园。但青枝忽然心有感觉,药也没拿往回跑,她比他跑得快,他还往顶楼楼沿挪,她根本不拦他,直接跑到最近的楼沿喊:"你想跳楼,得看着我先跳。"

憨子愣住了,她说得出做得到,他俩坐下来了。

她才三十六岁,多好的年华,可这婆婆世界,万千努力不及上苍的一次点将,她与他共同缔造的小火炉就要灭了。多好的人,憨哥说话刻意小声,妯娌多,但谁也甭想给小枝一个斜眼,地里的活儿不让她干,她就做想做的事。可是他病了,肝癌晚期,他不忍空耗家财。青枝哪里肯,心比比干多一窍,早防着。

青枝小声唱起老歌来:妹妹找哥泪花流。想起初识惊艳的一刻,那一声"啊"寻寻觅觅,冷冷清清,凄凄惨惨了。

他隐匿于暮色荒野里,再不能替她挡风遮雨了。家是个气场,现在失了循环的空气,裁缝事业如同她的心情,也已经沦陷了。

又三年,父亲亲自来接姑娘,家永远是后盾,他们旋风一样刮回乡了,姻缘线在老家等着。姐婆家有尚未婚配的小叔子,性情粗粝,心地善良,枝子收拾好心情与之结为秦晋了,老满族风俗崇尚亲上加亲。

村头又震动了。两姐妹嫁两哥儿俩,不制造新闻轰动一下那都不是她。但人们的思维是追不上她的,逃离与回归,不可同日而语。逃是为了自由,归仍是自由。她不会节烈一生,她来人世的目的是搭建一个温暖巢穴,逝者已去,爱情变成虚构,这个有温度的位置才是真的。

一个大院里住着，青枝水葱的女儿，姐家帅气的男孩，坐则随行吃则同桌，情窦初开了。

姐沉了脸："我儿子不是没钱说不上媳妇。"

妹扭了头："我闺女也不是难看嫁不出去。"

姐俩争论着，埋怨着，两个孩子悄悄走了。姐俩一边斗嘴一边寻找，辗转几个月找到时，小女孩已经挺起了肚子，抱着母亲哭。又一株枝子花开，比当年勇。小生命大于一切，生命既来，就有他的道理，一个小家暖烘烘焙成了。

全村人又惊诧了，青枝不起波澜不罢休啊，比电视好看。而青枝一直是在被议论中成长的，不怕再多几句。俩孩子分明还不知生养是怎么回事，麻烦的伏笔四处拱着，也得先顾眼前，只要有一场婚礼乡间就无闲话，两姨亲或姑舅亲的婚俗遗风仍在，至于孩子是否会增加遗传病风险，谁家摊着认倒霉。姐俩都竭力维护着大家庭体面，放弃了内心纠结与诸多不适。

舅舅承受得更多，非走一门亲戚，冤家路窄，急病了，喉癌，雷声隐去，两年后去世。

无婚约的小家就是凉亭四处透风，风往哪儿刮谁也拦不住，年轻的小父母很快各立山头了，也许本身就是错误，上天就要他们自行纠正。

女儿带着孩子回到青枝身边，她撑大了左翅膀搂在怀里，又撑开右翅膀护住新老伴。新老伴心脏病住进医院抢救，还没立功先邀赏，但既在一起，她就要再拉一堆饥荒救他。

那些年她被扒了几层皮，怎么捋也难顺，是她错了吗？当砖瓦当大柁，也得熬下去。

四

坐吃山崩壁倒，口是无底之坑。怎么才能尽快挣出一大笔钱来，欠钱过日子不香。

她十八而立，三十不惑，现在四十第二春。"我就是不服输，到啥时候不往窄路上想。"我们隔着屏幕交谈，都能听到她提剑出鞘的声音。

她瞄准一门新兴职业，月嫂。她把家人送回老家休养，独自去京，选择最好的月嫂培训中心，苦学苦练，待婴儿比亲生孩子更用上百倍的心，很快打出金牌月嫂名头来。几年月嫂生涯遇着的都是好人家，从没有难为过她，工资高出市场价，欠账早还完了，还攒下钱给儿子投资开厂。

可母亲又患肺癌了，守着没有钱治疗更着急，她看了母亲一次就接单工作了，只想寄回更多的钱。她在异乡托举着鲜而轻的小生命，有无限的朝气，老家母亲这一生憋屈的愁容坠得她下沉，是生死两极间的摆动。母亲的病情突然恶化，最后一面没见着，她这才觉得自己错了，钱怎能抵得上珍贵的陪伴？她要忏悔一辈子。

最后看的宝宝长达一年时间，宝宝健康快乐，宝宝爷爷是一所医院院长，喜欢听她聊聊老家的事。青枝有时流露焦虑，女儿是最大的心事，没学历没工作还拖个小油瓶。院长又给她介绍几个大户人家,她婉言谢绝,给家庭贫困的老姐妹了,儿子结婚生子,她得回去看孙子了。

不断地在别人家轮转,她想家了。出来是家的需要,回去更是。不久,她接到院长的电话,她的女儿可以去医院上班了!天上掉下了一大片桃花源,她欣喜若狂。要向谁诉说这快乐?她打开全民K歌,唯有唱歌。"赢得天下春常在,迎来家乡山河秀。"这一声"啊"坚定有力欢快,穿透世上与灵魂空间,恍然回到十八岁时最纯净的星空。

山有木兮木有枝,她是幸福的。指纹讲,九斗一簸箕,到哪儿稳坐下,实际说的是信念。不后悔,不服输,就不信过不好。她就靠这活着。

锦灯笼闲话

人多嗓子响。

——谚语

年轻时课多,大班没话筒,全凭声嘶力竭一刀刀干拉,嗓子渐渐喑哑粗沉了。

试过塞上金莲花、东南亚胖大海、桂林西瓜霜、柳州金嗓子、桂龙慢严舒柠,"柠"还让"宁"混淆一回,"柠"本柠檬树,木皮果实可入药,但该药并无此成分,当是如"严"同"咽","柠"同"宁"意,汉文字意韵高深。嗓子时清时浊,路遇一在京都深造过的中医师,荐一款中药,四字听来拗口,问两遍不明所以撂下了。

中药起名讲究,如宋时钱乙首创的六味地黄丸,金元李东垣的补中益气丸,同仁堂的牛黄上清丸、乌鸡白凤丸,药名如话,古雅味厚,不吃也有半橱子诗意。

新冠肺炎疫情暴发初期,我正在成都宽窄巷子玩,去药店买口罩,赫然发现主推板蓝根之外,另有大袋"玄麦甘桔"

四字飞扬,蓦然与中医师的发音对上了,如同儿时背的诗文全然不解,长大遇见怦然心动,遂拿下。名字就是四味药:玄参、麦冬、甘草、桔梗,源自清代。私以为四药材按个儿拿出来皆妙,凑起来则佶屈聱牙,偷懒了。想起避暑山庄"四知书屋",传统老菜"四喜丸子",古籍的"四书五经",民间的"四平八稳",电影的《四世同堂》,可探索空间多矣,可惜了一味好药。味道甘甜,归家即购四味草药自行熬煮,叫玄麦甘桔汤,在黝黑老药锅子、低沉的火焰、温煦的药香中体味中药之情深,就是黛玉、宝琴芦雪庵联句:无风仍脉脉,不雨亦潇潇。

疫情严重在线教学,赶上满学时,课前等学生来又主动分享阅读一本书,比真教室更多了一车车的话,又兼熬夜上火,嗓子彻底败了,总觉长满了刺,阻击音脉出壳。一朝见友,人家山歌与村笛,我勉强"呕哑嘲哳"。怎么了?尴尬。

又一春来,仍需在线上课,苦恼的当口想起一味草药,一桩旧事来,盈盈亮起了小橘灯。

> 丁字没有钩,两边挂圆球,三天没吃饭,饿得像瘦猴,三根韭菜三毛三。
>
> ——儿歌

沟里有个德子叔,是父亲旧友,长年穿藏蓝中山装戴同色塌舌头帽子,一歪头眼睛细篾子似的,眯眼一笑透着狡黠,三吹六哨、老王卖瓜、老油条,江湖话都套给他,但这是表象,瓜瓤也着实看得过去,有坏劲儿没坏心,斜的正的黑的白的没有他不能掺和、掺和不好的。有钱爱摆阔,但不对穷人摆,穷能瞎对付,对付完挺着胸脯出门,比嘴上抹猪皮愣装吃炖肉的神气。我父病后不出屋,他无事忙,常与父亲聊一会儿解闷。父亲去世后少见了,那年冬我和母亲在门口站着,他就进了院,围炉开聊。

先缅怀一下我父看病、开方、针灸,那都是艺术,接着捧出自己的赭黄老瓜:"这个村也就我能跟你爸我二哥谈医论道,我多年行走江湖见识过大场面。四海翻腾云水怒,五洲震荡风雷激。一腔子热血撒欢儿跑,也爱听个闲书,学些俗方验方小皮毛,医院治不了的怪病,我一上手,好了。"

哦,那说个案例?我有意难为,他黝黑的脸红起来,张口就来。

"二道沟,有个五六岁臭女孩谁都不待见,不让吃吧嗷嗷叫,吃了屎糊屁股,天天挨打,亲妈都下狠心要扔了。那孩子饿得瘦猴一样,窝在猪圈里,可怜,我用一奇招儿治好了。"

什么招儿?他嘿嘿一笑。"只需两个棒粒儿,顺孩子肛门塞进去,垫到括约肌处。行了,解决问题。她就是括约肌坏了,就差那么一点儿劲,不听控制,棒粒加个活塞给使上劲了。"

小姑娘不臭了,认他做干大,得意,但凡兜里有几角闲钱,假装路过二道沟,小姑娘当街玩跳房子,喊着干大扑颠颠扑过来,他抱起转个圈放下一兜糖果走了。那不我干闺女嘛。

大概真有其事,小姑娘终得着阳光,活成个人了。

那咽炎难治,可有好法?他想都没想,"有啊,房前屋后墙根处长着那豆姑鸟,撅下茎叶果子煮水喝,去根。"

寻它千百度,得来不费工夫。红彤彤的,那鸟从童年,从墙根荒草间袅袅出世了。

三块瓦,盖个楼,里面住个红老头。
——谜语

小时常玩一个游戏,三人一组,每人右手攥住左手腕,左手再攥住另一人右手腕,稳稳的三足鼎立,把三四岁小孩跨手座上抬着走,说着这谜语,谜底就是豆姑鸟。还说,三块瓦,盖个庙,里面住个白老道。谜底是荞麦。三言其多,指的是三角五角六角的弧衣,也是萼片,裹着一豆橘红浆果,细皮嫩肉多籽多汁,酸中有甜,也叫酸浆,穿几串挂窗台上冬天冻了吃。没想到还是药。

豆姑鸟是俗语,学名叫锦灯笼,灯笼寻常,加上锦字忽然典雅万分,由荒野进入殿堂了。如春天小雨一闷,阴坡憋不住了,草尖浮动一片片地皮菜,一地草绿色雪花,称地锦。再如金灿灿黏角花,叫小叶锦鸡儿,立刻华美贵气了。

茄科,串根,一长一片,说这老母猪头胎就下十个崽,真"甜获人",锦灯笼也是。心形绿叶,萼钟小花白色,绿灯笼出没，是素锦，秋天则红灯灼灼，丰饶诱人。试试没坏处，我掐了一大把干燥茎秆，煮了半锅，一尝苦到齁。

　　和山槐子即苦参有一拼，但苦得单纯，尚能忍受。有年午夜胃下剧痛，疼到窒息欲死欲活，原是十二指肠溃疡，买溃疡颗粒沏水喝，颗粒难化，浓稠着硬灌下去，苦上又加了涩、甜、腥，恶心难挡，几度呕出来，但觉溃疡面被包扎安抚了，算苦得值。太爷当年用各种冷门动植物药磨粉，需以水和之吞服，难喝就是治病，苦主忍着。糖也救不过来的苦，是真苦。

　　只怕喝坏都倒掉了，一忘多年，不承想疫情防控期间它再次挺身而出，拯救嗓子。这次长经验，只煮了十个弧衣，仍苦得够意思，但几天就觉嗓底见清，暗喜。干脆直接当苦茶泡，嗓道细润些了。

　　其他部位万般苦，唯有浆果酸甜味佳，锦灯笼是怎么分配味道的？概如人界母爱，一母生九子总有偏疼的一个，也总有不喜的，再努力也苦大仇深。却正因其吸收自然的苦涩，才能消解生命中的苦涩之疾。

　　锦灯笼，流落民间的公主，善弹琵琶，有哲学般的慰藉。

　　　　小鸡不撒尿，各有各的道。

　　　　　　　　　　　　　　——俗话

　　谢过锦灯笼，想起母亲聊到德叔的事儿。

　　我家买了猪崽，正等着劁猪进村，他先逛来了。我会呀。

跟父亲要了刀剪,灶火膛燎一下,跳进猪圈,将猪头用膝盖一顶,一手拽住那物划开,挤出肉嘟嘟二蛋,一刀断去是非根,小猪扎进墙角噌噌委屈,他跳出来抽烟了。垒墙扣瓦大活儿能上,拉锯吊线推刨花,做个门窗柜子也拿得起。我家老房窗户想换块大玻璃,两个木匠看了不敢动手,德叔上眼一瞧,这儿支个楔子那儿加个塞,麻利地一圈小细钉锤上,大玻璃亮堂堂框上了。

一日德叔逛到傍晚,发现我家灶房浓烟四溢,打了烟筒还堵,炕上四角酿生烟,说这炕该拆了,不定哪儿塌了。第二天老早过来,拆旧土坯,挑到大门外沤粪,不嫌暴土扬场。扛穄黍秸,借铡刀铡穰秸,母亲给入草。刨土提水和泥,以模具制作新土坯。搭炕巧妙,烟道与灶膛不压火,不截柴,热得快。母亲包芹菜肉饺子烫一壶酒,他不贪,喝几盅解解乏,愉快地消失在柴门月下了。

偏自家日子破破烂烂,老房漏了,不过整些粗木棍支起,扔两捆秸秆压上,人家提醒他房子快塌了。那不还没塌吗?心不灵光。母亲说。德叔好热闹,整个村庄一起干活儿他如鱼得水,分了责任田各自耕地,囫囵弄过也没人剋他,得过且过。该上化肥了,没钱,就黄不拉叽长。草乌泱乌泱的,拔几下嫌勒手,抽袋烟回家了。却喜到四邻八村给别人帮忙耪地、追肥,滔滔大谈古今逸事,混顿小酒,野够了回家。

女人侍候庄稼,侍候他,当成爷儿或长不大的孩子,几天不受用他抬脚又走了。做客似的,干净体面,不能提笼架鸟,折枝山花捏只蝴蝶容易。有一把毛票就痒痒，掏兜嘎嘎响，见小孩打架号天抹地，抽一张递过去，别哭了，买糖去。不想自家老婆孩子都舍不得吃。

老婆数落："我一人忙不过来，还一天到晚舔人家屁股。"德叔三言两语加糖哄，照样热炕上吃饭睡觉。没辙，上辈子欠的。欠的总会还完，老婆决定走了。家里破七烂八，德叔根不能替她掐算一回，找个好人再嫁。老婆带走男孩留下女孩，让他多少有个负担，地里不至荒芜，他免于堕落。

而妇人仍时常回家拆洗被褥做棉衣，又拿钱央人弄些谷草修房。德叔愧悔，勤快了几天，地里就干净一阵，多几分收成。姑娘考上中专交不出学费，念啥学？过两年嫁人了。姑娘不服打工去了，反寄钱接济爸爸，这下更闲了。溜达一圈得一出人间喜乐，拿村前村后神侃。

一日正村口大话，突然卡壳摔倒了。竟是两天没揭开锅，全靠喝水撑场子。妇人们啧啧叹着，鸡蛋炒饭大葱蘸酱喂饱他，扯开嗓子又开侃，并不理会适才惨状。

这一身矛盾的人，一身的精神头，明里一盆火，暗里还是一盆火，自己有，见不得别人挨饿，自己没有，扛着，不抢不要，倒刚强。

姑娘嫁到南方，给了德叔一万块翻盖房子，20世纪90年代是笔大钱。待姑娘抱着外孙回娘家，想舒坦住几天，一看炸了，房上还是一摊树枝烂草。他不嫖不赌，钱呢？

吃个虱子也要留条大腿给别人。

——方言

德叔先请村里帮过自己的人，坐炕头大吃大喝，不醉不许下炕。而后揣上一摞大钱东跑西颠，宴请亲戚里道、哥儿们朋友，有啥为难招窄的事吱一声。

一妇不曾言语。大铁锅漏了，每次煮饭烧水要用湿面糊一下缝隙，苦苦对付。房子漏雨，丈夫瘫在尿坑里，两个孩子念不起书，目光哀戚。他睡不着了，鸡还没叫就踏上大露水草，翻过三道梁去镇上了，一蛇皮袋肉菜，一车木头一车砖，拉到妇人家，请人修房，管吃喝，还一直监督并付了工钱才走。众人逗趣德叔，若喜欢那女的，索性插个门去？德叔一脸正色，放屁，我跟她丈夫是哥儿们。

冬天他买足了煤，破房也暖和，可是风雪中的长号声声撞耳朵，狼来了？原是两个傻光棍冻得号啕不止。父母没了，亲弟捞着俩哥天天作耗，干活儿当牲口使，动辄拿大木棒往死里打，两个"孽根"跑着喊"咋整，打死了"，终被打到腿断了。他爬出热被窝，扛上一捆柴冲进风雪里。又顶着朔风走去镇上，买一锅包子，买棉花布料窗纸，请妇女们做厚实棉衣，糊了窗户，又塑个泥火盆端过去。

数数钱不多了，得把紧点儿。偏一家老爷子突发脑出血，他抓上钱跟着上医院了。谁花不是花，花了才是钱。他缩在炕头看房顶渗出了一抹月色，就挪炕梢住。天亮继续发现之旅，一身舍得，若脖颈儿插上一把破扇就是济公。

他可怜别人，别人也可怜他。破房子漏锅，炕上躺着病老婆，好歹算家，他已被女儿、前妻彻底放弃，成孤家寡人了。又是连雨天，墙体都下酥了，时有坍塌声响，早晨大家寻去，德叔家早颓成一片废墟，忙去翻找。没人，没血迹。

德叔夜里走了，摸着黑与泥泞，连一只狗也没惊动。

    外垂绛囊，中含赤子如珠，酸甘可食，盈盈绕砌。
                  ——《本草纲目》

秋，我在油葵地边摘雏菊，猛发现一大片锦灯笼攀着铁丝栏晃，好像办喜事挂红灯，隐隐有丝竹声。锦灯笼也称"红姑娘"，时珍说源自"瓜囊"，古音瓜同古，囊同娘。我们叫豆姑鸟，豆指浆果，一灯如豆，鸟是娘的谐音，应是豆姑娘，妥妥的童话公主驾到。

这里原是羊圈，地壮，油葵与蒿子秆也壮，没人注意正在成熟的浆果，我摘满一袋子，带着枝叶掼到笸箩里晒，碧叶赤珠，见之生喜。又穿长串挂脖子上，卧玉米堆旁，吃浆果，搂花猫玩，与母亲叙话，时间浓烈如梦。

问德叔去哪里混了？母亲说，装神弄鬼去了，没个正经。

二娘去镇上买货，走进聚源永胡同，见墙角蹲一光头黑衫男人，地上铺块黑布画着双鱼，是盲人算卦。男人眯着眼睛摇头晃脑侃，一妇捏着钱直点头。二娘定睛一看，万根烦恼丝没了我也认得你，大喊德子，德叔一惊睁眼，露馅了。那妇怒踢了摊子，揪住他一顿挠骂。

德叔猫在洞山破庙里，嘉庆年间宝盖寺，真修仙得道的劲头。他确实懂些易经八卦，说来一套一绺的，也无非闹个仨瓜俩枣，同着流浪汉囫囵几顿饭。以为他这回必山穷水尽，可说话间就峰回路转了。富裕起来的人们愈发注重民俗禁忌，需要庙宇香火，忏悔祷告梳理心灵，德叔一身功夫蛟龙入水：盖房子看风水，红白喜事算个日子时辰，生小孩批八字起个名字，有病灾的去推拿拔罐子。我与母亲进一家店买鞋，店主正恭恭敬敬听一黄衫人念经，店主九十老母中午过大寿，大餐必杀生，特请德大仙超度一下。

这生命力，真像锦灯笼串根生，此灭彼生，绝处逢生。德叔满面红光了，自认洒家天降大任，有钱很快散没了，才踏实。实是一散仙，不合有家，芒鞋破钵街头讨吃的，反快活。如那李叔同扔了家业苦修去，内心安宁。

我把弧衣泡在蓝黑瓷碗里，不塌不蔫，嫣红如灯，久泡亦难褪色，苦就是劲，苦尽色浅，一生完结。植物也是行走的散仙，一路丢下果肉根茎，灵魂也给了渴求者。疾病是一种提醒，你忽视了什么，它们就会变着法出现，药是最好的切入方式。一生要入多少药？慢慢人就像一枚多籽的浆果，有慈悲味道了。

微雨，墙腰，一弧衣被虫吃成网，丝质锦帐仍密密织着，赤豆如珠，端然静坐，一如木门深处滚烫的生活。

黄昏诸神至

母亲倏然就到最后了,肌肉如败粥,没皮儿兜着吧唧掉地上了。她揪着胸脯说:"瞅我这身上,肉都泻了。"这"泻"字竟无可换。

一

端午前两天,下课。我快速出发到大药堂,拿了五包药,去饭店提了坛焖凤爪和猪蹄,热乎乎抱着坐大巴回乡下。五黄六月,蒿草腥绿,哪片野地在馋涎母亲的肉身?

狞笑吧刀斧手,敬上二斤好酒,快些赶路,一口切断她的心尖已算仁慈。脊柱爬满了蜘蛛精,放肆下崽儿咬噬;左右肺奋力向两肋插将,犄角横生百般钩刺,攀爬、片肉、剔骨、大嚼,虫豸还在疯狂挖掘着。

初时她念叨:"是都要回来给我过八十大寿弄的吧,你舅妈本来没啥病,非大过生日,没几天死了。"最后哀泣,"一刀刀拉肉,这是在地狱受罪哪,要死早点儿死吧。"然而愈发狼一样咒骂，毒巴巴射出热望。我们没告知她是结肠癌晚期，没药，熬的都是她自己的骨肉。

梗阻七天，是更重了，吐故纳新才是生命。母亲却露出浅笑，以为腹泻要好了，拄着拐棍和孙男娣女当街晒会儿太阳，她常喂的黑狗也前来嗅了一嗅。

"梗阻吃芒硝，便血服三七，止血不留淤，化淤不伤正。"先生说。芒硝，高渗性溶液，苦能泻热，咸能软坚，清热消肿抗炎，期望能帮肠道开出一条血路来。一服没通，二服仍不通，又吃了西药，也没动静。先生大惊，"这样吃可了不得，一泻如注会坏事的。"也能想到，一旦破了口子，黄河东流去，就完了。

二姐支锅熬药，红参、白花蛇舌草、枳实、厚朴、当归、炙甘草、冬瓜子、乌药、枳壳、炒薏苡仁、葶苈子、瓜蒌、杏仁、茯苓，在老药锅子里咕嘟，明知不管什么用了，也喝不下去了，但敦厚的香散出来，能稳住东倒西歪的心。

母亲也只喝了三口，没地儿盛了。扶她去厕所，拐过墙角刺玫花，我一惊一乍嚷："妈快看，花开了，二缸上一朵，靠墙一朵，挨樱桃那还一朵。"母亲拄棍停住，笑了，"都开了，一刮风，可香去了，就是不知咋浇水不合适了，花骨朵死了不少。"我心一凛，许多花骨朵儿蔫黑了，像四月末冻死的映山红。

傍晚大到暴雨，满院跑小河，我们小时候踏水撵鸡，她在灶坑费力烧着湿柴，随着呛出的浓烟骂我们一顿。她一向声洪嘴壮，养鸡骂鸭，养猪骂狗，该死的，倒头的，但一直告诫我们，"良言一句三冬暖，恶语伤人六月寒；自己东西看好了，别人的咱不惦记。"你再底气十足骂上几句？

门神秦琼与尉迟恭威武的怒像，在雨线里柔化了。旮旮晃晃都冲刷得干净，是洗去她在大地上的痕迹，要迎接她的元神？

二

端午前一天。上午，阳光灼辣，似在施针，痛炙大地。大地没病，有伤口的是人，趁着它尚没撕扯，要再看一眼有妈在的囫囵村庄。二姐守着，我和大姐快步去一里地外大湾，儿时抓鱼洗澡的圣地。

明明该是乱河滩，大湾却丢出盛大的惊喜，花都开炸了。就一种花，毛茛花，才指甲大小，但金黄油亮，露珠恣肆，深沟满谷光响起浮，何等热烈雄浑，是赞颂生命与太阳的无伴奏合唱。一丈之外生命葱茏，一人离去无关风月，我深深感动了，糊涂了，这花三年五载稀稀拉拉未必成气候，偶尔一年才孕育出了风暴，而我们看到了，是花的赐予，是母亲的赐予。自然是蓬勃的，无限沸腾的生，也必有悄悄倒下的死，若老下就挤在暴烈的花丛里，或是安慰，可见怕的不是离开，是那个蜕变过程，那种撕裂、重组的钝痛。

姐薅下一大把带根的花，赶上大叔开三轮车路过，拉我们在田间疾驰，玉米哗哗后退，那生机勃勃的带风的良田里，我大口呼吸着带有母亲味道的山风。抱花到母亲胸前，那股子野性扑棱棱过去，她竟没有笑容，只斜了一眼。我把花插进水瓶置于水缸根底，傍晚栽到枣树下，母亲常坐的石凳旁，那地我还种了好多花：步步登高、凤仙、茉莉、甘菊、锦葵。哥说老妈的灵柩将停在这位置，一办上大事哪儿都会踩坏的，甭费力气。那也不能全部移走，她会生疑。我四处墙角栽花，花亦能赶走慌乱，提着水桶四处浇，胳膊肿了还兴冲冲。母亲见了说："傻，不如多浇小萝卜，还能吃。"马上浇，樱红小圆萝卜长得快，煞是爽口，可喜母亲吃上了。哥上山挖回嫩生生的苣荬菜，她也顿顿吃些，一辈子的老味道没撇下她。

我们热火朝天干活儿，清洗她的冬春衣服，花色翩跹晒满院子，收纳太阳味，还要再穿个十年八年光景。她沉着指挥我们，赶在大雨之前栽茄子辣椒西红柿，一项不落，"死也要把黑麦种下"。我想起俄罗斯民谚，全世界农民的心都一样跳动着。

下午。母亲能解出一点儿了，有点儿便血，服用三七粉，管用不伤身。但很快就坏了，炕上地下，花墙内外来来回回，手杖嗒嗒嗒敲打的不是地，是裂的心。至夜又剧烈呕吐。

身体要清空了？不能带着污秽走，质本洁来还洁去。芒硝过度服用似乎天意，把两三天苦痛一夜受了，逼迫灵魂快速褪出千疮百孔仍不断被刀削斧凿的肉身。

生命要质变了。姐默念阿弥陀佛，我抄经，一个基督徒给的几十段经文，能缓解病人痛苦。有事做不慌乱。

三

端午。阴天，哥带我们上山祭祖。"带上酒跟饺子，你爸爱吃，好好念叨念叨我这病。"她微弱地嘱咐。

祖坟在两个村落间，北山梁头，南面松山横亘。山下仰望梁头，只见树繁叶茂，高而隐，风水好。我充满敬意，托老太爷和父亲关照母亲，平和些度过人生最后阶段。

祖坟处就像家族的神祇，一个倾诉之地，母亲有一年受了委屈无以排遣，就是到父亲坟前哭诉了一番，内心平和了。

然而疼痛使人昏乱，母亲和父亲吵了一辈子架，最后仍拿父亲出了一次气，她向黑洞洞的夜骂父亲："回来看一眼赶紧走，再不走明儿个上山挖坟，把你棺材劈了，把你那堆骨头拿出来扔大河套去。"我们只好求父亲保佑，父亲有灵。

中午，小侄远道归来进院，恰好我扶母亲出去，她拄棍停在门口，小侄喊奶奶，她笑了一下，是她在人间的最后一个月牙。桌上都是她爱吃的菜，她一向有上好的胃口，牙齿没一个坏的，总是叫我们睡前醒后要多叩齿，后来我一叩齿，母亲即复活。上天不让她吃了，她离开桌子，风萧萧兮，一脸上哀戚的水。

傍晚。仿佛一片落叶被小风催动，她发出纤弱的呼救："要憋死了，快去医院吧。"姐弟几个慌慌地收拾备车。哥稳住了。大家躲在当院小声讨论，输氧也缓解不了憋气，胸腔积液太多只能抽，老人不敢打麻药，刺激大，虚透的人一下子就完了。"不能再动她了。"

到最后，救与不救都是折磨。有女医生说她母亲昏迷了，本踌躇着要不要救，她知道救活的后果，但舍不得还是救了，母亲醒来后不能说话，但眼里喷出怒火，谁说话也不搭理，耸动身体不合作，又花费十几万，遭受仨月大罪，孩子们都后悔了。一人父亲也是被救醒后满脸悲戚，无力的手在纸上写满歪歪扭扭的"痛"字，大刀小刀戳在孩子心上。

而乡村，更容易顺从天意，还有乡俗。

母亲视力模糊，走路找不到门，一折腾可能折在路上或医院，这样再回村办事就有麻烦。曾经一爷爷家儿子在外面遇上车祸，灵棚只能搭在村外，乡俗以为横死怨气太重，影响村里老幼平安，那家人对村里还有恩，也不行，老辈子规矩丁丁卯卯不能违背，矛盾也就结下了。是故病人在医院实在不行了，一定活着拉家里候着。

澎湃的心迅速塌下去，空气不安了。大姐脸色凝重，"妈抬头纹开了。"母亲的抬头纹有七条之多，藏着八十年尘世的纠结苦乐，现在松了，一白道一紫道都是时间痕迹。生命的球果开始皱缩，灵魂在核里忐忑。

那个傍晚，光突然喷涌般照彻了房院，我从没见过那般盛大浓稠的光线浪涛般漫过来，布道一般，比早晨泼洒的阳光还多还亮，仿佛诸神一位位都驾到了，以天国之手抚过石墙、蔬菜、我们，一只垂到檐下的蜘蛛，墙上大红的福字，炕梢歪在被垛上的母亲；凡抚摸过的，都发烫发光了。那光是母亲一生未施尽的慈悲、未说出的话，亦是盛大的告别、眷恋、不舍，终于撒开了手，黑暗熏黑了天空。

四

端午后一天。早晨，哥嫂上山施肥，庄稼与生命皆不可误。

吃了吗啡她依然疼，原来必须整个吃掉才好，我手欠掰开了。扶她下地时，她胳膊腿吃不上劲，自然蜷缩着了，一个绝望的问号，皮下快是一座死城。我立刻想哭倒在地。这一刻我深知她的伤悲，是将丧失所有能力，腹股区，前前后后，这些一生都在秘密守护的地方，将不得不暴露给别人了。绝不是彼此间的羞耻感，是更让人寒冷的无能为力，是躯体放弃她之后，我们也将放弃她。而这也将是我们老去时最大的悲伤。

"人老了，哪儿有尊严。"很多人叹过，你把自己当婴儿了，别人是不能的。

"装老衣裳"从隐秘的仓房请出来，暂时放我们姐仨睡觉的西屋。这屋立时阴凉了。我拿大床单盖上，睡时俩姐像小时候一样把我夹在中间。

寿衣叫吉祥衣。上好的花色布料，给寿星穿真吉祥，一旦做给逝者似就染上了肃杀气。如果只有极乐世界说法，人生就当成一场苦修，走了就是福修到了，那衣就是天堂的仙袍，一路祥云。而为抑制恶行创造的地狱鬼魂概念，却也把好人吓出了好歹。

寿衣需由女儿买，我们借口去买茄子辣椒秧，去了寿衣店，大白天也有寒气，光影肃穆。是上了年纪的妇人做的，想着能让那些躯体在湿地下温暖一些，会不由自主多絮些棉花，针脚更为细密，因自己的手工能令逝者体面走好，心上满足，因而她面现慈祥。

棺材铺就不同了，哥弟们管定制寿材，说那里才真瘆得慌，老板体横气粗，眉露凶相，压得住才能开。同样木头，修房盖屋就是堂堂正正栋梁材，成为寿材就浸了阴气，木头可有怨言？

想去年暑期，我和妈坐门前聊天，波斯菊壮实开着，她漫不经心说，有几个老人都开始准备寿衣棺材了，李老太跟儿子生气，一怒上了全套寿衣大装，端坐炕头，儿子进门吓跪了。前院二叔也扯布找人做寿衣了，款式颜色他都合心的。"东边大奶奶去世时有个大红棺罩，花啊朵的金棱棱的，到时也想要一个，得姑娘买。"我说还早，真到那天咱们都全，要最好的。

这是信号吗？生炉子不盖盖，直到煤烟呛进屋里；夜里屋门大敞就睡了；过年我洗净几条床单，姐姐一家子回去根本没想起来铺；晚上我挂好了外面窗帘，她拿着木棍费劲摘下来，进屋才觉错了；看电视要拨一台，怎么按《新闻联播》就不出来，气得骂，我一看拿的是手机……冥冥中各种暗示，并不是老年痴呆症，是记忆都要抛她走了。

生命就是自由落体，到最后跌得更快。我们尊重母亲生命的自然进程，不去干扰细胞组织的有序撤离，一旦粗暴打断秩序，身体得花更多时间再次捋直。可怜的灵魂，终免不了被一场僵直运动赶出来，绕树哀鸣，无枝可依。

凌晨两点，大哥他们忽然把仓房一扇门板抬出来，东西向搭在外屋。

搭"吉祥板"了。人不能在炕上走，否则在阴间就一直背着大炕度日，难以超生，也会压着活人的运道。万一人过去了，寿材没来，得有安置。

此时，阴阳之间就隔着一个门板的厚度。夜得一梦，父亲进屋拽起母亲，母亲身体如燕好像十九岁嫁娘，拖着长辫满脸欢喜，跟父亲走了。

五

初七，最长的一天。此日，母亲是村庄最贵重的人，她的生死是村庄最大的事，且只能由她自己，决定一场重大仪式的时间节奏。

天蒙蒙亮，火燕叫得欢实，人去关鸟甚事。每日必来蹭饭的黑狗，满盆肉菜馊了，却没影了。阎王面前喘三喘，生命的韧性不可估量，母亲能撑到几时，谁也不知道。若在城里一切有仪器把握,她该被一堆管子扎紧,独自面对死神和仪器的粗暴抻拉,在孤单、绝望、恐惧中断魂了,才由医生宣告死亡。在乡村绝不同,家人和母亲共同面对她的临终进程,也会请村里有头脸的主事来多重判断,将尽可能地不早也不会晚,恰当安排好一切,生命定然痛苦,但不至孤恐。这是告别生命最好的方式。

男人们毁掉菜园,垫平踩硬,备出五六桌吃饭的地方。阳光带来一点儿生机,母亲抬头纹合上了,手甚至能挠到头,腿还能支起来,下巴微垂,显得牙床高了,咬牙又咬不上,发出喑哑之声。是回光返照,还是低级神经反射?

早饭间,大家商量何时运来母亲寿材,来早了,若她还能撑上一两天,虽然眼皮全耷拉下来,万一吧嗒睁开呢,这是催她走。父亲那年冬子月身体差,常梦见太爷奶奶来叫他,害怕一时有事抓瞎,母亲就张罗做了寿材,晚上拉了窗帘,开大声看电视,外面悄悄把棺材运进西边棚屋,用棒秸盖好了。但父亲早已捕捉到窸窣的脚步声,妈说是耗子猫或野狗,父亲不言语,亮天拄着拐棍到西边,扒拉开惨白大物,敲墙厉叱,"那是什么,快拿斧头劈了。"震音不绝,怜惜我父,也不要刺激到母亲。可若是运晚了,她抬脚一走不能及时入殓,就得"停灵"吉祥板,就必须得等阴阳先生定夺一切,事情就复杂了,禁忌颇多。奶奶和父亲去世时,我的属相生辰都有禁忌,不能送殡去,看着灵柩渐哭渐远。

大哥是拍板人,内心纠结一万倍,怕万一有啥闪失耽误老妈后事，一切最好衔接得当，丝毫马虎不得。哥请了两位同事来给掌掌眼，二位都是去年失去了老爷子，有些经验。他们给母亲摸脉看相，以为若有事该在午夜。村里主事姑姑来了，也算乡村入殓师，从前都是男人管，他们老了，姑姑脱颖而出，是红白喜事主心骨。说白天没事，但先"挪铺"吧。

挪铺，一说临终者不知觉地光着身子离开被褥，挪炕上，不在你家睡了，要挪地了。姑姑说的"挪铺"又是村俗，临终者不能再铺炕褥，提早挪在光炕席上，只铺她自己的旧褥。母亲由炕中间挪到炕梢，每做一件事，都是朝着她临终更近一点儿。

又有乡邻坐在炕头说着后事办理，一向嗓门大，也不避讳。母不能言，心里明白，得多难过。但乡人不这么看，母亲听到大家都在为她操劳，会放心呢。外面又忙碌起来，备青砖，垒支点；备多个木杠；院墙拆开，大门墙体拓宽，以迎接母亲的新房子。院子突然就大了，像是接通了荒野。母亲也在忙碌着，将熟未熟的谷穗，还要一点点熟透。

要"下去"了，她身体带着枕头被褥有意无意退下去，不在人世了。

抬头纹全开了，宽额广颐。我竭力把紫白的纹路往一块儿纵，它们像松紧带垮了。额头瞳孔上方有阳白穴，清灵明目，她常自己掐紫了去火，我也掐挤半天，没一点儿紫痕。我站在母亲头直，按摩她的额头和太阳穴，希望她就这样沉入无知无觉。但似乎不可能，她龇着牙齿有叫不出的痛。

母亲身体在做最后的"清肠"。半小时一次，每一次都当作最后一次，女孩们哭泣着为母亲剪指甲、擦拭泄物，一点儿不嫌。若在医院交由护工，能有家人的耐心与轻柔吗？一身清爽地回归才是尊严。我抚摸她的肚腹，薄薄的皮下铺满了疙瘩，不知是淋巴结还是扩散的肿瘤结节。这一生除了为她洗过数次澡，对她的身体一向陌生，从未在一个被窝睡过，拉一拉手也觉异样，仿佛皮有刚毛，会刺痛。她六十六那年，在城里过马路，我俩都下意识地握住对方，她硬硬的手都是骨头、老茧和粗纹，硌得我今天也疼。

晌午歪。母亲突然大量出汗，脖子湿漉漉，头发汗淋淋，夕照日打到炕上，我扯下她的薄被，说临终者感觉不到冷热，只是怕压。以为太疼致出汗，问她吃药不，她点头，还能配合着半起身，吞咽吗啡，是不想放弃？姑姑说，吃药就是让她再多受俩小时罪。我们还是干扰了生命进程。

这汗到底是怎么回事，老人也说不明白，并不是所有临终者都出大汗的。查知叫"绝汗"，肌肉已成死疙瘩，体液无法运行被挤出来了。中医讲，绝汗是真气将败绝时，身体出的汗水，是阴阳离决的一个见证，《素问》说："绝汗乃出，出则死矣。"

傍晚她头发干松，也不泻了，姐姐为她擦洗得干干净净，穿上新内衣秋裤。她那口气循环的空间越来越小了，还不断地动手动腿。生命真是一点点在熬。我婆回忆，她父亲去世前叹道："死，这么难哪。"好像产房外人们焦虑等待，"生，这么难吗?"

傍晚六点。不容置疑,它要来了,母亲的新房子。

道边站满帮忙的人,一个小人物的去世也是惊天动地的,不是宗族姻亲也热心前来。不在村庄住,不真正参与一个老人完整的临终状态和葬礼准备,你无法深知乡下人怎么郑重待临终,慎重待亡灵。结婚或生产,太忙可以不去现场,但一个人离去,家家主事者都必到场,搭一把手也是好的,面色含悲注视一下也是好的,天大的事咱们同在。这些土生土长的信仰无比贵重,不脱土性而枝繁叶茂,庇护着村庄。我们泪水横流,要给予一座村庄的深情。

它在车上,蒙着蓝布,路过许多村庄,许多村庄因此知道,有一个老人要离开了,说声走好,目送一段路。帷帘撩开,母亲的寿材呈现,阔大气派,最好的油松,十六人抬,颜色不是过去瘆人的黑紫,是明亮的深橘,吉祥可慰。

过去,抬杠的壮男需要苦主到各家去跪请,也没有不上前帮忙的,谁家都有老人,由于这样一种根深蒂固的联结,有嫌隙者也因此互敬和好。现在男人多在外头混,新生代观念已改,凑够这些硬朗的劳动力太难了,一些老人长叹,老下连抬杠的人都没了。丧葬团体应运而生。仍是"土头土脑"的耕稼者,前一刻还在地里劳作,一招呼撂下挖锨镐头就去出大力了。门前坡陡路窄,真难为这些人,值得敬重的乡村礼仪守护者,以肩膀扛起自己的一角,一步步用力登坡,令我想起《伏尔加河上的纤夫》。不同的是,纤夫有偷懒的,抬杠者则不敢。据说抬着灵柩往山上送时,不使出那份力的,亡灵会感知并施法,别人看不出来,他自己突然承受到更重的压力,就明白头上三尺有神明,会惭愧、害怕、悔悟,马上用尽平生之力去抬,亡灵也就罢了手,并且在今后的其他行事中也必真诚去付出,再不敢偷奸耍滑。这是一场品性检验,于个人何尝不是一次重生。

寿材请进院,南北向摆放稳当。棺底铺香,三箱子上好的香铺得厚厚的,寓意香火旺盛,财源旺盛,上铺黄布,棺盖虚掩,外搭灵棚,罩蓝布帷幔。院子立刻沉了。

它在静候母亲,夕阳就是那道重门,像她种植的金黄南瓜,释放成熟的光芒。诸神踏光来了,有天堂神仙、土地公公、灶王爷、门神、保家仙、过路神仙,也有黑白无常牛头马面,也有将替母亲吃掉一生污血的牛仙,当然我们默念的阿弥陀佛一直在心。

晚饭时,嫂子郑重地说:"真到那时候,帮忙人没在跟前,你大姐咱仨给妈穿衣服,都是姑娘媳妇给穿衣。"心乱了。记得父亲穿寿衣时,我不知厉害,父亲被扶起的瞬间脸色立刻变成肝色,头肿得老大,沉重垂着,鼻涕眼泪往下掉,那一刻他痛苦的状态抹不掉。说话间两个管事的姑姑来了,立刻踏实很多。

哥把外头料理利索,回屋守着母亲,大事千头万绪,也得一件件推着办。

寿衣请到母亲旁边了,穿晚就穿不上了,穿多少层她也是光着身子走了。那年父亲还有一息,姑姑就动员母亲说:"不穿衣,这口气可能喘着一两个小时,就怕一下子过去来不及,但一穿衣人可能立刻断气,你们定夺。"尽管父亲说过到时候可别折腾他,母亲也由不得老规矩在。临到母亲,仍由姑姑掌握时辰。

八点半,小弟给妈摸脉,摸不到了,凉到胳膊肘了,手还在二弟手心握着。

"赶紧穿衣了啊。"姑姑高声喊着、指挥着,"二嫂,要给你穿衣裳了,早点儿穿上踏实,这也是儿女的孝心。"又嘱咐:"谁也不能哭,不能掉泪。"大哥不忘劝说二姐:"体格赖,赶紧躲开。"二姐有病,但她一向拧气,不走开。

母亲被扶坐起来,脸蒙了新毛巾,万一咽气可挡住了,之后毛巾就烧掉了。母亲穿上了"老衣裳",五领三腰齐全,铺上特厚的红褥子,"下面多阴凉啊,要铺厚点儿。"真当她有感觉。母亲"戎装"在身躺在新铺盖上面,不穿鞋,咽气后才能将鞋穿上,因为一穿鞋就"走了"。

大哥这才说出一直憋在心里的话:"妈,你得这病治不好,多一天受罪一天,要是能治一定送你上大医院,花多少钱也愿意。"妈的娘家侄子侄女,主事姑姑也这么强调,都是请母亲走时别带着幽怨,不令亲人内心有负担。母亲眼窝有珠液。那年父亲起灵前告别时,眼窝也有珠液,不知是泪还是最后渗出的体液。也许这时刻,母亲才真正断了生念。

时间又陷入凝滞,生死之间那么薄,吹一口气就通了,但仍需等待。一张饼的两面，在铁锅上反复烙。最后一口气里藏着元神，"咯噔"一吐，日期和时辰颇为讲究，是关联村里人、关联葬礼的运行时辰，也关联这一家子的运气。有的老人恰在除夕或大年初一，或节日头上离世，全村就不消停了，死者为大，但有人就会咒骂，增加不安。家父体恤，大年初二下午走的，家里照样贴红挂绿拜大年，如果年前走了，不能贴春联窗花，惨白的年多素啊。

还有，如果丧事当天正好遇到别人家办喜事，喜家会吸了悲家的运气。村里就有一家，大儿结婚那天，恰逢村里一家人办丧事，小儿子结婚时，又赶上他家亲戚去世，日子特别壮。固然有迷信说头，遇着却真硌硬。母亲体恤，撑过端午，又让开了一家结婚正日子，没有冲突。

接着要看她离世的时辰了。如果走在午夜之前，并马上入殓，一切后事办理就没有任何禁忌了，出殡时间早点儿晚点儿没事，有什么疏忽的也没事，阴阳先生只在出殡时在场，给亡灵指往西天大路。若是午夜之后亡故，就得停灵吉祥板上，请阴阳先生定夺一切，请出大公鸡放血，掐算入殓等各种时辰，大三天才能出殡，会有更多的烦琐、禁忌和浪费。

民俗为大。大家怜悯又紧张地注视着临终者，那神圣的一吐定乾坤。她沉沉坠落下去，她挥舞着开山大斧，正通过荆棘丛生的产道，她从前将我们带出阴暗地带，现在摆渡自己。父亲也许早候在炕头，协助母亲褪下紧箍咒了。

大哥更为敏感，他发现母亲喉咙躁动起来。姑姑确认说是，不能把最后一口气咽到炕上。大哥马上看钟表，指在九点。小姑冲门外响亮地喊："要入殓了，快进来人！"如同暴雨夜打个闪电霹雷，外边等候的男人们立刻闯进屋来，丝毫不乱地从炕上把母亲小心抬到地下，往外抬，姑姑喊着"二嫂别害怕，这是给你安置到新房子去，房子气派宽敞，咱稳点儿走"，同时高声喊"谁也不许哭，不能掉泪"。

必需管理好体内的波涛。祖训说啼哭会使亡灵疑惑、念生，不忍离去，魂魄难以转世，泪水滴到亡者身上的会染病。大家万分凝重，稳稳妥妥抬着母亲出门，到院里她的新房去了。

此刻更紧张，必须一下子把临终者抬进棺里，重复就不好，说明她不愿意走。棺材高深不容易，大家叮嘱着一起用力，母亲也一定协助，一下就放妥当了。姑姑安放相关东西，给母亲戴好帽子，正正枕头，正当一下面部，下巴推上去，嘴里放进压口钱硬币；穿上莲花底鞋，脚登莲，上西天；放好绑手线绊脚绳，左手金右手银，左手里放上打狗干粮，遇到恶鬼打出去；掖好被角，盖上棺盖，入殓完毕。

整个过程行云流水，麦穗成熟前一秒，镰刀就跟上了，衔接刚刚好。她的最后一口气恰在入棺后，瓜熟蒂落，没有涩味。她是那个新世界最纯净的星子了！

星空皎然，风动树叶，"奠"字突出，白幔飘拂，棺前点上长明灯。我这才细看，火苗是从瓦质丧盆中间的小孔蹿上来的，幽幽暗暗时跳时续。

男人始守灵，防止猫狗从棺底下经过，以免吓着逝者，发生诈尸现象；再要盯着长明灯，不能灭了。没有人哭，是顾不上。我们坐炕头，主事姑姑教我们用毛头纸做"岁头纸"，用红纸糊倒头筷子，做夹生米饭，和面做饼，等等。

炕梢没有母亲了，炕荒芜了。我仍不时瞅向那里，她的灵魂可能轻松坐起来，倚着墙看着大家忙，还会说我笨，会伸过手教我，我的手老发抖，卷了几次才把红布条缠紧筷子。也即她常骂的"倒头"筷子，要斜插入饭碗，供在棺前。村里严禁孩子们把筷子插进饭碗，也不准立桌上戳筷子，谁做了一准挨骂敲脑壳，这深深的禁忌一直传承，所以我不管在家里还是外头饭桌上，见有人把筷子插进饭碗里，立感不适，拿下平放。

夜间十一点"报庙"，送魂灵，送"浆水饭"，将母亲的灵魂暂时移居在村西土地庙处，告知土地爷爷并请求守护。姑姑手拿一角"托魂纸"，上炕，在母亲最后躺过的地方拖绕一圈，说："二嫂别害怕，让大儿子背着，孩子们送你到土地庙去，等着给你安排大事。"之后姑姑将"托魂纸"郑重放在大哥背上，大哥双手拽住背上往外走，二弟三弟左右护驾，女眷们随行在后。大哥后来说，感觉母亲就在背上，有婴儿般的重量。

小姑用葫芦瓢端着"浆水饭"，一路泼洒些，给野鬼游魂布施，让母亲灵魂安然行走，不受欺凌。小姑才四十出头，红白喜事都能上前，细知规矩仪式，就没她怕的。与一桌子男人拼大酒,笑起来劈山裂河的;夜间独上荒山哭她早夭的独子,晕死不下山。她在我母亲棺前才点燃一张纸钱,立刻音调高亢,哭得江山万里如泣如诉,言辞恳切哀伤至极,将一众人都吸了过去。将来主事姑姑上了岁数,她必重任在肩了。

一路举哀。过去,亲族的女人必须数数列列哭出逝者的好与不舍,多种腔调此起彼伏,比一台大戏热闹,路上看的人多也是苦主家面子。奶奶去世时婶娘们路远难到,静寂的村庄只传出母亲一人孤单的长调,我们姐仨不会,一日三餐三天的"浆水饭",我们很替母亲为难,幸好父亲体谅,接过浆水瓢独自沉默着去了。

路遇一家夫妇俩牵着驴子走,才从山上回家,叹息一回。而许多人家其实都睡不着,耳朵在候着哭声响起,哦,那老婆婆走了,那盏灯灭了。随后立刻在自家大门前撒上一缕柴火灰,阻挡亡灵或众小鬼误闯进院子。

为逝者"报庙",一定要有响亮的悲声,它是宣告,是信号,村庄要做准备,山野草木、鸦雀虫蝶也要支棱起来,该去去,该躲躲。一个人的离去是人与自然的全部参与。

六

母亲新生第一天。这鲜嫩的气息,陌生而庄严。我们需各自摘下这枚灵魂的葡萄入窖,初时必酸涩,要适应它养它,而后它必滋养我们。

凌晨三点，再起来默默烧纸，想着不要再惊动四邻，也不要吓着母亲的孤魂。她的灵魂真去土地庙了吗？苏醒怎么办？我一阵乱想。家族有个二姨奶，上午去世入殓，至傍晚亲戚哭灵时，听见棺盖喳喳响，以为要诈尸，查看灵柩下并无猫狗经过，接着哭，这时棺盖哐当开了，老太太顶花带刺儿坐起来，男人也吓趴了。主事者上前掐了她胳膊，真冒血筋儿。那老太太脱去寿衣端坐炕头，缓缓找着记忆："身子轻飘飘的，一片树叶，要不就是一根儿鹅毛，悠地一下贴顶棚花上，看下面忙乱着，也说不出话，顺着窗户飘出去，灰茫茫一片，没太阳，没山没水啥都没了，身上不痛也不害怕，感觉有人前头引着飘飘荡荡，又看不见，忽然停下来，有声音说，来早了，先送她回去吧，就醒了。"村民哪里信，还成仙了，老辈子都说黑白无常扛着招魂幡索命，十八层地狱一层油炸一层碾子轧细细过关去。

我相信二姨奶的描述，灵魂会飞，会获得神力，去一个有光芒的世界。当然后辈们并不待见，该走不走，后人会有损耗。二姨奶冷风冷雨缠绵了一年，见人就掉泪，生死不由人哪。

凌晨四点，各路人马早已行动。我四处移栽的花顷刻间踩没了，刺玫花紧挨灵柩，满枝花朵一夜间竟都黑了。阳光却极为灿烂，亮到闪眼，是天堂的光。

下午起灵，以大哥摔丧盆为号令，姑姑特别交代，要一次摔碎，越碎越好，摔完不要看，不要停顿，马上起身走。地上

· 287 ·

会留下印迹，阴阳先生根据形状会判定，逝者将托生何物，天机不泄。大哥动作果断决绝，没一丝迟疑。一鼓作气上山，父亲稍小的柳木棺和母亲阔大的油松棺并列一穴，母亲棺上罩了大红描龙绣凤棺罩，二棺之间搭上一块红布，和合礼成，在儿女亲人的注目下父母重聚了。按阴阳先生说法，父亲此时大摆酒席，太爷、爷爷奶奶们并逝去的亲族正一起喝酒庆祝呢。

且悲且喜。坟墓高壮，这新出锅的大馒头，一锨一锨夯出的金字塔，更像怒放的花儿，像呐喊、抗争、不屈的姿态。土无法埋葬的信念，必会高昂地冲出去，只有湮没于荒草看不出坟冢还是土包的灵魂，才真的妥协了。葬礼简素亦隆重，它是对顽强抗争死亡的赞颂与奖赏，也是给逝者西行壮胆助威。它聚拢着光和热，蕴含希望，成为亲族精神上的圣殿。

说亡灵在五七之后才醒悟已亡，这期间就在老院子过，还习惯性升起炊烟，去街头闲逛，三年后才真的离开，一切应原封不动，只净扫庭院，将残花拯救。圆坟后作别老屋，东墙上财神爷依旧慈祥，日历牌定格在 2019 年 6 月 12 日，周三，宜祭祀祈福。上有诗曰：草色和云暖，梅花带月寒。是明代祝世禄宗祠用联，合心。蓦然觉出上方有点儿空，从不曾缺席的"抬头见喜"联，春节竟没贴。

中秋返乡，老院内外花朵繁盛至极，如临天堂如坐福堂。是她放下了。诸神赞美着生命，花朵们敬奉仙人，献祭太阳，使那阴暗之途浸透了芳香，于是被风、鸟、四足动物带走的种子，发芽吐蕊了。死亡是一种古老的回声，充满忧伤，也不无慰藉。

桃花马上

一

这头喋血的威风凛凛的母狼！酒桌上都是男子汉，西西不胆怯，穿蟒扎靠戴翎子，一个人的唱念做打，要啥抖啥，抖得漂亮，不断兴起高潮，话赶趟，酒更赶趟，动辄半杯，没人拦着也整杯干掉，那阵势，桃花马上，穆桂英大破天门一百单八阵。

都暗恋她，两个哥儿们趁着酒劲激起了仇恨，噼啪摔起来，一干人麻爪。西西怒了，抄起一个啤酒瓶，咔嚓磕窗台上，握住断碴儿喊道："都冲我来，我自残行不？"尖锐的瓶碴儿扑向手掌，血蹿出来。"再不停下，我就把自己毁了！"瓶碴儿立刻对准自己的脸，眼里荡出怒火。哥儿们服了，拳脚们各自松弛。西西锣鼓铿锵止住了一场闹剧，一摔一扎，飒飒作响，把什么灵魂有温度有香气甩出九座山头了。"碰坏的东西都算我头上，该上医院上医院，该回家回家，撤了。"甩甩手踏出门去。

一个人的精神可以超越一群人，满街奴性的稗草里长出秀挺的稻谷了。

二

整整一年，我们在一起玩，与我静寂板正的教师生涯相比，这一年就是疯狂、荒谬、探险。我不扭捏，她天性豪爽，春夜斗酒，吼歌狂欢，放肆尖叫，叼起烟斗，孩子气地登上茶桌扭摆，有血性的人才会玩得疯狂，她就如神秘诱惑坚贞风流的吉卜赛女郎。

黄昏来到，梳妆打扮自信满满，十二月都是春风惠顾。她说，咱俩就是筷子，同行同进于杯光酒影，分开不成席。有时我去不成，她一皱眉："今晚我是叉子。"转而大笑。她比男人更直接地开辟了我体内潜藏的活力，将我的宇宙洪荒一股脑儿板块移动，出离了我平淡的生活。

三

三年前，初秋的夜晚，我在外面吃酒，突然接到西西的电话，有点儿愣，同桌吃过几次饭，也还陌生。她立刻说没事，声音瑟瑟的，仿佛流水绕过沁芳亭。几天后她约我喝清酒，我乐意细细品鉴这个军中锤炼过的女人。

她美在眼睛，是两湾水，全身骨头硬，只这一双泉眼，活了。当她凝视你,你的周身清波荡漾,心里一跳一跳的。

"光看我现在痛快了,哪天男人覆手为雨,等着为我收尸吧。"她握着酒杯嘿笑一声。摔瓶事件的直接后果,她的食指尖始终麻木,不后悔,她绝不许朋友因自己的原因猜忌分崩,不要命的女人,实际是惜命。酒桌上英猛豪气一姐当关,谈起恋爱来死命投入见血封喉,衣饰随意三天公主七天乞丐,这叮咚响的女人似乎时刻佩刀挂剑——且慢,路过她的屋,门窗大开乱纷纷,她竟端坐低眉锦心绣口地捧一本书读,那状态,桃花不问春天事,春在枝头已十分。"我喜欢长瘦的毛衣,把屁股紧紧包起来。"忽而声若林莺,扭着小蛮腰说。

每一次的酒都是"与尔同销万古愁",一口两亩。"照这个尺度来,不喝可以,泼我脸上。""好玩的不是喝多少酒,而是酒后集体失忆,第二天你一段我一段,拼片儿,那才带劲儿。"打着板眼儿走的甩腔儿,坦荡的人不需要隐藏。

一出门永远是扑棱棱的蝴蝶。"别看我怎么说,看我怎么做。"某处办事不地道,关系集体利益,她拍案而起,哐哐下楼,穿过海棠国槐,直上总部敲门,对事不对人,扶的是正义。草原旅行,朋友被惊马踢了腿,民众人多耍横,她急急赶过来,桃花马,亮银枪,直视一群叫嚣的男人,"想解决问题还是想打架?解决问题说解决的办法,要打架说怎么打,一对一,还是群对群?"一剑能挡百万兵的架势。

我喜欢这种理性下的强悍,她像一只帝王蝶,深信自己的俊美与威仪,沉稳来去,任你惊诧。"用你那双好看的眼睛看看我吧!"一个仰慕的男人特有感情地学起电影《叶塞尼亚》的道白。另一个男人酒后则说:"你们三个女人加起来也赶不上她。"不嫉妒,三个臭皮匠才顶个诸葛亮。看见她,就冒出挂帅的穆桂英,爱得泼辣执着,杀得虎虎生威,桃花马上,有血性,有精神,有远方的人。

四

午时,日式小屋厚帘重垂,适合谈心。她是深密的草,试着吹开自己,露出琥珀色的蜜壳,一碰就碎了。我本能地知道有故事听,概因我的饮酒风格与她合窑性,她并不莽撞。

"挺着大肚子还得给男人做饭呢,没有我扛不住的,甭管啥,你就来吧!"声音像铁匠炉打铁,砰砰冒出火花,又低下头,眼微肿,"只有爱是我的软肋。"爱在,肉身与精神俱是水蜜桃,隐蔽的皱褶都撑开了。"爱情一失,命即休。"每晚一瓶扁二,不睡,读《心经》一百遍,不睡,夜夜睁大眼睛瞪着不亮天,天亮就靠浓浓的咖啡顶着。这个骨子内外都是叛逆基因的强悍女人,遇到难题了。

"痛饮酒,熟读《离骚》,乃可成真名士。"我端杯邀酒,"你是屈子,我今晚就是汨罗江,尽情跳吧。"她嘴角一翘,剑花长挑,指向部队那三年,她的桃红柳绿青春潮头。

她喜欢阅读,周末必到图书室,那天她正躲在角落看书,对面也有一双专注的眼睛在看军事杂志,认得。联谊会上她做主持，他是男歌手，一曲《冰山上的来客》略带感伤，两人并肩一站，台下大哄，序曲暗暗奏响了。他出身乡下，谈军事、武器、未来战争的论文在连队小有名气，梦想上军校，自卑里含着清高。图书馆爱情来了，西西暗喜，策马追去，他却担心家庭贫苦，落荒而逃。西西的泼劲上来，娇憨穆桂英步步追击，斜刺梨花枪，到底生擒活捉了杨宗保。

破了戒，是劫，部队不许谈恋爱，他失去了考试机会，被发配到大山那边的营地做猪倌儿了。他无怨，"别找我了，会毁了你的生活。"西西诡秘一笑，"你替我们受了罚，我更要大张旗鼓地去看你！"

攒钱攒假，只要够完整的一天，天不亮西西就起床了，先跑步去十里外的早市，买他喜欢的吃食用品，一分不留，大包小包拎着独自翻越大山丛林，几十里路急行军，雨雪泥泞摔跟头，爬起来还跑，只求再快些，晚上还要顶着夜黑头及时赶回查岗。林深藏险，动物幽鸣，是体力、勇气、信念的多重考验，但加起来，也不及爱的分量千分之一。

一小时欢乐穆柯寨，他是最灿烂的猪倌儿。他们各自掏出厚厚的日记本交换，多美好的法子。她躲在被窝里炮制，手电筒说不清用了多少电池，她的页面上常有泪渍，他的页面上常夹着几瓣野花。而后她返程，他送到不能再送，就高声唱歌，尽可能悠长地穿越草地、山坡、遮没她的再一片林子，她的眼前细雨霏霏。

仍没人看好，城里公主戏耍乡下人罢了。但锣鼓声声将别离，西西在领导和战友的注视下，戴着大红花，直接跨上去往男友家乡的列车，掌声响起。

路途漫漫，火车，汽车，两个人的小镇，小旅店，他们握着手安然入睡，洁白的青春。拖拉机暴土飞扬，屁股快颠碎了，才把这对军装青年送进小村，村庄炸窝了。20世纪90年代中期，西西依然看到了村庄根深蒂固的贫穷，她和老人一起择菜，聊天，与辍学的小妹同睡，留下所有的衣服和零钱，小妹抱着她哭泣，忧伤破壳而出。

五

西西的烈性让我对她的爱情战斗充满期待，私奔，绝食，激烈抗争？

显然，我低估她的痴情，她低估了家庭的力量。她绝不可以去外省乡村，那人更不能拖着大木锨过来。父兄亦是军人出身，西西与之铿锵对抗，决不妥协，却被严密管束起来，自然也得不到男友的一封封来信。她只能偷偷记日记，夜夜哭着入睡，直至嗓子溃疡，眼睛充斥脓血，疼得她哀叫，撞墙，抠坏床单，不得已做了手术。

恰在此时，男友找到她的家。她听见他的声音，就算隔着山头丛林，那声音也能被风稳稳地送来。她眼睛缠着纱布，嘶哑着扑向门，"哥，你让我看一眼，一眼就行。"哥流着泪死死抱住她。客厅里，父母直言相告，不会把爱女推向火坑。他哽咽着请求见西西一面,但父亲很快把他推出门外。夜深,她贴着窗,眼睛流的是脓血,他在楼下仰望,肩头站满白霜,天明方去。

哥怕憋坏了她,背她上山吹风,她是最孤独的鸟,扎在草丛里放声哀鸣。哥远远地候着,看她哭够了,背她回家。

半年后,视力艰难恢复,人间已换,信上白纸黑字写着,他成家了。西西愣怔了几日,忽然发疯般找出二人往来的几大本日记,彻夜不合眼,一字字吞进肚里,密潜在细胞间。晨起拎着日记上山,挖坑,点燃,眼一眨不眨地看着一个个爱字燃尽,一行行等待变成灰质,一枝枝花与干涸的泪渍、奔跑的丛林雀鸟都褪为青烟,结成青冢。

数周后,野花缭乱,她的爱情沉灭于自然了,她坐至黄昏,日没狐狸眠冢上。

六

西西的声音里匍匐着秋草,我触不到根深,酒里泡着她的日历,我只管喝。

她在家里安排下结婚,埋掉通身的荒烟蔓草,做平静贤惠的女人、大大咧咧的侠客。

几年后,一封奇怪的信摆在办公桌前,落款某监狱。她疑惑着拆开,惊骇极了,那字,撇捺转折提,是消失很久的他。"八年,等我出去,找你们全家算账!"字字刀锋,戳中血脉,她安全的日头落了。

男友回家后迅速找了媳妇,长得像她,他根本无法忘怀,是和她的影子结婚。但那女人任性刁蛮,经常吵架撒泼,他憋了闷气出差,没想到从此数年再不能归家。他一个人在酒馆喝酒,邻桌几个小流氓欺侮女服务员,没人管,他愤怒,上前喊话教训,流氓们立刻转向他,送上一堆咒骂、一顿拳脚。他忍着,他们却更嚣张,他抹了把血,狼一样吼着蹿起来,流氓残了,他随即投案。命运的笔不停顿,一气呵成。

到此时,他仍不失一个响当当的男人,努力、忠诚、无怨,路见不平挺身而出,敢为自己的行为负责。说他的模样像武松,一双眼光射寒星,两弯眉浑如刷漆,一笑有些羞涩,动起来不要命,霍霍杀他个片甲不留,如果是三国水浒的世界,拍拍手一笑而去,留给江湖的是背影。

但判决书下来,八年,他蒙了。老婆很快扔下孩子走了,人破、家破,这么多年的奋斗是零,仇恨的笋尖瞬间鼓满大地,挎枪列队直奔源头,西西。

西西无限愧疚,心疼,当年他多阳光进取,为爱一步步后退,老鼠逼急了还咬人,若是她也早拎着大刀砍出去了……她泪落满纸,说他们的丛林、后来的误解、几乎失明的眼睛,她像姐姐、恋人、圣母,用最温暖的话尽可能地安抚、忏悔。"神教导我们,要为敌人祈福,平息他心里的怒火。"

然而信不断来,威胁,恐吓,阴郁的诅咒,甚至有详细的"作战"计划,大家小家单位,炸药刀子枪,不定时出现。

按说这样有威胁语言的信件不会寄得出来，但不知他用了什么方法，或许在20世纪90年代初期，监狱管理并不是每封信都要拆开检查，又或许针对一向表现良好的知性犯人，存在一定的自由度？她总是能接到信件。

忍。她锁住了信，预备独自承担，多一个人扛着，必会扩大恐慌面积，万一报警，必加重对方罪责，迫使事情恶化，她不愿意。她要赌，赌爱，赌他未曾泯灭的良心。

一出危险的"纸上谈兵"，他遍施魔法，她艰难拆招，他是无形而残酷的暴政，无处不在的法西斯，损害她的精神意志，剥夺她的自由安宁。与隐形人的心灵搏斗，还不如上战场真刀明枪地干一仗，"是福是祸咔嚓一下子，看谁是孬种！"

一杯酒吞下，仿佛吞下的是火药刀枪，西西陷入当年嗜血的焦虑中。

七

豁出命来保护的只能是生命。我端详她，被黑夜和磨难凝视过的脸。想初见时，她也许正遭受着恐吓，脸色沉郁，眼光幽冷，大波浪刷了啫喱，一枝一卷像波斯风格的花卉，清白的衬衣扎进挺直的裤子，透着干练与说一不二。

她的坚强在脸上也在心上，她必须是个隐形战士，挎刀背剑，有十五颗心，七上八下扫荡四周。她切菜，菜变成了机枪；织毛衣，织针变成刀尖。她必须冷傲孤绝，守护内心的硬痂，担心和谁一旦过密，就容易透露真相。真相是残酷的，光滑肌里不为人知的骨茬，撑着复杂诡秘与惊心动魄，有担承者的难处与胆识。

看不到断裂，听不到骨折，长期的重压与威胁之下，精神和肉体趋于崩溃，唤醒了恶。西西的隐忍精神对抗着漫长的心灵折磨，是否在她身上留下痕迹？

后背冷下来，天暗了，老板及时烫了一壶热酒，拉着灯，光迅速拿住了我们。

八

"他威胁了我八年！"谁能让那八年的阳光重新照耀？铁门之外，纸的两端，两对杀红的眼将要了结，她等着一场血洗的风暴。

来的仍是信，牛皮纸信封上写着"春天来了"，白灿灿的纸忽然换作了桃花笺，字不再狰狞，是忏悔，说他欺侮女人是卑鄙、无能，该被唾弃，他恳求原谅。越到后面的文字，越有青灯古壁灰衫经卷般的宁静，释放春日大地的暖意，算是一封锦书。演的什么戏？

他说，回家去，刺目的阳光斩断了身后的一场噩梦，"小女开的门，她怯生生又善良的眼睛盯过来，我全身二百零六块骨头都羞愧了，我不敢抱她，甚至躲开她。之前，谁都是我的仇人，八年了没有掉一滴泪，没丧失信念，仇恨让我吃得好活得好，仇恨是我的光明、我的动力、我战争的假想敌、心态平衡力。但连喝三杯酒后，我摸着老妈的白发哭个山河俱碎。我们的战争结束了。"

她鼻血横流："你他妈的不是人，你倒是拎着刀子来呀！"仰脖又一杯，她赌赢了。仇恨是生命的原动力，荣格说。刀剑败于精神，茨威格也说。

八年恐慌，是虚幻的战争、虚幻的悲哀、虚幻的损兵折将、虚幻的触摸死神之唇。这个阴沉的纸上谋杀案，那可怕、无声而沉闷的叫嚣，是谎言、呓语还是噩梦？事出时她沉默，事了，她仍选择沉默，黑夜与风暴是她一个人的战争史。她理解他，从仇恨到放下，一定有一段路要跋涉，这八年，就当陪他走了。宽恕即新生，我亦相信，一旦有战争，他永远是为她挡子弹的那个。

他理性实际偏执，以为牛角尖会钻到底，却突然一百八十度回折，这大开大合的性格，真与西西相似。能掌控过去，就拥有未来，他们都及时刹车了。"但从他第一封威胁信来，他就死了；那个时候的我被他轰炸了，现在的我们都是重生的。"

九

她低一声浅一声地说着从前，像忏悔者，又像高烧病人，倾诉是解脱，也是自省。

看她焦灼疲倦的眼神，我想起波兰 Ars Thanea 的摄影作品《灰烬》，新折的玫瑰被焚烧，黑红的灰烬鲜活惊心，不忍看，却刻骨。此时西西就处于玫瑰扑火的临界点，只有爱能打败她，初恋时她是坚固的盾，这次她成了矛，强烈需要第三方拯救。

那个深秋午后，她着黑长的风衣贴着古城墙走来，心如一地仓皇的落叶，正是俄罗斯风景画家列维坦的作品《索科尔尼克的秋日》。落叶成灰，黑衣女郎踯躅行走，忧伤哼唱，列维坦画下那一幕，俄罗斯大地深沉的悲哀由远及近，是那女子的殊荣。此后，列维坦再没带任何人入画，人与心灵都藏在大自然的眼睛里。这个被战争损害、被驱逐的犹太孤儿，贫穷，屡遭挫折，画风不被理解，幸而遇到医生、文学双料的契诃夫，欲拯救他荒凉的心。

列维坦终于意识到自身致命的缺陷，消减或剔除了黯黑的色块，我带西西出离阴郁的秋日，住进列维坦的新一幅画《三月》：雪野依然厚重，可阳光多么朗润，春天喷薄欲出！

"我是为爱而活的。"她终于说出真相，泪是挥霍的露珠，路过的蝴蝶都被打湿了。

软肋是深井，等人栽进去。又十年，她遭遇婚姻危机，原本情薄，为了孩子有个完整的家，分居日久，各自安好。她以酒以读书填充时间，未察觉这个虚空之谷，春信将至。

初时，她多么傲慢、轻蔑，那是一个有家的男人黏稠的注视。他执着三年，她不为所动。他哭了，好像失却了大地："半生为别人活了，什么时候能为自己活一次？"

她被拿住了，埋伏在身体里的菌丝迅速覆盖了她。这冰冻的干柴，一旦点燃除非燃尽，连冷却也不行，每个细胞都临近失活状态。年轻时，不过一枝一朵的疯狂，窖藏了十几年后，她撒开了蹄子，淹没淹没，摧毁摧毁，天上人间独是她的爱，不在乎长枪短炮手榴弹及滚滚的咒骂，他不退却，她必迎上。

飒露紫，她是一匹为他奔跑的飒露紫，身体藏着一万头狮子，高傲、奔放、忠诚、舍弃自我，秉承骑士的意志，必耗尽最后一滴血。他是她幻化的将军，冲锋陷阵，旗帜插满山头。

揣而锐之，不可长保。痴爱的双方就像两条胶合的基因链，螺旋完美，但温度上升到一定程度，会突然崩开。她的气势太强，步步紧逼，自然生出嫌隙。

"情感本为着愉悦，如果尽是烦恼，如同婚姻之内，要它何意？"他的自卑和伤感爬上来。"自尊让我沉默，我必须撤退。"西西奔腾的情感马蹄声脆，厮杀正酣，敌人不见了。他单方面鸣金收兵，欲救自己，救她和身后的小宇宙。

中箭的飒露紫眉目低垂，全身战栗，它盎然炈起了蹶子，却疼痛地软下来，"他怕我，做女人很失败。"太强悍就是威胁，亲和力才是永生的息壤。"毒药，匕首，悬崖，哪儿遇见，一了百了。"她再次披挂上阵，用不可摧毁的意志，向着"那深浓的白，一个空无不可及的梦，一个永远不存在的快乐"。

十

十分红处便成灰。我热爱她心口窝里的一团热，热是捂不住的,最近的人会被温暖也会被烫伤。她的痛,如同蝗虫漫天,绿顷刻间没了,有时是蚂蟥,蜂拥着咬上来,体无完肤。站在街头,迎面来车她都不想躲。"我希望司机醉驾碾过我,像碾过安娜。"你看她萧瑟,看她零落,看她期期艾艾挪近深渊,看她依旧顽强,在凋敝大地之上。

她一个人去爬黄山,多大的天险人类都能攀上去,却唯独不能随意攀上人心。她下了一把锁,刻了二人的名字,盯住锁的位置祷告,锁立刻就沉入千万把锁当中,像一朵云沉入天空,当她走过一段路想回去寻找时,哪里还得见。她得着了启示,"只恐夜深花睡去,故烧高烛照红妆"。一刻不能放下,一旦松开,下一刻便发酵。

然而风吹透了真相,双方在阵地在,一方撤了就是无,再去拼命,不过是大战风车罢了。

她一步步走下黄山,抚摸小腹那株发芽的桃花,它游离于刀刃,无知无畏地生长,越快离虚无越近。她惊喜,呵护,尽可能让那粉嫩的胚再长一日,再多留一天,每多一天都是危险,但都是她不可多得的幸福,她能怀抱着他安心睡眠,想象他的毛发、眼睛,梦里也亮晶晶地笑。

直到最后的告别时刻。麦苗青青啊,可千军万马逼迫近了,一点点剜去她的美梦,捣毁她的理想,疼痛不断长出来。

十一

那晚以我的大醉终止,清酒绵软的杀伤力自此领教。醒后,我明白一个道理:女人的问题只有一个,命运;男人的问题只有一个,制造命运。一饮一啄,谁也逃不出。我不是牧师能给出救赎之路,不能奉上一粒大蜜丸解忧,亦不能为她的爱情辩护,她的性格塑成不可复制的人生,痛快的背面必刻满悲伤。只记得说了一堆醉话:

"我当为你击掌,生得醇美,爱得惊艳,它滋生在幽暗的缝隙,开出的花朵却愉悦了整个生活,让双方高贵庄严起来。一切有爱的人,想得到爱或爱上别人的人,这些情怀都是高尚的,因为在生活,在行走,在体验,在把这个社会的冷酷、枯燥、寂寥都击得粉碎。很多人没有惊心动魄的爱情,是压根不具备享受这种爱情的素质。爱让你变成有魔力的女巫,但爱魔能控制你,你也要反手控制它。爱是心甘情愿的滴血,走完最激荡的几步后,就会淌成一湾平和的溪水。你喜欢张爱玲,她最有一句话说得好:走出去,到日月山川里。"

"请原谅我暂时看不到花草。"那就把米饭当药吃,有了劲头再战斗!"我们有个圈子,雨天沧浪亭品茶赏莲,芝径云堤漫步,吼唱蓝花花,以后带你去玩?"

她急迫说:"现在,为什么不是现在?"

对,忙起来是真理,于是许多陌生朋友和思想站在她身边了。但一个人时照旧"毒瘾"发作。一个月后,她奉上"我的自白":

"从上午十点钟到现在,我已经不停地打字十个小时零五分钟了,以我打字的速度,我已算不清今天一共打了多少字,思维开始有些混乱。我创造了自己的奇迹,好似在今天把这一辈子的话都说完了,我不知道明天会不会失语,亦不可预测是否还有继续思考的能力,我只想在今天把身上的力气全部耗完,不用借助任何药物,累极了倒头便睡,一觉睡到自然醒。睡眠早已经是个奢物,我夜夜大睁着眼睛,这算不算是提前透支生命?

"我惊讶于自己对你的坦诚,敞开心扉向你昭示了我的所思所想,我愿意把我这份贵重的情感托付给你,因为你能与我们一同悲喜着这份人生,这个最重要。在没有与你相交之前,我一直恐慌着,恐慌着我们的这份幸福会随着年龄一起老去,而不被世人所知所赏,我与他的爱情在经历了四年的风雨于今年已经正式进入第五个年头的时候,在世风日下人心浮躁儿戏情感的今天,也算是一本正面的爱情教材吧?我不知是神化了他还是神圣了这段爱情,我只想把它供奉起来,像一个虔诚的苦行僧,一路磕着等身长头,去往心中的圣地朝拜。我小心翼翼地捧着它像捧着一件贵重的传世瓷器,生怕它有一点点闪失,但越是因了自己的小心而愈加内心紧张。我这人最大的命门便是在情感上拿得起但放不下,我无法转出那个华丽的背影,在爱情面前,我卑微地伏在地上,已把身子低到了尘埃里。

"爱,于我就像空气,我在桎梏着自己的同时也桎梏着爱人,我在施虐的同时也在自虐,每日里我就在这种患得患失的心情下喘息!两天了,我没吃下任何东西,闻不得一点儿烟火味,但并不觉得饿,只是感到有些疲倦,后背疼得真想摘掉那根骨头用手好好捋捋。"

之后的一封信:

久未联系甚是惦念,听起来就有些肉麻,请姐姐忍着点儿吧。昨晚玩得够疯,喝了那么多酒也不醉,痛快至极亦不觉得丢了淑女的身份,咱居然还忘形地拿起大烟斗吸了几口烟丝,第一次尝试,爽呆了,两个疯丫头,当时真应该照下来,看看事后会不会自我检讨。还好都是性情中人不会笑话,下次还这样,不改!

十二

吃酒时,她常在我的左侧,右耳朵卷毛间闪烁着珍珠耳环,两个上下并列,像比目鱼。

她撒娇说,你给我扎耳朵眼吧。他真的用他乡下母亲说的土方法,用把米粒在她的耳垂上捻搓,至薄至麻木,拿尖锐的圪针穿透,她是战栗又喜悦的小鸟,有顺从的羽毛和神色。他说一定要和别人不同,只在一个耳朵上穿俩,彼此碰撞,且是他以为好看的右侧。她都听,尽管习惯右侧挨着枕头睡觉,耳朵硌得生疼肿胀,也绝不肯摘。

爱就爱得透透的。大家在一起唱歌，二人突然一切都撂下，打车去郊外了。河边，山坡，大雾弥漫，众花侍宴，群虫为欢，凡·高熊熊燃烧的向日葵，翻滚的金色麦浪，不断冲击颓荡的宇宙。在一起，才是爱的嫩尖。

那个尖突然间被对方抢先掐了，一分权，再也回不到原枝。这妖冶又圣洁的女人，两次情殇，她严峻的一战二战，潮起潮落之后，废墟上独自匍匐，犹如葡萄自行沉入窖中，静静醅。

人都是落在自己手心的。软肋是独裁者，有跋扈的脚，你留下多少破绽，就有多少伺机而动的战事。但软肋并不可怕，可怕的是没有血性，缺乏精神，冲不上去，停不下来。

西西的忍耐力、爆发力、戛然而止的控制力，使她能突破性格的局限，在她的身上自然与理智、强烈的本能冲动与深刻的自省、任性之外超强的自我稳定同时并存，所以她能心有江湖身体亦江湖，身上有剑亦能拔出剑来。

她买期房，一个钉子户坚决不动窝，几乎都撤款了，她手把红旗旗不湿。孩子上高中了，上大学了，父亲去了，母亲去了，房子还没影儿，开发商欲加倍退钱，不，生是那儿的人死是那儿的鬼。十年，房子终于笑傲河岸了，做草根百姓没点儿冰冻三尺的决心与耐心那都不够格。

"我这都是孤本教材，自编自演，关键是学生总逃学，不开窍还特牛，空有一身功夫施展不开，还随时有下岗可能。"她大笑，继续桃花马上，生机盎然。

真正让你放下的缘由是什么？女邻居。一起喝咖啡，那女人眼睛青黑，皱纹汹涌，但面庞沉静如风定后深紫的牡丹，一年之内失去五个亲人。"但是，我还得奔活着去，还得好好活，如果我忍不住也走了，活着的人将为我哭，我不能这么自私。"

　　"那一瞬间，我所有的一切都平衡了。甭管穷富，爱人仇人，只要在，就是幸福的，其他什么都是次要的。"西西声音凝重，眼神和润了。当我们沉溺于自己的鸡毛蒜皮，真正不幸的人正匍匐着哀号。许多人忍辱负重，以为他平庸，怒其不争，其实他是不忍打破平衡，是对生命的另一份尊重。

　　也许人生就是不断给自己和别人擦屁股的过程，擦不动就老实了，人人心里都歇着一个疲惫的王朝。后来大家三五月聚一次，西西雄风不减，掌控着局面，俏皮话四处出击。快给老头溜须拍马，好为下次出行做准备；某谁正在家忙着拆炸弹；老爷儿们还嚼舌头？我啐他一脸太太口服液，有机会给他们泼点儿粪，全当上化肥了！

　　"我骨子里的那种野，你们谁都看不见。"嘎，一亩地下去，十里桃花红。

　　保卫家庭，保卫爱情，现在她要开始保卫内心的安宁了！她的身体里住着一匹烈马，必须赋予它辽阔的原野，我毫不怀疑，她有撒豆成兵的本事。